古典詩歌研究彙刊

第十八輯

龔鵬程 主編

第 1 冊

花卉在中國傳統詩歌中之意涵
及其演變（上）

陳 威 伯 著

國家圖書館出版品預行編目資料

花卉在中國傳統詩歌中之意涵及其演變（上）／陳威伯 著 --
初版 -- 新北市：花木蘭文化出版社，2015〔民 104〕
目 2+214 面；17×24 公分
（古典詩歌研究彙刊 第十八輯；第 1 冊）
ISBN 978-986-404-293-7（精裝）
1. 中國詩 2. 詩歌 3. 詩評
820.91   104014038

ISBN- 978-986-404-293-7

古典詩歌研究彙刊
第十八輯　第一冊
　　　　　　　　　　　　ISBN：978-986-404-293-7

花卉在中國傳統詩歌中之意涵及其演變（上）

作　　者　陳威伯
主　　編　龔鵬程
總 編 輯　杜潔祥
副總編輯　楊嘉樂
編　　輯　許郁翎
出　　版　花木蘭文化出版社
社　　長　高小娟
聯絡地址　235 新北市中和區中安街七二號十三樓
　　　　　電話：02-2923-1455／傳真：02-2923-1452
網　　址　http://www.huamulan.tw 信箱 hml 810518@gmail.com
印　　刷　普羅文化出版廣告事業
初　　版　2015 年 9 月
全書字數　318863 字
定　　價　第十八輯 13 冊（精裝）新台幣 20,000 元

花卉在中國傳統詩歌中之意涵及其演變（上）

陳威伯　著

作者簡介

陳威伯，一九七三年生，台灣嘉義人。中國文化大學園藝系畢業，中國文化大學中國文學博士。熱愛花草而就讀園藝，且為了深入研究花卉文化，因此博士論文就以研究中國古代花卉文化為主題。近來更熱衷於古代花卉的生活運用，著有《餐芳譜》一書。

提　　要

　　本論文以「花卉在中國傳統詩歌中之意涵及其演變」為題，主要探討中國傳統重要花卉意象在歷代詩歌中，其意象的演變與發展的因素，並將歷代的審美特色與花卉的喜愛偏好予以透顯出來。本論文共分九章，第一章說明研究動機、範圍與研究現況；第二章文人與花卉，主要闡述花卉與文人的生命情境、價值與情感之間的關係；第三章歷代文學中的花卉書寫，主要闡述從先秦到清代，各個時代文學中的花卉寫作特色；第四章桃花意涵的演變，主要闡述桃花在歷代文學與文化中，其象徵意涵的演變過程；第五章梅花意涵的演變，主要闡述梅花在歷代文學與文化中，其象徵意涵的演變過程；第六章荷花意涵的演變，主要闡述荷花在歷代文學與文化中，其象徵意涵的演變過程；第七章蘭、菊、桂、牡丹意涵的演變則說明這四種花卉在歷代文學與文化中，其象徵意涵的演變過程。第八章花卉意涵的形成與演變，主要是將花卉意涵形成的主要方式與意涵變化的因素予以整理歸納；第九章結論，將本論文的研究成果予以扼要整理說明，並將中國花卉意涵的發展的主要脈絡用圖表呈現出來。

目
次

第一章　緒　論

第一節　研究動機與目的

　　自古以來花卉一直都是自然界中最吸引人們的事物之一，在文明尚未開啓前它曾長時間服務於巫術與宗教，具有醫療、祭祀、辟邪、生殖等重要巫術功能。而在進入文明之後，花卉原始巫術的功用也逐漸轉變成人們抒發心志、表達情感的重要物象，因而也成爲詩歌中，最常出現的自然物象。劉勰《文心雕龍・明詩篇》：「人稟七情，應物斯感，感物吟志，莫非自然。」〔註1〕人稟五官而能與自然萬物交感，而其中最能觸動人們內心情感的莫過於花木。由於花卉不像是蟲魚鳥獸不喜歡人類親近，亦不像山水雖能夠親近但不在咫尺的生活空間之中，因此就只有花是一種最任由人們接近、欣賞，亦能夠與人密切相處的自然之物。也因爲這種讓人想要親近的美好特質，自然也成爲人們喜歡投射情感與發揮想像的物象，是故葉嘉瑩提到：「人自花所得的意象既最爲鮮明，所以由花所觸發的聯想也最爲豐富……它一方面近到足以喚起人親切的共感，一方面又遠到足以使人保留一種美化和幻想的餘裕。」〔註2〕而在花卉的所有的特質中，最容易

〔註1〕周振甫：《文心雕龍注釋》（臺北：里仁書局，民國73年5月），明詩第六，頁83。
〔註2〕葉嘉瑩：《伽陵談詩》（臺北：三民書局，1970年4月初版），頁291

觸發人們情感的恐怕就是花卉所具有的時序象徵。由於花卉的生長與開花與季節及時序具有密切的關係，因而也最容易觸動人們時間的焦慮，而產生讓人感受到生命流逝的強烈感受。加上花開時極佳美麗與美好，而凋謝時又毫不留情的呈現出衰敗殘破之景，因此人們也總是在花好月圓與落花流水之中投射了自我的生命容顏與現實匱缺，是故花也總是牽動著人們悲喜的生命情感。這就是葉嘉瑩所提到的：「人之生死，事之成敗，物之衰盛，都可以納入『花』這一個短小的縮寫之中。因之它的每一過程，每一遭遇，都極易喚起人類共鳴的感應。」〔註3〕也因為如此，花成為一種相當重要的生命隱喻，因此文人也總是在花開花落之中看到自我的影子，所以花也就成為最容易觸動人心的事物，自然也就成為詩歌中重要的寫作意象。更重要的是由於花卉被動等待人們欣賞的情境與傳統文人等待君王垂青欣賞的處境非常類似，因此文人總是將自己的現實際遇用花卉來表現。從《楚辭》運用香草美人比興的寄託以來，花草一向是文人感懷寄託的主要意象，不論是美好的愛情、理想，還是懷才不遇、生命時空無常的寄寓，一朵花一片葉莫不是詩人七情六慾的隱喻。於是文人以花自喻，而花亦被賦予了人格，因此花卉與文人彼此亦成為一種惺惺相惜的知交，（清）張潮《幽夢影》提到：「天下有一人知己，可以不恨。不獨人也，物亦有之。如：菊以淵明為知己，梅以和靖為知己，竹以子猷為知己，蓮以濂溪為知己，桃以避秦人為知己，杏以董奉為知己。」〔註4〕也因為這種密切的隱喻關係，因此花卉身上總是投射著傳統文人生命的價值與情感。可以說在詩歌中，花卉已經成為一套文人價值與情感的表徵符號。

　　除此之外，花卉最原始而吸引人的形色之美，也是文人喜歡描寫

〔註3〕 葉嘉瑩：〈幾首詠花的詩和一些有關詩歌的話〉收於劉守宜主編：《中國文學評論》（臺北：聯經出版事業公司，1977 年 12 月初版），頁29。

〔註4〕 （清）張潮：《幽夢影》（臺北：文津出版社，1991 年 11 月），頁 8。

的重要因素，加上在花與女子巧妙的類比關係中，花與女子都成爲男性觀物賞美的對象，因此文人也喜歡透過花卉描寫時的譬喻手法，去間接滿足對於女性情態、形貌書寫的欲望。是故花卉能夠成爲文人苦悶書齋生活與現實功名不遂的寄託，正在於花卉可以投射文人各種生命面向的情感與欲望，所以透過詩歌中的花卉意象，也是最容易掌握到文人內心深處的生命情感，因此研究詩歌也就不能忽略這種最富於情思寄託的花卉意象。而花卉意象除了反映個人的生命情感，各個時代的民俗、宗教、藝術、價值觀等特色，也常會集體反映在對於花卉的審美與喜好之中，也因爲如此花卉意象往往會隨著時代的文化因素變遷而有所變化，所以透過花卉的價值意涵亦可以發現每個時代特殊的審美價值與精神風貌。先秦的蘭花、兩漢六朝的蓮花、唐代的牡丹、宋代的梅花、明清的桃花，每一個時代所喜好的花卉，往往也是一種最能透顯這個時代精神的象徵。是故花卉不僅僅只是一種人們單純用以娛樂消閒的事物，它具有悠久的民俗、宗教、審美、情感等人類重要文化的積澱，而每一種不同特質的花卉也會在歷史的洪流之中，分別去積澱完全不同的文化內涵，可以說花卉雖然是一種自然之物，但卻也是一種承載最多文化內涵的自然物象。因此透過每個時代的文學作品，可以將這些累積在傳統花卉之中的文化內涵予以發掘出來，所以本論文主要的寫作目的就是將重點放在中國傳統名花在詩歌中意象演變的過程與改變的因素，以釐清花卉意象演變的脈絡，並將各個朝代的花卉審美風尚與詩歌中花卉書寫的特性予以掘發，最後再將歷來花卉意象形成的方式與意象變化的原因予以分析與闡發，以發掘出花卉意象在中國詩歌中的角色與功用。由於目前花卉相關的學術論文，主要都是針對特定朝代或詩人的作品作爲研究的對象，因此很難全面性的了解花卉意象在不同朝代的演變過程。雖然目前逐漸有針對單一花卉的意象演變作爲研究，但是單一花卉很難全面了解一個時代不同價值觀所形成的審美特色，而只能單方面反映一種花卉變化的因素。因此本論文透過各種不同的花卉在歷代文學中的寫作，

就可以發現某些審美的共同特色，與人們特殊的價值觀，所以才選定這個主題來闡發中國花卉的審美發展，與花卉意象的形成與變化過程。

第二節　研究範圍和方法

一、研究範圍

由於詩歌是傳統中國文人最重視的文學形式，文人往往藉由詩歌抒情、言志、詠物，因此詩歌中的花卉意象往往最具有文人強烈的價值意識與情感寄託，加上詩歌是一種相當精緻的文化藝術，因此詩歌中的花卉意象，往往能夠呈現出最豐富的象徵意涵與深刻的審美觀照，因此選擇以詩歌作為主要的研究對象。而其他與花卉書寫密切相關的文體，如詠物賦與宋詞，也在相關的時代之中，作為考察花卉書寫變化的材料。至於其他如散文、及小說，則不列入研究的範圍之中，僅作為必要的輔助說明之用。

由於本論文著眼於花卉象徵意涵的演變過程，因此歷代詩歌就成為主要的研究對象。不過中國傳統花卉的象徵意涵，在宋代比德的價值確立之後，花卉意象的內涵就已經完全確立下來，大致上已經不再有太多新的變化。加上詩歌發展到了宋詩，亦已經沒有再進一步的發展，元明清大體只是沿襲，因此本論文所研究的詩歌範圍，主要是以先秦到兩宋之間的詩歌或文學為主，包括先秦的《詩經》、《楚辭》。兩漢、六朝的詠物詩、詠物賦。唐代的《唐詩》。宋代的《宋詩》與《宋詞》。而在宋代之後遺民詩歌中的花卉意涵也有一些變化，因此元明清三代的詠花詩就以遺民詩作為主要探討的對象。

本論文研究的對象，主要是詩歌中的花卉意象。所謂的「意象」就是指人的主觀的情思——「意」，透過花卉這個「象」來隱喻或表達內心中的某種情感或思想。簡言之，本論文所要探討的主要內容是指相同的花之「象」，在不同時代的詩歌中，人們所投射的「意」之

不同。因此本論文題目中所指的「意涵」，正是指「意」之內容的一種統稱。例如第八章第一節〈花卉意象中的男女意涵〉指的是，在花卉的「象」當中，人們賦予了有關於男或女的相關的「意」。

　　雖然本論文主要是針對花卉意象中的「意」來作研究，但作為「意」所依附的「象」卻是最重要的基礎。這個花卉之所以能夠成為歷代人們喜愛歌詠的對象，進而被人們賦予了各種意涵或象徵，則其必定在中國傳統中具備了重要的價值。因此在選擇作為研究的花卉上，就必需是在傳統詩歌中最具有指標性與代表性的花卉。由於傳統花卉的種類相當多，但並不是每一種花卉都具有豐富的文化積澱，事實上在唐代之前，人們所歌詠的花卉種類並不多，且多半都只是偶然被人們提起，並沒有太多的文化積澱，因此也就難以從中發現時代的審美特色，或象徵意涵的演變痕跡，所以不列入花卉專題探討的對象，而僅作為輔助說明的例子。本論文選擇了七種傳統重要花卉，包括桃花、梅花、荷花、蘭花、菊花、桂花、牡丹花。之所以選定這七種花卉做為專題研究的原因如下：

　　美麗的桃花是最早被中國人欣賞的極少數花卉之一，加上桃花在歷史的演變中具有濃厚具有女性、愛情、民俗、宗教、德行等豐富的意涵。可以說沒有一種花卉能像桃花一樣，至今仍與人們的民俗及語言具有如此密切的關聯。梅很早就是人們重要的生活物資，但到南朝才成為人們審美的對象，而到了宋代又被賦予濃厚的道德價值，因此從梅花身上最能發現各個時候審美的變化過程，且梅花又特別能夠表現出宋代的時代精神，是一種體現出高度文人價值意識與審美特色的花卉。荷花自古以來，就是人們最感興趣的花卉，可以說在唐代牡丹出現前，它是人們最喜歡的美麗花卉。更重要的是荷花是所有花卉中，唯一可以同時具有儒、釋、道三家的精神象徵。更具有可食、可賞，集眾美於一身的花卉，因此涵蘊著相當豐富的文化精神與審美價值。蘭是先秦時期相當重要的文化象徵，承載著從原始巫術信仰到儒家理性價值的遞嬗過程，是最早形成君子人格的花卉，具有重要的文

化象徵。菊花從先秦以來就與神仙及民俗具有密切的關係，並在屈原及陶淵明先後賦予了不同的價值之後，菊花的文化意涵益加豐富，是文人情志書寫少不了的重要花卉。桂的意涵分別由肉桂與桂花，先後積澱而成。桂的意涵相當多元，從神仙到世俗的功名，乃至於隱逸及品德意涵，全都一舉囊括。因此透過桂可以清楚的發現各個時代的價值取向與審美風尚。

　　牡丹是這些傳統名花最晚崛起，卻創造出最輝煌的時代熱潮，最能代表唐文化的精神風貌，而有花王之稱。雖然牡丹的意象從形成以來並沒有多少變化，但作為一種徹底滿足人們對於形色審美極至追求的重要花卉，其背後所蘊含的時代精神與審美心理都是相當值得探討的。基於上述原因，將這些文化意蘊豐富與象徵意涵變遷較大的桃、梅、荷，各以一章來探討；而內容相對較少的蘭、菊、桂、牡丹，則以一節來作討論。

二、研究方法

　　文學中的花卉意象，雖然常是一種知識份子用以表徵內心情感、精神、價值的重要象徵，但它並非只是一種孤絕於外的個人心象。文化是一種在繼承當中而不斷開展的過程，故出現在詩歌中的花卉意象，其所隱喻的意涵，不但有很久遠以前的文化意涵，也有當代的集體價值，更可能是某種內心的自我獨白，而它們都隨著時間不斷的積累在花卉意象上。因此要探討花卉意象的發展，往往不能純粹只就文本本身作探討，更重要的是要從過往文化的承襲與當代的集體價值中，去透顯出個人在運用這些花卉意象時的狀況，以釐清何者是承襲於傳統文化，何者又是受到時代價值因素的影響，進而發現出具有開創性的個人價值，從中逐步去建構出中國文學中花卉意涵發展的脈絡。

　　由於本論文主要的研究重點主要是在花卉意象遞嬗演變的過程，因此在研究方法上，主要是運用歸納法及比較分析法，將各個時

代文學中的花卉意象予以歸納，分析出時代的共同特色。並對於一些
對影響後世花卉意象與書寫內涵的個別文人，分析其成功形塑花卉意
象及產生影響的因素。是故在縱的方面主要透過比較歷代詩文中相同
花卉的意象改變痕跡。而在橫的方面主要比較相同時代的詩文中，其
意象的共同性與差異性，以發掘各別文人的特殊性與影響力。透過這
種縱觀及橫觀的方式，而能將特定花卉意象的演變軌跡與審美變化的
歷程予以闡述出來。

　　此外一些花卉的象徵意涵可能源自於原始的宗教或巫術信仰，
而在後世可能已經無法直接發現這個原始的源頭，因此必須透過一些
人類學的相關研究，才能發現它的原始根源。因此本論文在探討一些
與原始文化密切相關的花卉，亦引用人類學的相關論述，作為佐證的
輔助資料。

　　本論文共分九章，主要包括四個研究重點：一者，闡發歷代文人
與花卉之間所反映出來的文化現象與文人心態。二者，考察歷代詩歌
中，花卉書寫的特色。三者，考察這七種主要花卉的演變過程。四者，
將花卉意象的形成與變遷的因素予以歸納出來。

第三節　研究現況

一、台灣研究現況

　　台灣有關於花卉相關的文化研究，目前出版的專著並不多，僅有
蕭翠霞《南宋四大家詠花詩研究》等少數幾本。部分重要的論述則散
見於詩學相關的著作之中，如黃永武《中國詩學——思想篇》中的
〈中國詩人眼中的植物世界〉一章中。葉嘉瑩《伽陵論詩叢稿》中部
分與花卉相關的論述。顯見以花卉為主體的研究，目前仍不普遍。不
過在學位論文的研究上，卻有完全不同的情況，有越來越多的發展
趨勢。歸納這些學位論文的研究主題，主要包括：特定時代的花木、
植物意象研究，或是某個特定花卉的意象演變作研究等。以研究特

定朝代文學中的花卉意象，包括：陳靜俐《詩經草木意象》；張淑惠《詩經動植物意象的隱喻認知詮釋》；陳妙華《從山海經、楚辭看草木與文學的關係》；江凱弘《六朝詠植物詩研究》；陳溫如《魏晉時期花木賦研究》；陳聖萌《唐人詠花詩研究》；涂美婷《唐代牡丹文化與牡丹詩研究》；蔡幸吟《唐詩中牡丹、菊花、蓮花之意象探討》；楊小鈴《唐宋牡丹詞研究》；蔡雅慧《宋代海棠詞研究》；廖雅婷《宋代梅花詞研究》；蕭淑芬《清代花木詩研究——以《清詩匯》爲主的觀察》等。

以特定詩人或其文學作品中的花卉意象爲研究對象者，包括：陳鳳秋《阮籍詠懷詩鳥與草木意象之研究》；孫鐵吾《李白詩歌中植物意象研究》；呂郁雯《王維山水田園詩之草木意象研究》；陳怡玲《白居易花木詩研究》；張美鳳《李義山植物詩初探》；李之君《花神的饗宴——李商隱詠花詩探析》；張麗琴《李商隱牡丹詩之研究》；鄧絜馨《六一詞花鳥意象研究》；陳貞俐《蘇軾詠花詩研究》；劉淑菁《漱玉詞花鳥意象研究》；黃淑娟《李清照詠花詞研究》；林欣怡《二安詞之花意象比較研究》；柳品貝《范成大詠花詩研究》；蕭翠霞《南宋四大家詠花詩研究》；王厚傑《陸遊詩中花之研究》等。

以個別花卉爲研究主題者，包括：張史寶《桃的神話與文學原型研究》；顏素足《漢族「桃」文化與文學研究》；蔡孟嫻《中國文學中的桃花研究》；徐秀眉《中國文學中荷的研究》；李珮慈《采菊：「菊」的原始意象與文學象徵——以屈賦陶詩爲主》。

大體而言，國內論文研究花卉的文學意象的方式，主要有：一、以統計歸納各別花卉出現的次數及花卉意象的意涵，以發現花卉於特定作品的數量、作品的寫作偏好及特色。二、將作品中花卉意象的寫作內涵以主題分類進行分析，以發現作者寫作的情感或思想特色。三、將作品出現的花卉意象，依次說明分析。四、將特定詩人的作品，依書寫年代分析書寫的花卉類別與情感特色。五、以單一花卉的意象發展作爲研究分析。六、從神話及原型等西方學術的角

度，研究特定花卉的文化、象徵、巫術、語言、心理等，以發現從傳統角度無法發現的深刻意蘊。茲將近年來台灣學位論文依年代表列如下：

年度	作者	論文名稱	學位名稱
1982	陳聖萌	唐人詠花詩研究	國立政治大學中國文學系碩士
1985	俞玄穆	宋代詠花詞研究	國立政治大學中國文學系碩士
1986	陳妙華	從山海經楚辭看草木與文學的關係	中國文化大學中國文學研究所碩士
1992	蕭翠霞	南宋四大家詠花詩研究	國立成功大學歷史語言研究所碩士
1997	陳靜俐	詩經草木意象	國立師範大學國文學系碩士
1990	鍾宇翡	詠植物詩中的吉祥觀初探	成功大學歷史語言研究所碩士
1996	張琪蒼	唐代詠花詩研究	中興大學中國文學研究所碩士
1998	孫鐵吾	李白詩歌中植物意象研究	國立師範大學國文學系碩士
2002	陳貞俐	蘇軾詠花詩研究	高雄師範大學國文學系碩士
2002	歐純純	陸游與楊萬里詠梅詩比較研究	國立中正大學中國文學系博士
2003	吳家茜	高啓梅花詩探微——兼論歷代梅花詩之發展	國立中山大學中國語文學系研究所
2003	廖雅婷	宋代梅花詞研究	中正大學中國文學研究所碩士
2003	顏素足	漢族「桃」文化與文學	臺北市立師範學院應用語言文學研究所碩士
2003	徐秀眉	中國文學中荷的研究	中國文學研究所碩士在職專班碩士
2004	陳溫如	魏晉時期花木賦研究	台灣師範大學國文系碩士
2004	關漢琪	中國「桃」文化研究——以古典戲曲爲例	逢甲大學中國文學系碩士
2004	林玲菁	中國植物神話中之生命一體化及象徵意義研究	淡江大學中國文學碩士

年度	作者	論文名稱	學位名稱
2005	張淑惠	《詩經》動植物意象的隱喻認知詮釋	東海大學中國文學系碩士
2005	張史寶	桃的神話與文學原型研究	政治大學中國文學系國文教學碩士學位班碩士
2005	鄭琇文	金元詠梅詞研究	成功大學中國文學研究所碩士
2006	蔡夢嫻	中國文學中的「桃花」研究	中央大學中國文學研究所碩士
2006	張麗琴	李商隱牡丹詩之研究	玄奘大學中國語文學系碩士班碩士
2006	鄧絜馨	《六一詞》花鳥意象研究	國立臺灣師範大學國文學系在職進修碩士班碩士
2006	楊小鈴	唐宋牡丹詞研究	國立彰化師範大學國文學系碩士
2007	蔡雅慧	宋代海棠詞研究	彰化師範大學國文學系碩士
2007	柳品貝	范成大詠花詩研究	銘傳大學應用中國文學系碩士班碩士
2007	陳怡玲	白居易花木詩研究	中正大學中國文學研究所碩士
2007	江凱弘	六朝詠植物詩研究	彰化師範大學國文學系碩士
2007	陳鳳秋	阮籍詠懷詩鳥與草木意象之研究	國立臺灣師範大學國文學系在職進修碩士班碩士
2008	張美鳳	李義山植物詩初探	中國文化大學中國文學研究所碩士
2008	江凱弘	六朝詠植物詩研究	彰化師範大學國文研究所碩士
2008	蕭淑芬	清代花木詩研究——以《清詩匯》為主的觀察	政治大學國文教學碩士學位班碩士
2008	鄭芷芸	中國花神信仰及其相關傳說之研究	國立台北大學民俗藝術研究所碩士
2008	吳玫香	宋代南渡政壇詞人詞作花意象研究	中國文化大學中國文學研究所碩士

年度	作者	論文名稱	學位名稱
2008	馮女珍	唐人詠牡丹詩之審美意識研究	中國文化大學中國文學研究所碩士
2008	涂美婷	唐代牡丹文化與牡丹詩研究	東海大學中國文學研究所碩士
2008	李之君	花神的饗宴——李商隱詠花詩探析	臺北市立教育大學中國語文學系碩士
2008	林欣怡	二安詞之花意象比較研究	彰化師範大學國文學系碩士
2008	黃淑娟	李清照詠花詞研究	高雄師範大學國文教學碩士班
2008	蔡幸吟	唐詩中牡丹、菊花、蓮花之意象探討	玄奘大學中國語文學系碩士
2009	劉淑菁	《漱玉詞》花鳥意象研究	國立臺灣師範大學國文系碩士
2009	呂郁雯	王維山水田園詩之草木意象研究	臺灣師範大學國文學系在職進修碩士班碩士
2010	李珮慈	采菊：「菊」的原始意象與文學象徵——以屈賦陶詩為主	東華大學中國語言學系碩士
2010	邱明娟	蘇軾詠花詞意象研究	玄奘大學中國語文學系碩士
2010	吳宜蓁	夢窗詠花詞研究	國立臺灣師範大學國文學系碩士
2010	余惠婷	元代詠花詞研究	國立成功大學中國文學系碩士班碩士

二、大陸研究現況

　　大陸有關花卉與文化的相關研究，主要從上世紀 90 年代開始。周武忠最早提出了「花卉文化」的研究方向，發表了《中國花卉文化》，內容包括與花卉相關的文化現象，如文學、飲食、健康、宗教、民俗、園林、賞花、音樂、名人等各方面。本書在論述上比較通泛，較無深刻的闡發和探究，嚴格講並不具備學術研究的性質。1995 年，李志炎與林正秋《中國荷文化》，是第一部針對特定花卉的專著，不過其闡述的內涵依舊較為平淺，因此仍不是嚴格的學術研究。1999

年時，何小顏《花與中國文化》分別就中國傳統重要花卉——針對其文學等相關文化積澱作闡發，廣泛的論述各種花卉在中國文化與文學中的象徵與意蘊，是一部了解傳統花卉文化的入門之作。是一部較為深入探討花卉文化的作品。大體而言，在上世紀結束前，大陸地區的花卉文化研究仍屬於築基的階段。

二千年之後，大陸地區的花卉文化研究開始進入到一種嚴格的學術研究性質。2001 年，南通師範大學周建忠教授的《蘭文化》，從《楚辭》入手，掘發出蘭文化原始的圖騰信仰與巫術孑遺，並透過仔細的考證，論述先秦的蘭與後世的蘭花是否異同的古今謎團。2002 年，程杰《宋代詠梅文學研究》針對宋代梅花象徵形成的原因與梅花審美發展有深入的探討，是第一部針對特定花卉在文學上發展的專著。之後程杰又陸續發表了《梅文化論叢》與《中國梅花審美文化研究》，更深入的剖析梅花在文學的演變的過程，並對於宋代梅花審美具有深刻入裡的闡發，他特別以「清」與「貞」的審美特徵，論述了兩宋梅花審美的遞嬗過程。程杰不僅自己投入花卉的審美研究，更帶領博碩士研究生進行各種傳統花卉的研究，如：俞香順《中國荷花審美文化研究》以跨文體的方式，將荷花於各類文題的表現方式予以歸納闡發，並針對采蓮主題、人格象徵等主題，進行深刻的闡發。尤其對於周敦頤《愛蓮說》的論述，具有鞭辟入裡的深刻闡發。渠紅岩《中國古代文學桃花題材與意象研究》，此論文從多面向闡發桃文化與文學意象的演變過程。不僅從縱向釐清桃花意象或題材在文學乃至於整個文化領域的形成與發展，歸結出其演變的規律。更進一步有系統的闡發桃花的審美、文化象徵、歷史地位等深刻的桃花內涵，此書對於掌握豐富多元的桃花文化有很大的幫助。黃麗娜《中國文學中的桂花意象研究》首先辨析不同時代所指稱「桂」之不同，確認了桂樹與桂花的審美演變過程。張榮東《中國古代菊花文化研究》主要研究菊花題材文學與審美文化的發展歷程及其表現，側重在文化方面。菊文化主

要包括菊花的實用價值、審美價值和文化意義三個方面。以下將大陸
近年來出版的花卉研究專著表列如下：

年度	作者	論文名稱	出版社
2001	周建忠	《蘭文化》	中國農業出版社
2002	程 杰	《宋代詠梅文學研究》	安徽文藝出版社
2005	俞香順	《中國荷花審美文化研究》	巴蜀書社
2007	程 杰	《梅文化論叢》	中華書局
2008	程 杰	《中國梅花審美文化研究》	巴蜀書社
2009	渠紅岩	《中國古代文學桃花題材與意象研究》	中國社會科學出版社
2011	張榮東	《中國古代菊花文化研究》	巴蜀書社

第二章　文人與花卉

　　自古以來花卉就與士階層具有密切的關係，不論是花卉象徵意涵的建立，還是在實際的栽培種植上，文人都是最重要的參與角色。也因爲傳統文人對於花卉極爲重視，因此花卉不僅僅只是娛悅感官的美麗物象，更是文人建構自我價值與抒發情感的重要物象。由於文人在花卉之中貫注了強烈的價值意識與生命情感，因此只要透過文人詩歌中的花卉意象，就足以了解文人心中的情感與理想，從中亦可以說明花卉在傳統文人的價值與意識當中所具有的重要地位。因此本章主要就針對文人如何透過花卉去形塑一個充滿文人色彩的價值世界，以及文人在花卉之中所流露出來的生命情感，就此分別去探討其形成的因素與心理模式，並將之分成四節作討論。第一節探討花卉與文人仕隱的關係；第二節探討文人比德於花的形成因素；第三節探討文人賦予花卉倫理關係的現象；第四節則說明文人對於花卉的興發與生命感受。

第一節　文人仕隱與花卉

　　由於傳統文人是一種附屬於統治階層的社會角色，在唐代科舉取士之前，一般的文士幾乎只能被動等待統治者的垂青，才能獲得出仕的機會。這種被動等待君王欣賞的處境，事實上與是花卉需要人們欣

賞的對待關係相類似，是故花卉自古就成爲文人投射用渴望被君王賞識的主要物象。不過一但入仕之後，也不見得能夠一展長才，事實上這些能夠入仕的文人，多半也只是貴族與統治者的文學侍從，在貴族們遊賞苑囿時，花卉與文學就成爲遊樂助興的重要工具，最有名的例子就是《楊妃外傳》所載的李白故事：

> 開元中，禁中初重木芍藥，即今牡丹也，得數本紅、紫、淺紅、通白者。上因移植於興慶池東沉香亭前，會花方繁開，上乘照夜白，妃以步輦從，詔梨園弟子，李龜年手捧檀板，押眾樂前將欲歌。上曰，賞名花，對妃子，焉用舊樂辭爲，遂命龜年持金花箋，宣賜翰林學士李白，進清平調辭三章。〔註1〕

從這段記載中可以看到，花與文人都是提供統治者遊賞的重要角色。事實上從漢代以來，文學侍從與苑囿裡的花卉，都是強大帝國用以粉飾太平的工具，文人用華麗的詞藻去描繪宮廷苑囿裡的奇花異草，其目的都在鋪陳帝國富盛，以達到歌功頌德的目的，司馬相如〈上林賦〉：

> 揵以綠蕙，被以江蘺。糅以蘪蕪，雜以留夷。布結縷，攢戾莎，揭車衡蘭，槀本射干。茈薑蘘荷，葴持若蓀。鮮支黃礫，蔣蘋青薠。布濩閎澤，延曼太原。離靡廣衍。應風披靡。吐芳揚烈，郁郁菲菲。眾香發越。〔註2〕

呈現在文章中的花木鋪排出品類眾多的繁盛景況，但卻是一種情思空洞的美文，專用以歌功頌德以討好君王之用。雖然揚雄曾經感嘆辭賦是壯夫不爲的雕蟲小技，不過一但文人出仕爲官，就仍免不了創作這類侍宴遊園的應制詩文，因此多數文人的作品中也就少不少這類描寫花卉與遊園的詩文，如宋之問〈春日芙蓉園侍宴應制〉：

> 芙蓉秦地沼，盧橘漢家園。谷轉斜盤徑，川迴曲抱原。風

〔註1〕《廣群芳譜》，卷32，頁1863。

〔註2〕（梁）昭明太子撰，李善注：《文選》（臺北：藝文印書館，民國92年3月），卷8，頁127。

　　來花自舞，春入鳥能言。侍宴瑤池夕，歸途笳吹繁。〔註3〕
這類侍宴遊園的應制詩文，充分顯示文人描寫花木的創作目的並不在
書寫自己的感受，而是與文人眼前的花卉一樣，都是爲了討人歡心。
不過這種爲取悅上位者而不得不卑躬屈膝的態度，也讓文人投射出另
一種能夠藐視王者的生命價值——隱士。因此歸隱自古以來就是士大
夫用以保全人格獨立性的最後手段，而這就是隱士爲何長久以來都是
一種高尙人格象徵的主要原因。首先透過花來展現高逸生活情態的隱
者，當推陶淵明的採菊東籬。採菊東籬之所以成爲一種文人最嚮往的
生命圖像，正在於無論是花與人都跳脫了等待被賞的角色，因而也實
踐出一種自足無待的自主價值。也因爲如此，花卉也成爲與隱士關係
密切的生活友伴。袁宏道在《瓶史》序提到：

> 夫幽人韻士，摒絕聲色，其嗜好不得不鍾于山水花竹。夫
> 山水花竹者，名之所不在，奔競之所不至也。天下之人，
> 棲止於囂崖利藪，目眯塵沙，心疲計算，欲有之而有所不
> 暇。故幽人韻士，得以乘間而踞爲一日之有。夫幽人韻士
> 者，處於不爭之地，而以一切讓天下之人者也。唯夫山水
> 花竹，欲以讓人，而人未必樂受，故居之也安，而踞之也
> 無禍。嗟夫，此隱者之事，決烈丈夫之所爲，餘生平企羨
> 而不可得者也。〔註4〕

花木這種無關名利之物，唯有放棄世俗追求的隱士才能眞正感受它們
的美好，而這種與花木自在無求的閒逸之情，正是身陷名利場中的文
人最羨慕的一種情境。不過對於隱士而言，當他捨棄了入仕的途徑之
後，在現實生活中幾乎就不可能有其他的實現可能，甚至連生計都嚴
重受到威脅。而能夠讓隱士充分遺忘現實的殘酷面貌，除了詩酒、山
水之外，就屬自然的花木最能夠讓它們跳脫人世價值的羈絆，而回歸
到自在自足的個人世界。因此菊之於陶淵明，而梅之於林和靖，正在

〔註3〕《全唐詩》，卷52，頁631。
〔註4〕（明）袁宏道：《瓶史》，收於楊家駱主編：《觀賞別錄》（臺北：世
　　　　界書局，民國69年），頁1。

於它們能夠讓人沉浸在自然的美好而達到忘世的樂境。此外這些花卉更進一步提供對抗世俗價值的精神力量，而能在政治舞台之外，建立起一種自我的人格價值，（宋）文同〈賞梅唱和詩序〉提到：「梅獨以靜豔寒香，占深林，出幽境。當萬木未競華侈之時，寥然孤芳、閑澹簡潔，重爲恬爽清曠之士之所矜賞。」〔註5〕梅花之所以能夠得到隱士的矜賞，正在於文人在它們身上投射出特殊的人格價值，因此這些與隱士爲伍的花卉，通常都具有標誌自我人格價值的象徵意味。也由於花卉具有文人理想價值的投射，故也形成了後世文人以花爲友的情感表現，（宋）羅畸〈蘭堂記〉提到：「噫！蘭之德淡然不可以榮辱，何其有道君子也！故予之於蘭，猶賢朋友也，不敢輒玩之。載以高臺，衛以修檻，所以拔其卑汙而養其潔也。」〔註6〕以花爲友可以說正是傳統文人用以表現自我人格價格的重要象徵。

傳統中國文人眞正能夠從仕隱對立的價值中解放，則始於中唐文人。由於唐代科舉取士的實施，新興的文人集團取代了六朝以來的士族，知識份子逐漸成爲掌握社會主要資源的新貴，這時他們開始對於園林的構築與花木的栽植產生了濃厚的興趣，因此中唐的詩歌中也開始出現賞花、折花、種花等閒逸的生活片段，呈現出追求欣悅美好的閒情逸緻，如：

> 持錢買花樹，城東坡上栽。但購有花者，不限桃杏梅。百果參雜種，千枝次第開。天時有早晚，地力無高低。紅者霞豔豔，白者雪皚皚。遊蜂逐不去，好鳥亦來棲。前有長流水，下有小平臺。時拂臺上石，一舉風前杯。花枝蔭我頭，花蕊落我懷。獨酌復獨詠，不覺月平西。巴俗不愛花，竟春無人來。唯此醉太守，盡日不能迴。（白居易〈東坡種花二首〉）〔註7〕

〔註5〕曾棗莊，劉琳主編：《全宋文》（成都：巴蜀書社，1988年），冊26，頁93。

〔註6〕同上註，卷2592，頁234。

〔註7〕《全唐詩》，卷52，頁641。

詩中充分表現出植花藝草以及經營園林的閒情逸緻，可以說從中唐文
人開始，由於社會與經濟條件的穩定，以及科舉改變了社會資源的分
配，是故得到更多自主空間的中唐文人也開始關注自己的休閒娛樂，
而栽植花木更是成為文人普遍的嗜好。也由於對於花卉實際栽培的興
趣，亦導致他們對於各種新興的花卉品種產生關注，所以也出現各類
專用吟詠新品種花卉的詩歌。不過中唐文人對於園林栽植的興趣，亦
並非全然根基於閒情逸緻的遊樂。事實上這種閒情逸致的背後，具有
一種調和仕隱衝突的作用。這時的文人不再進入前代文人仕隱抉擇的
衝突當中，他們亦仕亦隱，透過為官獲得社會地位與經濟來源，但卻
不將心思放到政治追求之中，而是投入生活閒逸之趣的追求，這就是
白居易所謂的「中隱」。也因為要處身於名利場上，而仍具有隱逸的
樂趣，於是文人藉由構築園林與栽種花木以隔絕世俗的紛擾，因此官
舍、宅第的人造的園林取代隱士的自然山林，而成為文人在現實之中
棲隱的神聖空間。到了宋人這種中隱的精神更是被發揮到了極致，邵
雍在〈林下局事吟〉提到：

> 閒人亦也有官守，官守一身四事有。一事承曉露看花，一
> 事迎晚風觀柳。一事對皓月吟詩，一事留嘉賓飲酒。從事
> 于茲二十年，欲求同列誰能否。〔註8〕

詩中呈現出出宋代士大夫以園林為樂的作官態度，並說明文人在園林
中賞花、觀柳、吟詩、宴飲的生活情趣。也因為花卉成為文人宴飲文
化中的重要角色，因此也發展出許多特殊的遊賞與娛樂方式，如燃燭
賞花、月下賞花、踏雪尋梅，甚至以花為食器（如以荷葉、荷花為杯）
及以花為飲食（如南宋《山家清供》各式花卉料理）等，可以說這時
的花木已經是文人宴飲、吟詠、遊樂不可或缺之物，並充分融入於士
大夫的雅文化當中，成為士大夫重要藝文活動。也因為花卉與士大夫
的關係日趨緊密，因此士大夫也從純粹觀賞者而變成栽培的專家，進

〔註8〕（宋）邵雍：《伊川擊壤集》（上海：上海書店，1989年），卷9，頁
113。

而也產生許多關於花木的專業著作，如歐陽修《洛陽牡丹記》、陸游《天彭牡丹譜》、劉蒙范成大《菊譜》、趙時庚《金漳蘭譜》、《范村梅譜》、陳思《海棠譜》，數量多到不勝枚舉。無論是花卉的栽培、研究、著作等實務性的專業工作，文人都已經廣泛的參與，園藝技術更成為宋代文人的重要專長之一，例如陸游〈雜詠園中果子四首〉其一：「不酸金橘初種成，無核枇杷接亦生。」〔註9〕方岳〈接花〉：「楚釋并刀社雨前，掇紅接紫自年年。」〔註10〕方一夔〈接花〉：「枝頭信手奪春工，要借并州一割功。瓜柳皮粘混金碧，梅桃根換變鉛紅。」〔註11〕文人不僅懂得栽種，甚至於連難度較高的嫁接技術都相當嫻熟。又如陸游〈葺圃〉：「種樹書頻讀，齊民術屢窺。曾求竹醉日，更問柳眠時。盧橘初非橘，蒲葵不是葵。因而辨名物，甘作老樊遲。」〔註12〕虞儔〈觀園夫種菜〉：「向來師老圃，此去遂閒居。遠屋扶疎處，兼尋種樹書。」這些詩顯示出士大夫對於栽培知識、植物特性及名稱等的探究興趣。

除此遊賞娛樂之外，宋人還認為園林具有修養心性的作用，蘇軾〈靈壁張氏園亭記〉說：

> 今張氏之先君，所以為其子孫之計慮者遠且周，是故築室藝園於汴、泗之間，舟車冠蓋之衝。凡朝夕之奉、燕遊之樂，不求而足。使其子孫開門而出仕，則跬步市朝之上；閉門而歸隱，則俯仰山林之下。於以養生治性，行義求志，無適而不可。故其子孫，仕者皆有循吏良能之稱，處者皆有節士廉退之行。〔註13〕

蘇軾將這種耗費甚巨且為個人遊樂而無益於社會民生的私人園林，給予了高度的價值肯定，甚至將為官廉能的作為，都歸功於園林的涵

〔註9〕《全宋詩》，卷2184，頁24886。
〔註10〕《全宋詩》，卷3212，頁38407。
〔註11〕《全宋詩》，卷3537，頁42296。
〔註12〕《全宋詩》，卷2240，頁25730。
〔註13〕（宋）蘇軾：《蘇東坡全集》（北京：中國書店，1992年），卷33，頁394。

養之功，亦足見宋代士大夫對於園林的重視程度。是故宋代文人在看待花木的價值上，已經不僅僅是從欣賞娛樂的角度來看待，他們更重視花木涵養德行的作用，（宋）王貴學《王氏蘭譜》提到「夫草可以會仁意，蘭豈一草云乎哉？君子養德，於是乎在！」〔註14〕甚至於從花草之中也要去體悟天理造化之妙，邵伯溫《易學辨惑》提到一則故事，程頤拜訪邵雍時，正值春暖花開，於是邵雍邀程頤同遊賞花，可是程頤卻推辭說：「平生未嘗看花。」這時邵雍就說：「庸何傷乎？物物皆有至理，吾儕看花，異于常人，自可以觀造化之妙。」〔註15〕在理學家眼裡，賞花不再只是感官的娛樂，他們將觀花從表象提昇到抽象形上之理的體悟，進而賦予觀花崇高的價值意義，《王氏蘭譜》提到：「窗前有草，濂溪周先生蓋達其生意，是格物而非玩物。」〔註16〕從中可知宋人對於花木的態度並非從感性玩賞的態度來看待，事實上他們面對花木的態度是理性多於感性。南宋李綱〈種花說〉亦提到：

> 人之嗜，為物所轉，玩顏色之美好，嗅馨香之條芳，足以悅可其意，斯已矣。吾之嗜花，獨觀其變。雷風之所震盪，日月之所照燭，雨露之所滋潤，雪霜之所凌挫，或苗其芽，或敷其英，或歸其根，或成其實，四時之變無窮，而花之變亦無窮也。方時未至，若閒若藏，不可強之使開。及時既至，若憤若怒，不可抑之使斂。開已而謝，雖天香國色，飄零萎弱，復為臭腐，莫可得而留也，況其餘乎？吾嘗以是觀之，則生生化化之理，在吾目中矣。〔註17〕

從這段文字中可以看出，宋人在對待花卉物色的變化中，並沒有表現出傳統文人那種感物興悲的情感。他們以一種理性、超然的生命態

〔註14〕（宋）王貴學：《王氏蘭譜》（臺北：藝文書局，民國 55 年），頁 1。

〔註15〕（宋）邵伯溫：《易學辨惑》（臺北：正中書局，民國 71 年 7 月），頁 11。

〔註16〕（宋）王貴學：《王氏蘭譜》（臺北：藝文書局，民國 55 年），頁 1。

〔註17〕曾棗莊、劉琳主編：《全宋文》（上海：上海辭書出版社，2006 年），卷 3758，頁 168。

度，重新塑造了文士與花的精神格調。這時花卉也才能從傳統書寫不遇的情調之中解放出來，而這種解放亦意味著文士自我獨立價值的顯現。

總之，花卉與傳統文人的仕與隱價值之間具有密切關係，當文人急欲入仕時，那麼他就像爲一朵終日等待美人垂青的花朵，而入仕之後則成爲滿足統治者遊園賞花的文學侍從；於是當文人決意歸隱時，花也成爲承載精神動能的象徵物。中唐開始，文人開始形成一種調和仕隱衝突的中隱模式。這時花卉才眞正成爲文人賞玩審美的對象，這也就是爲何宋人對於花卉與園藝如此重視的主要原因。可以說從花卉與文人的關係，就可以看到文人在仕隱之間的演變過程，與生命價值的變化歷程。

第二節　以花比德——孤芳自賞

在中國花卉的審美發展中，先民最早關注的是花卉的實用價值，如糧食、藥用、時節季候的象徵、宗教習俗等實用價值。不過在先秦時期的「比德」觀念興起之後，就成爲主導士大夫對待自然事物的審美觀。李澤厚在《美學百科全書》提到，「比德」是春秋戰國時期出現的一種自然美觀點。認爲自然物象之所以美，在於它作爲審美客體可以與審美主體「比德」，亦即從物象中可以感受或意味到某種人格美。在這裏，「比德」之「德」指倫理道德或精神品德；「比」意指象徵或比擬〔註18〕。簡單的說，所謂的「比德」就是把自然界中的事物，以它們形貌或特質，去比附、暗喻人的品格、道德等倫理價值，進而把自然界的「物」予以人格化、道德化，使它們具有道德人格的象徵意涵，進而能夠涵養人的道德人格。

最早明確提出「比德」觀點的典籍是《管子》，在〈水地〉篇中

〔註18〕李澤厚、汝信名譽主編：《美學百科全書》（北京：社會科學文獻出版社，1990年版），頁23。

已有以水、玉比德的論述。而在〈小問〉則直接透過桓公與隰朋的對話，論述「何物可比于君子之德？」〔註19〕的命題。不過真正讓「比德」產生重大影響的確是孔子。在先秦典籍中，以孔子這個形象所闡述的比德觀，包括有以自然景觀的山、水比德；以礦物中的玉比德；植物中的松柏、芷蘭比德，從中可以看出孔子與比德觀的密切關係。

《論語・顏淵》提到：「君子之德風，小人之德草，草上之風必偃。」〔註20〕這裡已經明確的將君子與小人之德的差異，用風和草來比擬。另外《論語・子罕》亦提到：「歲寒然後知松柏之後凋也。」〔註21〕這裡則將松柏歲寒不凋的特質，用來表述德行的價值。孔子在《論語》中通常是直接比德於自然物象，不過卻未深入進行論述。因此一直要到荀子才真正對於君子與「比德」的內涵作出有系統的闡述，《荀子・法行》提到：「夫玉者，君子比德焉。溫潤而澤，仁也。栗而理，知也。堅剛而不屈，義也。廉而不劌，行也。折而不撓，勇也。瑕適竝見，情也。扣之其聲，清揚而遠聞。其止輟然，辭也。故雖有珉之雕雕，不若玉之章章。《詩》曰：言念君子，溫其如玉。此之謂也。」〔註22〕荀子分別從玉的各種特性，賦予相關的君子美德。另外《荀子・宥坐》亦提到：「且夫芷蘭生於深林，非以無人而不芳。君子之學，非為通也，為窮而不困，憂而意不衰也。」〔註23〕荀子用「蘭」的特質來象徵君子窮通不變的品德價值，正式開啓了以花卉比德的方式。可以說先秦儒家的比德觀到荀子時已經形成有系統的論述，而不再只

〔註19〕　（春秋）管仲撰、（唐）房玄齡注：《管子》（臺北：世界書局，民國77年），頁277。
〔註20〕　（魏）何晏注、（宋）邢昺疏：《論語注疏》（臺北：藝文印書館，1977年），頁109。
〔註21〕　（魏）何晏注、（宋）邢昺疏：《論語注疏》（臺北：藝文印書館，1977年），頁81。
〔註22〕　（戰國）荀子著、（唐）楊倞注、（清）王先謙集解：《荀子集解・考證》（臺北：世界書局，2005年），頁484。
〔註23〕　（唐）楊倞注、（清）王先謙集解《荀子集解・考證》（臺北：世界書局，2005年10月），卷20，頁477。

是一種簡單的價值比喻。

那麼儒家爲什麼對於比德的價值特別看重呢？這則與儒家對於
君子人格的培育方式有著密切關係。由於人在現實的世界中，隨時都
必須面對各種人性欲求的挑戰，因此要成爲儒家君子這種理想人格，
就必須隨時在生活中謹記這樣的人格理想，故在生活世界透過將這些
外在的物象標示上道德的人格意涵，以隨時惕厲自我，於是當人們在
看到自然物象之美時，也會啓悟自己努力去完善自身的德行，這時道
德就不再只是僵硬、抽象的理性價值，它變成可以體驗感受的美好價
值。白居易〈養竹記〉中就透過竹的形象比德，來作爲啓悟自身的美
德，以說明君子種竹的意涵，其文曰：

> 竹似賢，何哉？竹本固，固以樹德，君子見其本，則思善
> 健不拔者。竹性直，直以立身，君子見其性，則思中立不
> 倚者。竹心空，空似體道，君子見其心，則思應用虛者。
> 竹節貞，貞以立志，君子見其節，則思砥礪名行，夷險一
> 致者。夫如是，故君子人多樹爲庭實焉。〔註24〕

儒家正是透過「君子比德」的方式，以形塑出具備美、善的理想人格，
這種藉由自然的美去啓悟人們對於道德美善的企慕，正是儒家人格教
育最高明的地方。可以說儒家比德觀實際上是一種具有美學意義的人
格論。〔註25〕

不過儒家雖然對於自然事物的美亦表現出欣賞的態度，但其美感
並不是根源於客體的形態美，而是透過自然之美來隱喻主體的德行之
美，可以說儒家的審美興趣主要在於倫理價值中"善"的美質，而不
是存在於自然事物之中的感性之美。儒家強調「善」與「美」的統一，
因此事物是否「美」？其前提是看它是否具備「善」的標準。孔子在
《論語》就提到一段關於美、善的價值論斷，〈八佾〉：「子謂韶，盡

〔註24〕（清）董誥等編：《全唐文》（上海：上海古籍出版社，1995 年），卷
676，頁 3058。

〔註25〕王利民：〈"君子比德"說與儒家的審美興趣〉，《江西社會科學》
（2008 年 7 月），頁 64。

美矣，又盡善也。謂武，盡美矣，未盡善也。」〔註26〕孔子認爲《武》
樂雖然展現出聲容之盛，表現出「美」的娛悅感受，但卻不合於「禮」
的規範，從中可以看出「善」才是評斷事物價值的根本基礎。《中國
美學史》提到：

> 中國古文獻中也常用"美"字去指明味、聲、色所給予人
> 的審美的愉快，但被中國古代美學所肯定的眞正意義上的
> 美卻不是單純給人以味、聲、色的官能享受的美，而是同
> 善的要求相一致，具有社會倫理道德意義的美。正因爲這
> 樣，在中國古代的美學中美同善才經常密不可分，美也就
> 是善。強調美與善的密切聯繫，這使得中國古代美學具有
> 崇高的道德精神，高度重視審美的社會作用，處處要求把
> 美感同低級的動物性的官能快感嚴格區分開來。〔註27〕

也因爲這種用道德審視事物的價值取向，因此在先秦儒家的道德關
懷中，自然的物象並沒有獲得獨立的審美價值，所以在儒家的經典
中也就看不到純粹對於自然物的審美興趣。也由於這種以主體的道
德價值作爲審美的前題，因此自然的物象是否能夠成爲審美的對象，
完全是決定於它是否符合主體的價值觀念。於是當這個物象可以投
射出某種道德價值時，它就與道德人格的形象產生關聯，這時它就
成爲具有承載道德意涵的象徵物，因而進入到人們的審美視野當
中，而成爲人們重視的物象，反之則遭到負面的價值評價，或根本遭
到漠視。從中國花卉審美的發展歷程可以發現，由於受到比德的價
值的影響，因此在南朝之前進入到詩歌中的花卉，常是一些具有比
德意涵的植物。此外，由於比德觀是一種以理性的態度來對待自然
物象，因此不再是個人在接觸它們時的眞實感受。從某個角度來說，
比德價值觀雖然豐富了物象的文化內涵，但卻也同時限制了人們在

〔註26〕（魏）何晏注、（宋）邢昺疏：《論語注疏》（臺北：藝文印書館，1977
　　　　年），頁32。
〔註27〕李澤厚、劉綱紀主編：《中國美學史》（臺北：谷風出版，1987 年 2
　　　　月再版），頁 115。

感性的對應之中，所得到的想像與心理感受，因此這類富於比德意味的植物，其意涵也通常局限在德行上，其原因在此。這種現象在松柏、蘭、竹這些比德意涵濃厚的植物上表現的最爲明顯。因此可以看到它們在二千年多年來的文學中，其象徵意涵與先秦時期幾乎沒有什麼差異。

比德觀雖然受到儒家的重視，不過它在文學上的影響卻遠比在思想上來得深遠。事實上「比德」原本就與「比興」密切相關。由於比興須借助於某種物象，言及於此，而歸於彼（比類托喻），這種隱喻的形式與比德具有一定的內在聯繫。〔註28〕在《楚辭》之中，「比德」與「比興」就呈現出一種重疊的狀態，例如：

> 蘭芷變而不芳兮，荃蕙化而爲茅。何昔日之芳草兮，今直
> 爲此蕭艾也？豈其有他故兮？莫好修之害也。余以蘭爲可
> 恃兮，羌無實而容長。委厥美以從俗兮，苟得列乎眾芳。
> 〔註29〕

蘭、芷、荃、蕙與茅、蕭、艾分別具有在君子與小人的象徵，故具有比德意涵，但它們同時亦是屈原用以表達當時朝廷中人心不可信賴的比喻。因此屈原一方面承襲《詩經》的「比興」的創作手法，同時又繼承儒家「比德」的價值內涵，因此王逸在《楚辭章句·離騷經序》中提到：「離騷之文，依詩取興，引類譬喻，故善鳥香草以配忠貞，惡禽臭物以比讒佞，靈修美人以媲于君，宓妃佚女以譬賢臣，虯龍鸞鳳以託君子，飄風雲霓以爲小人。其詞溫而雅，其義皎而朗。」〔註30〕王逸「依《詩》取興，引類譬喻」說明它使用《詩經》的「比興」形式；而「善鳥香草以配忠貞，惡禽臭物以比讒佞」則說明它的內涵與比德的關係。由於屈原成功透過比香草以託寓芳潔不

〔註28〕 周均平〈"比德""比情""暢神"——論漢代自然審美觀的發展和突破〉，《文藝研究》Vol.2003 No.5（2003年9月），頁51～58。

〔註29〕 同上註，頁23。

〔註30〕 （漢）王逸注、（宋）洪興祖補注：《楚辭章句補注》（臺北：世界書局，民國78年11月），頁2。

遇的士大夫處境，因此中國詩歌中花卉的意涵也就總是離不開「比德」的品格內涵與「不遇」的悲怨。可以說儒家原本的「比德」價值，在經過屈原寄寓「不遇」的情感內涵後，遂成爲後是文士透過花木比德以書寫不遇的寫作模式，形成一種孤芳自賞的文人抒情傳統，例如：

> 春榮隨露落，芙蓉生木末。自傷命不遇，良辰永乖別。已爾可奈何，譬如紈素裂。孤雌翔故巢，流星光景絕。魂神馳萬里，甘心要同穴。（（晉）傅玄〈朝時篇〉）〔註31〕

> 子好芳草，豈忘爾貽。繁華將茂，秋霜悴之。君不垂眷，豈云其誠。秋蘭可喻，桂樹冬榮。（曹植〈朔風詩〉）〔註32〕

大體而言，唐代以前文人用以抒發不遇的花卉意象，大都是一些具有香氣而不以形色取勝的花卉，其中尤以有王者之香的幽蘭最受到文人的青睞。這種有香而無色的花卉最能夠展現儒家被褐懷玉的君子人格，因此傳統士大夫並不用豔麗的花朵來比德或自喻。不過到了唐代則開始有了改變，這時文人亦使用一些當時人們喜歡的豔麗花卉來抒發不遇的情感，例如：

> 何意同根本，開花每後時。應緣去日遠，獨自發春遲。結實恩難忘，無言恨豈知。年光不可待，空羨向南枝。（（唐）劉長卿〈廨中見桃花南枝已開，北枝未發，因寄杜副端〉）
>
> 〔註33〕

> 白花冷澹無人愛，亦占芳名道牡丹。應似東宮白贊善，被人還喚作朝官。（白居易〈白牡丹〉）〔註34〕

桃與牡丹都是以形色吸引人的豔麗花卉。唐代文人之所以改以豔麗的花卉來自喻自己的才德，這應該與唐人熱烈追求功名與張揚外顯的生

〔註31〕《先秦漢魏晉南北朝詩》（北京：中華書局，1998年5月），《晉詩》卷1，頁559。

〔註32〕逯欽立輯校：《先秦漢魏晉南北朝詩》（北京：中華書局，1998年5月），《魏詩》卷6。

〔註33〕《全唐詩》，卷147，頁1499。

〔註34〕《全唐詩》，卷438，頁4868。

命特質有關。因此他們不再只使用無形無色的香來比喻自己的才德，而改用一些形色媚人的花卉來隱喻自我的價值。這說明了唐代文人熱切渴望被人賞識的心態，而不再重視傳統文士守貞、固窮這類以花香所喻的品德價值。對於熱烈追求功名的唐代文人而言，一旦他們仕途不順遂，就特別容易發出「生澗底」、「發春遲」、「無人愛」的怨歎，而不再信守傳統儒家「芝蘭生於深林，不以無人而不芳。」〔註35〕的價值，甚至轉而懷疑這種不為人知的才德價值，例如李白〈古風五十九首〉之三十八首：

> 孤蘭生幽園，眾草共蕪沒。雖照陽春暉，復悲高秋月。飛霜早淅瀝，綠豔恐休歇。若無清風吹，香氣為誰發。〔註36〕

李白這首詩中的蘭，不再是「不以無人而不芳」，他渴望有清風為他引薦，否則這種無人知的芬芳就不具有價值。這也就是我們可以看到唐人詩歌中常出現「澗松」、「澗蘭」、「澗梅」、「澗花」這類的意象。「澗」的意象正說明唐人對於無法獲得知遇的處境有著強烈的焦慮，例如：

> 雨露長纖草，山苗高入雲。風雪折勁木，澗松摧為薪。風摧此何意，雨長彼何因。百丈澗底死，寸莖山上春。可憐苦節士，感此涕盈巾。（白居易〈續古詩十首〉）〔註37〕

> 百丈深澗裡，過時花欲妍。應緣地勢下，遂使春風偏。（劉長卿〈入百丈澗見桃花晚開〉）〔註38〕

> 澗梅寒正發，莫信笛中吹。素豔雪凝樹，清香風滿枝。折驚山鳥散，攜任野蜂隨。今日從公醉，何人倒接䍦。（許渾〈聞薛先輩陪大夫看早梅因寄〉）〔註39〕

從這些詩歌中可以看到，文人最在意是處於深澗這種不為人知的不

〔註35〕（三國）王肅：《孔子家語》，四部備要287（臺北：中華書局，民國54年），卷5，頁6。

〔註36〕《全唐詩》，卷161，頁1678。

〔註37〕《全唐詩》，卷425，頁4672。

〔註38〕《全唐詩》，卷147，頁1481。

〔註39〕《全唐詩》，卷529，頁6047。

遇，可以說傳統士大夫透過比德價值而形塑出來孤芳自賞的態度，到了追求才德爲世所賞的唐人身上產生了大的改變，因而也形成以豔麗花卉來表達不遇的情感。有趣的是這種強烈渴望被知遇的心理，也成爲文人對待花卉的一種心理投射，造成他們特別喜歡去發掘那些不被人們重視或知道的花卉，而成爲這些埋沒花卉的知遇者，例如白居易在巴峽山谷中發現了美麗的木蓮樹，於是他感同身受的的說出：「雲埋水隔無人識，唯有南賓太守知。」〔註40〕這種「知」，說穿了正是文人在花木身上所投射出來的同病相憐之情。（宋）劉學箕〈木犀賦并序〉提到：

> 避世之士，遯其光而弗耀，卷其道而弗售，雖不知於人，弗遇於世，澹泊沖和，怡樂四時，初何靳於人之知，世之遇哉。然一經品題，足以遺芳後代，是山林巖谷所不能終汨其身而無所表暴於世也。草木之生也亦然，蓋所謂知於人，遇於世者，亦有幸不幸，時不時之嘆。〔註41〕

所以文人因此也特別喜歡爲那些不知名的花卉命名，讓這個花卉能因他而爲世人所知，《韻語陽秋》提到：

> 珍木奇卉生於深山窮谷當中，不遇賞者，與凡木具腐，好事者之所深惜也。唐招賢寺有山花，色紫氣香，穠麗可愛，以託根招提，偶赦於樵斧，故爲幸矣，而人莫有知其名者。白樂天一日過之，而標其名曰「紫陽」，於是天下識爲紫陽花，其珍如是也，豈不爲尤幸乎！〔註42〕

文人喜歡把自己當成不知名花卉的知遇者，正是一種內心對於「知遇」強烈的期盼之情。（南宋）趙蕃〈對菊有作〉一詩，就將這種透過花來寄託個人際遇的情感表達出來，其詩云：

> 草木均是體，故有幸不幸。……維菊本甚微，在昔曾莫省。

〔註40〕《全唐詩》，卷441，頁4917。

〔註41〕（宋）劉學箕：《方是閒居士小稿》（臺北：臺灣商務印書館，出版年未載），卷下，頁1。

〔註42〕（清）何文煥輯：《歷代詩話》（北京：中華書局，1981年），卷16，頁615。

羅生蓬蒿間，自分託地冷。一趨騷人國，再墮淵明境。遂
同隱居者，身晦名獨耿。何當圃五畝，不覬田二頃。秋風
及春雨，採擷花與穎。既充天隨飢，亦望南陽永。有志未
能攄，對花徒引領。〔註43〕

花能夠顯榮要靠名人的關注，人要有志得伸亦要靠顯貴來提攜。可以
說花卉是傳統文人表達自我才德與境遇最主要的象徵物。

　　總之，傳統文人透過比德主要是為了形塑自我的價值感，因為有
德才有被賞的條件，所以文人透過花卉比德以自喻的文學傳統背後，
實是傳統士大夫最在意的知遇問題。儒家將「比德」視為一種精神價
值的企慕與濡化。其透過比德以章顯君子重視個人內在品格的價值取
向，表現出一種「遯世無悶」〔註44〕的貞毅，因而也能展現出一種孤
芳自賞的生命態度；相反的，一般文士則是透過比德來泣訴現實對於
他的漠視，甚至於回過頭來懷疑這種品格價值，而這正是與儒家君子
精神背離的一種行徑。這種透過花卉比德以抒發不遇的文學傳統，一
直到了宋代文人才又重新恢復先秦儒家的比德精神。宋人重視事物對
於德行的濡染，因此宋人特別喜歡以這些君子花為友。由於宋代士大
夫普遍不以外在政治作為個人價值的評斷，是故他們更重視內在精神
的涵養與生命境界的體悟，是故宋人在花木的比德過程中，並沒有寄
寓傳統文人那種「不遇」的情感。宋人在花木身上所賦予的精神價值，
正是他們用理性所建構出來的一種人文化的價值世界，他們透過觀花
體道，亦藉花呈現理想的精神世界，並藉由這種超越的價值，去消弭
個人在現實中的困頓，而達到「不以物喜，不以己悲」的生命境界。
可以說用比德書寫不遇肇始於屈原，而到宋人才又回歸到先秦以德為
本的比德精神。

〔註43〕《全宋詩》，卷 2619，頁 30434。
〔註44〕（魏）王弼、（晉）韓康伯注、（唐）孔穎達正義：《周易正義》（臺
　　　　北：藝文印書館，1977 年），頁 13。

第三節　比情與人倫比附

　　中國人在看待自然世界，主要是立基於「人」的角色價值，因此他們在對待花卉的態度上，通常也會用中國人最重視的倫理價值來看待。文人除了用「比德」的價值觀，賦予外在事物一個具有倫理價值的道德意涵外，文人亦將人類社會的倫理結構，與人的各種情感，移情到自然界的花木世界中，因此各種花卉也被人們賦予了君臣倫理的關係，並將花卉間賦予了不同的朋友關係，如陸游〈梅花〉：「家是江南友是蘭」〔註45〕；向子諲〈滿庭芳〉：「天賦風流，友梅兄蕙，與桃奴李。」〔註46〕甚至於人的喜怒哀樂情感也與花卉的情態搭上關聯，形成了所謂「比情」的花卉審美特色。

　　事實這種「比情」的思維與中國人「天人合一」的概念具有極密切的關係。中國人將外在於人的世界視為大宇宙——「天」，而將個人生命機能的活動者視為小宇宙——「人」。可以說中國古人對於一切事物的認知、審美、行動準則都是立基在這種天人關係的架構之中。也因為如此他們用人的角度去解釋外在的世界，於是原本的自然世界便「人化」了，而成為人類價值與情感的延伸。而從天的角度來解釋人的價值、情感、倫理關係時，原本極其渺小的生命情態，亦成為具有宇宙規律的客觀價值。《周易·繫辭下》提到：

> 古者包犧氏之王天下也，仰則觀象於天，俯則觀法於地，
> 觀鳥獸之文，與地之宜。近取諸身，遠取諸物。於是始作
> 八卦，以通神明之德，以類萬物之情。〔註47〕

《繫辭》這段話說明了中國人傾向於從外在世界與個人的生命當中，去尋求一種能夠貫徹在天人之中的價值精神，並用這種價值來對待一切的事物。《管子·五行》提到：「人與天調，然後天地之美生。」

〔註45〕《全宋詩》，卷2156，頁24318。

〔註46〕《全宋詞》，冊2，頁1178。

〔註47〕（魏）王弼，（晉）韓康伯注：《周易王韓注》（臺北：中華書局，民國85年），卷八，頁2。

〔註 48〕亦即當個人的意志與行爲都與客觀於人之外的天相諧調一致時，人就能夠在天地之中發現與自己相類的精神價值，因此這種「美」既具有主觀的價值投射，又具有客觀事物的規律準則；既有人的倫理道德，亦具有情感的審美內涵。這種主客、內外的統合與諧和正是中國人所謂「天人合一」的生命境界。事實上中國人正是將人的價值精神投射到自然界之中，讓人的價值能夠客觀成爲「道」或「天」，再由此去觀照人的存在價值，而這種將自然之道規律與人的情感變化作類比的審美活動，就是所謂的「比情」。比情雖然與比德具有類似的思維方式，不過比德強調在人對於自然物象的道德賦予，而比情則著眼於人對於自然進行人情、倫理的比附，以透顯現出人與自然之間存在著一種異質同構的對應關係。

　　將花卉意象有系統的比附到士大夫倫理的價值結構當中，主要是從宋代才開始。宋人在看待花木的角色時，不再將花木當作書寫不遇的象徵符號。宋人將花木的價值一舉提高到「道」的角度來看待，並從這種關係中重新架構人與花木之間的倫理關係。（宋）王貴學《王氏蘭譜》序提到：

　　　萬物皆天地委形，其物之形而秀者，又天地之委和也。和
　　　氣所鍾，爲聖爲賢、爲景星、爲鳳凰、爲芝草。〔註 49〕

宋人認爲天地「和氣所鍾」，因而成爲聖賢、鳳凰、芝草這些具有天地靈秀之氣的美善之物，這種說法正是從天人合一的架構之中，來看待一切事物，因此聖賢與蘭花雖不同物類，但皆稟承鍾靈之氣所化，故聖賢與蘭花二者就具有本質上的類似性。這種思想的出現與當時的理學具有密切的關係，張載〈西銘〉：「乾稱父，坤稱母；予茲藐焉，乃混然中處。故天地之塞，吾其體；天地之帥，吾其性。民吾同胞；物吾與也。」〔註 50〕也因爲這種從天道的角度來看人與物，這時人與

〔註 48〕（唐）尹知章注，（清）戴望校：《管子校正》（臺北：世界書局，民國 79 年），卷 14，頁 242。
〔註 49〕（宋）王貴學：《王氏蘭譜》（臺北：藝文印書館，民國 55 年），頁 1。
〔註 50〕（宋）張載：《張子正蒙注》（臺北：世界書局，民國 69 年），卷 9，

物就不再是不同的物類，而是與人具有相同本質的同類，故（宋）趙時庚在《金漳蘭譜》中就直接將蘭花視作人來看待：

> 天不言而四時行，百物生，蓋歲分四時，生六氣，合四時而言之，則二十四氣以成其歲功。故凡盈穹壤者皆物也，不以草木之微、昆蟲之細而必欲各遂其性者，則在乎人因其氣候以生全之者也。彼動植者非其物乎？及草木者非其人乎？〔註51〕

從氣之化而言萬物同源，雖是草木之微，亦何嘗不是具備人的特質。趙時庚把草木視作人，而人亦具備物性，因此照顧花木與對待人是相同的道理，故言「草木之生長，亦猶人焉，何則？人亦天地之物耳。閒居暇日，優遊逸豫，飲膳得宜。」〔註52〕也因為花木無異於人，因此人類世界的倫理價值亦比附到花卉的世界之中。張翊《花經》：「以九品九命，升降次第之。」〔註53〕他將花卉從最高「一品九命」的蘭、牡丹、蠟梅、酴醾、紫風流，依次第排列到最低「九品一命」的芙蓉、牽牛、木槿、葵、胡葵、鼓子、石竹、金蓮。這種依官秩而排列花品高下，明顯是用倫理的位階來安置審美的價值，充分顯現出士大夫的價值體系。劉一止〈道中雜興五首〉提到：「姚黃花中君，芍藥乃近侍。我嘗品江梅，真是花御史。不見霜雪中，炯炯但孤峙。」〔註54〕這首詩它所反映的就是在這種富於倫理色彩的審美觀，從中亦透顯出宋人在審美上，是從花卉的物性特質當中，去發現具有倫理價值的美善。而丘璩的《牡丹榮辱志》則更是全面的將花卉比附到各式的倫理結構，《牡丹榮辱志》提到：

頁 267。

〔註51〕（宋）趙時庚：《金漳蘭譜》，收錄於《叢書集成續編》第 83 冊（臺北：新文豐出版社，民國 78 年），頁 432。

〔註52〕（宋）趙時庚：《金漳蘭譜》，收錄於《叢書集成續編》第 83 冊（臺北：新文豐出版社，民國 78 年），頁 432。

〔註53〕（宋）張翊：《花經》，收錄於《叢書集成續編》第 83 冊（臺北：新文豐出版社，民國 78 年），頁 389。

〔註54〕《全宋詩》，卷 1445，頁 16670。

欲姚之黃爲王，魏之紅爲妃，無所忝冒，何哉？位既尊矣，
必授之以九嬪；九嬪佐矣，必隸之以世婦；世婦廣矣，必
定之以保傅；保傅任矣，則丹管位矣，則命婦立。命婦立
則嬖幸願，嬖幸願則近屬睦，近屬睦則疏族親，疏族親則
外屏嚴，外屏嚴則宮闈壯，宮闈壯則叢脞革，叢脞革則君
子小人之分達，君子小人之分達則亨泰屯難之兆繼。〔註55〕

他以最尊貴的牡丹品種姚黃與魏紅作爲王與妃，再將其他品種的牡丹
分別歸列到九嬪、十世婦、十八御妻。而將其他花卉配置到其他的社
會的角色之中，其中包括花師傅、花彤史、花命婦、花嬖幸、花近屬、
花疏屬、花戚里、花外屏、花宮闈、花叢脞，形成了一個完整的社會
倫理結構，這種花卉的倫理關係，也反映在宋詩之中，如曾丰〈同官
醵呈林簽判〉：「姚黃魏后富貴姿」〔註56〕由於牡丹象徵的是功名富
貴，因此牡丹品種之間的關係，就用封建的階層關係來象徵。而那些
具有比德價值意涵的花卉則用兄弟和友朋來呈現，如曾丰〈同官醵呈
林簽判〉：「梅兄樊弟風流態」〔註57〕許及之〈題潘德久所藏楊補之竹
梅〉：「竹弟梅兄已可人」〔註58〕南宋人們最喜歡的梅花，故梅常稱爲
兄，而其他次要的花木則爲弟。又如姜特立〈紅梅〉：「長於山杏難爲
弟，配以江梅合作妃。」〔註59〕紅梅既有梅的精神象徵，故與山杏可
以論兄弟，而紅色花朵則具女性特質，故可作江梅之妃。

除此之外，《牡丹榮辱志》亦將人事際遇附會到花卉的世界中，
如花君子（溫風、細雨、清露、暖日、微雲、沃壤……）；花小人（狂
風、猛雨、赤日、苦寒……）；花亨泰（……閽僧解栽接、借園亭張
筵、從貧處移入富家）；花屯難（醜婦妒與鄰、猥人愛與嫌……園吏
澆濕糞、落村僧道士院觀裏）。從中可以看到宋人在花卉身上所投射

〔註55〕（宋）丘璿：《牡丹榮辱志》（臺北：藝文印書館，民國54年），頁3。
〔註56〕《全宋詩》，卷2605，頁30276。
〔註57〕《全宋詩》，卷2605，頁30276。
〔註58〕《全宋詩》，卷2458，頁28432。
〔註59〕《全宋詩》，卷2148，頁24208。

的價值，已經不再於傳統文士用以欣賞及比德的功用，他們在花卉世界中投射了人世的倫理價值與生命順逆的人生境遇，亦即他們不再將花卉視爲被欣賞的客體，也不是用以自喻的象徵符號。宋人將各種花卉視作是活生生具有不同人格特質的人，將它們亦列入到士人的社交行列之中，（明）都印《三餘贅筆》提到：

> 宋曾瑞伯十花爲十友，各爲之詞：荼蘼，韻友；茉莉，雅友；瑞香，殊友；荷花，浮友；巖桂，仙友；海棠，名友；菊花，佳友；芍藥，豔友；梅花，清友；梔子，禪友。張淑敏以十二花爲十二客，各詩一章：牡丹，貴客；梅，清客；菊，壽客；瑞香，佳客；丁香，素客；蘭，幽客；蓮，淨客；荼蘼，雅客；桂，仙客；薔薇，野客；茉莉，遠客；芍藥，近客。〔註60〕

這種花友、花客及各種比附倫理的觀念，顯現出宋代文人透過花卉企圖去建構一個理想的倫理世界，他們在這種架構中，花卉原本抽象的文化意涵被人格化了，因而也使得花卉從單純的玩賞之物，進一步與文人形構出一個嶄新的倫理關係。可以說，宋人上從天道價值，下至花客、花友的倫理關係，都在爲花卉的美，尋找一個合宜的倫理位置，形成了一種具有倫理價值的審美特質。

　　在文人的詩歌當中，亦反映出這種以花爲友的花卉意涵，例如（南宋）家鉉翁〈雪中梅竹圖〉：「梅兄乃我義理友，竹友從我林壑遊。」〔註61〕以花木爲友，正反映出宋代文人將他們對於理想世界的想法，透過花木的象徵性予以落實在現實的生活中。又如（南宋）王十朋〈梔子〉：「禪友何時到，遠從毘舍園，妙香通鼻觀，應悟佛根源。」〔註62〕從這首詩可以發現，文人與花卉之間的審美關係，是從這種具有倫理特質的「友」，與花卉的文化意涵「禪」，所共同形塑出

〔註60〕　（明）都印：《三餘贅筆》（臺北：藝文印書館，民國54年），頁1。

〔註61〕　《全宋詩》，卷3343，頁39944。

〔註62〕　（清）汪灝、張逸少撰：《佩文齋索引本廣群芳譜》（臺北：新文豐出版社，1980年），卷38，頁2193。

來的一種審美感受，因此花卉不再只是一種純粹的感官知覺的審美，文人從花卉色香的感性覺受中，進一步予以理性化、倫理化而成為一種具有文化意味的文人美感，而這種文化美感正是形塑文人自我品味的重要方式。因此這種以花為友的審美關係，不但能夠解消掉傳統所謂「玩物喪志」的批判，亦能建立起一種高標的人格風範。因此宋人不再像傳統文人用花卉自喻來顯示自我的人格，他們更善巧的透過以花為友的方式，去輝映出自我高格的志趣，而這正是宋人在花卉比情、比德思想中，一種隱而不露的內心渴望。

第四節　花與文人生命情感的興發

　　中國花卉審美的發展，大致而言是從原始時代實用觀，進一步發展成先秦儒家的比德觀，而至六朝才真正的進入審美階段。這時人們對待自然的物象已經不像是先秦儒家透過理性的比德價值觀念來看待，而開始用一種感性的態度去面對自然的美。當魏晉時期人們從漢代儒家禮教思想中解放之後，就開始把自然山水視作為獨立的審美物象，而將自然的美作為人們抒發情感的物象，同時在六朝時期人們也開始發現人與自然之間的情感對應，《文心雕龍·物色》提到：

> 春秋代序，陰陽慘舒，物色之動，心亦搖焉。蓋陽氣萌而玄駒步，陰律凝而丹鳥羞，微蟲猶或入感，四時之動物深矣。若夫珪璋挺其惠心，英華秀其清氣，物色相召，人誰獲安！是以獻歲發春，悅豫之情暢；滔滔孟夏，鬱陶之心凝。天高氣清，陰沉之志遠；霰雪無垠，矜肅之慮深；歲有其物，物有其容；情以物遷，辭以情發。〔註63〕

六朝的文人自覺到物色的變化與人情感之間的微妙關係，四時的變化與花草蟲鳥具能感染人心，觸動人們內在的情感，因而興發文學創作的動機，故《文心雕龍·明詩》云：「人稟七情，應物斯感，感物

〔註63〕周振甫：《文心雕龍注釋》（臺北：里仁書局，民國73年5月），〈物色〉第46，頁845。

吟志，莫非自然。」〔註64〕另外陸機《文賦》：「遵四時以歎逝，瞻萬物而思紛；悲落葉於勁秋，喜柔條於芳春。」〔註65〕南梁蕭子顯《自序》：「風動春朝，月明秋夜，早雁初鶯，開花落葉，有來斯應，每不能已。」〔註66〕足見在六朝文人的審美當中，透過心物交感所興發的情感，已經成為文學創作的重要契機。不過在六朝文人自覺的提出自然物色感人的創作理論前，這種感物興悲的文學內容早在《詩經》就已經出現，〈小雅·四月〉：「秋日淒淒，百卉具腓。亂離瘼矣，爰其適歸。」〔註67〕而在宋玉〈九辯〉出現之後，這種悲秋的模式就成為文人感物哀時的重要書寫，其云：

> 悲哉秋之為氣也，蕭瑟兮草木搖落而變衰。憭慄兮若在遠行，登山臨水兮送將歸。沆漭兮天高而氣清，寂寥兮收潦而水清。憯悽增欷兮薄寒之中人。愴怳懭悢兮去故而就新，坎廩兮貧士失職而志不平。廓落兮羈旅而無友生，惆悵兮而私自憐。〔註68〕

宋玉從秋的物色之變，而感受到一如秋天蕭瑟寂寥的生命處境，羈旅而志業無成，充分的將內心的情感與秋天的物色作出了一種呼應的關聯，確立了「悲秋」的情感模式，從此成為中國文學傳統中極重要的文學類型，形成詩歌「抒情言志」中的「感傷」基調。而在這種因物色之變而感物興悲的文學中，植物的物色扮演著相當重要的觸媒作用。由於花卉是大自然中最美的物色之一，加上這種美通常轉眼即逝，因此特別容易觸動人內心的情感，是故花卉在中國傷春悲秋的文

〔註64〕周振甫：《文心雕龍注釋》（臺北：里仁書局，民國73年5月），〈明詩〉第六，頁83。

〔註65〕（梁）昭明太子撰、李善注：《文選》（臺北：藝文印書館，民國92年3月），卷17，頁245。

〔註66〕（清）嚴可均：《全上古三代秦漢三國六朝文》（北京：中華書局，1987年3月），《全梁文》卷23，頁3087。

〔註67〕（漢）毛亨傳、鄭玄箋、（唐）孔穎達疏：《毛詩正義》（臺北：藝文印書館，1977年），頁442。

〔註68〕（梁）昭明太子撰、李善注：《文選》（臺北：藝文印書館，民國92年3月），卷33，頁479。

學傳統中，是一個觸發人們情感的重要物象，葉嘉瑩提到：

> 人之生死，事之成敗，物之衰盛，都可以納入「花」這一
> 個短小的縮寫之中。因之它的每一過程，每一遭遇，都極
> 易喚起人類共鳴的感應。〔註69〕

花的開落是一個相當容易觸動人心的自然景象，因為人在其中看到了
美好，亦見到了衰敗，因此許多人生的情感都在花開花落之間，投射
出內心最強烈的情感，杜荀鶴在〈中山臨上人院觀牡丹寄諸從事〉亦
提到這種人、花之間的類比關係，其詩云：

> 閑來吟繞牡丹叢，花艷人生事略同。半雨半風三月內，多
> 愁多病百年中。〔註70〕

花之所以能夠興發人的情感，正在於花隱喻著人們對於生命最深切恐
懼——生死。《文心雕龍·物色》提到：「春秋代序，陰陽慘舒，物色
之動，心亦搖焉。」這裡物色之所以能夠感人之情有一個相當重要的
因素，即是「物色之變」所隱喻的「時間」象徵。從傷春悲秋的文學
主題中可以發現，這種從物色之變所觸發的情感，多半與生命深刻的
時間焦慮有關。而「傷春」與「悲秋」這兩種不同時序的物色變化，
所觸發的情感又略有不同。春季百花盛開，是故傷春的情感通常與花
意象相關的愛情、婚姻與相思題材。加上花具有美好而短暫的象徵，
因此總會讓人想到青春的美好與易逝，因而常用以表達女子青春短
暫的時間焦慮，而形成採摘及時的期待情感，如古詩十九首〈冉冉孤
生竹〉：「傷彼蕙蘭花，含英揚光輝。過時而不采，將隨秋草萎。」
〔註71〕；而秋天草木凋零的景象，常會讓人突然意識到時光飛逝一年
將盡，因此多半會興發起一種男子志業無成的時間焦慮，如古詩十九
首〈東城高且長〉：「東城高且長，逶迤自相屬。迴風動地起，秋草萎

〔註69〕 葉嘉瑩：〈幾首詠花的詩和一些有關詩歌的話〉，收於劉守宜主編：《中
國文學評論》（臺北：聯經出版社，1977 年 12 月初版），頁 29。
〔註70〕《全唐詩》，卷 692，頁 7962。
〔註71〕 逯欽立輯校：《先秦漢魏晉南北朝詩》（北京：中華書局，1983 年），
《漢詩》，卷 12，頁 331。

已綠。四時更變化，歲暮一何速。晨風懷苦心，蟋蟀傷局促。蕩滌放情志，何爲自結束。」〔註72〕可以說自然界的花草樹木所形成的時序的變化，在文人的眼中就是一個不斷提醒年華流逝的警鐘，因此總是在花開花落之間，**觸動生命短暫與華年不再的悲傷**，例如：

> 洛陽城東桃李花，飛來飛去落誰家。幽閨女兒愛顏色，坐見落花長歎息。今歲花開君不待，明年花開復誰在。故人不共洛陽東，今來空對落花風。年年歲歲花相似，歲歲年年人不同。（（唐）賈曾〈有所思〉）〔註73〕

花木可以循環返復，但人的年華卻一去不返，因此每一年同樣的花開，但人事卻不斷的變化，可以說花的美麗除了是青春年華的象徵，更是一個不斷提醒時間飛逝的響鐘。另外花開美麗的情狀，亦會映襯出自我的衰頹，例如：

> 櫻桃昨夜開如雪，鬢髮今年白似霜。漸覺花前成老醜，何曾酒後更顛狂。誰能閒此來相勸，共泥春風醉一場。（白居易〈感櫻桃花因招飲客〉）〔註74〕

在美麗的繁花盛景之中，人卻沒有欣悅之情，反而在面對繁花的盛景之中，更意識到自己的老態。因此無論從花的時間意涵，還是從花卉的美麗之中，人們都強烈感受一種生命衰老的哀傷。由於年華易逝、美麗易衰，因此人們對於花開的美麗更加的貪執了，是故詩歌中亦常看到詩人對於這種明知無法留住的美麗，展現出一種強烈貪執的情感，例如：

> 一片花飛減卻春，風飄萬點正愁人。且看欲盡花經眼，莫厭傷多酒入脣。江上小堂巢翡翠，花邊高冢臥麒麟。細推物理須行樂，何用浮名絆此身。（杜甫〈曲江二首之一〉）
> 〔註75〕

〔註72〕逯欽立輯校：《先秦漢魏晉南北朝詩》（北京：中華書局，1983年），《漢詩》，卷12，頁332。
〔註73〕《全唐詩》，卷67，頁762。
〔註74〕《全唐詩》，卷441，頁4918。
〔註75〕《全唐詩》，卷225，頁2409。

這種對於美麗的花所展現的貪執，事實上正是對於生命本身的貪戀，
因此杜甫在這首詩中，就從對於花的貪戀而進一步產生及時行樂的情
感，可以說詩人只想沉浸在這美麗之中，短暫的將內心對於時間的焦
慮與世間的功名拋諸腦外。美麗的花卉雖然會讓人興發強烈的時間的
焦慮，但人們卻更渴望在花朵的美麗之中，短暫的忘卻這種生命終極
的煩憂。不過與花開的盛美相較，花落的景象更讓人哀悽。尤其是南
朝文人對於花開並沒有表現出歡喜的心境，反而對於落花卻表現出強
烈的傷逝之情，如：

> 梅花落已盡，柳花隨風散。嘆我當年春，無人相要喚。（晉
> 清商曲辭〈春歌二十首之十三〉）〔註76〕

> 終冬十二月，寒風西北吹。獨有梅花落，飄蕩不依枝。（吳
> 均〈梅花落〉）〔註77〕

> 對戶一株梅，新花落故栽。燕拾還連井，風吹上鏡台。（徐
> 陵〈梅花落〉）〔註78〕

人們雖然在面對花開的盛美之中常會興發青春易逝之悲，但花開時畢
竟還是美麗欣悅之景。可是落花就直接呈現出人們最不喜歡的衰敗之
景，讓人心直接碰觸這種隱藏於生命底層的生命之憂。由於六朝文人
對於生命表現出強烈的哀感，因此他們對於美好之後的哀悽感受更
深，在〈蘭亭集序〉中可以看到六朝文人雖在歡宴之中，卻仍不免對
於生命美好易逝產生痛切的哀悽之情，因此六朝文人對於落花這種切
近於生命現實的景況，更不免流露出強烈的悲痛之情。到了中晚唐，
由於國勢的衰頹，時代的衰敗之情亦影響向來樂觀進取的唐人，而開
始出現落花意象，例如：

〔註76〕周振甫注：《文心雕龍注釋》（臺北：里仁書局，民國73年5月），
頁845。
〔註77〕逯欽立輯校：《先秦漢魏晉南北朝詩》（北京：中華書局，1998年5
月），頁1721。
〔註78〕丁福保輯：《全漢三國晉南北朝詩・梁詩》（北京：中華書局，1959
年），下冊，卷二，頁1368。

　　腸斷東風落牡丹，爲祥爲瑞久留難。青春不駐堪垂淚，紅
　　豔已空猶倚欄。積蘚下銷香蕊盡，晴陽高照露華乾。明年
　　萬葉千枝長，倍發芳菲借客看。（（唐）徐夤〈郡庭惜牡丹〉）
　　　〔註79〕

不過人們對於殘花的情感也不見得都是悲感，或許當人願意眞正的去
承認人生原本就是短暫而不圓滿的現實之後，殘花反而更能夠興發起
人們對於這僅存的一點美好，產生由衷的珍視之情，白居易在〈惜牡
丹花二首之一〉云：

　　惆悵階前紅牡丹，晚來唯有兩枝殘。明朝風起應吹盡，夜
　　惜衰紅把火看。〔註80〕

甚至後來人們對於殘花，也開始用不一樣的心態來面對，而能對於殘
花產生一種不一樣的審美觀照，而成爲一種美感姿態，例如：

　　山杏溪桃次第開，狂風正用此時來。未妨老子憑欄興，滿
　　地殘紅點綠苔。（（宋）陸游〈落花〉）〔註81〕

　　半點輕風泛柳絲，忽吹荷葉一時欹。芙蕖好處無人會，最
　　是將開半落時。（（宋）楊萬里〈晚涼散策〉）〔註82〕

唐人緣情，故在落花之中投射的是自己的生命情感；而宋人尚理，故
能於落花之中，拋棄個人的情感而用理性看待花開花落，進而欣賞這
樣的蕭瑟之美。可以說宋人在花卉的物色之中，不再是一種感物興悲
的無常投射，他們從花開花落之中所感受到的是宇宙生生不息的生命
流動，從中也消弭了人對於個人對於小我生命的執著之情。

　　春花容易觸發青春年華的傷逝之情，而秋花開落於歲末之際，具
有強烈的時間暗示，因此特別容易觸發年華老去而志業無成的慨嘆與
遊子他鄉的思歸之情，例如：

〔註79〕　《全唐詩》，卷708，頁8150。
〔註80〕　《全唐詩》，卷437，頁4847。
〔註81〕　（宋）陸游：《陸放翁全集》（臺北：世界書局，1990年11月），《劍
　　　　　南詩稿》卷81，頁70。
〔註82〕　《全宋詩》，卷2284，頁26197。

金威生止水，爽氣遍遙空。草色蕭條路，槐花零落風。夜來萬里月，覺後一聲鴻。莫問前程事，颯然沙上蓬。（（唐）劉威〈旅中早秋〉）〔註83〕

奔走失前計，淹留非本心。已難消永夜，況復聽秋霖。漸解巴兒語，誰憐越客吟。黃花徒滿手，白髮不勝簪。（（唐）鄭谷〈通川客舍〉）〔註84〕

萬里飄零十二秋，不堪今倚夕陽樓。壯懷空擲班超筆，久客誰憐季子裘。瘴雨蠻煙朝暮景，平蕪野草古今愁。酣歌欲盡登高興，強把黃花插滿頭。（（唐）殷堯藩〈九日〉）〔註85〕

旅館坐孤寂，出門成苦吟。何事覺歸晚，黃花秋意深。寒蝶戀衰草，軫我離鄉心。更見庭前樹，南枝巢宿禽。（（唐）于濆〈旅館秋思〉）〔註86〕

文人為了追求功名而作客他鄉，因此由秋天物色之變所興發之情，通常就會從志業無成而勾動遊子他鄉的孤獨寂寞之情。這種悲秋的書寫，大致都承襲著宋玉〈九辯〉的悲秋模式。此外秋天亦充分意味著「物壯則老」的自然規律，是故因秋花所興之感，亦常與老病的內涵相關，例如：

身比秋荷覺漸枯，致君經國墮前圖。層冰照日猶能暖，病骨逢春卻未蘇。鏡裡白鬚搖又長，枝頭黃鳥靜還呼。庾樓恩化通神聖，何計能教擲得盧。（（唐）徐夤〈病中春日即事寄主人尚書，二首之一〉）〔註87〕

散點空階下，閑凝細雨中。那能久相伴，嗟爾殢秋風。（皇甫冉〈病中對石竹花〉）〔註88〕

〔註83〕《全唐詩》，卷562，頁6523。
〔註84〕《全唐詩》，卷674，頁7717。
〔註85〕《全唐詩》，卷492，頁5567。
〔註86〕《全唐詩》，卷599，頁6927。
〔註87〕《全唐詩》，卷709，頁8166。
〔註88〕《全唐詩》，卷250，頁2817。

如果說春花讓人感到青春的易逝，那麼秋花則更讓人感受到迫近於生命之終的老病。另外秋花的時序象徵，因此也特別容易觸發人們對於時間的憂懼，白居易在〈秋槿〉提到：

> 風露颯已冷，天色亦黃昏。中庭有槿花，榮落同一晨。秋開已寂寞，夕隕何紛紛。正憐少顏色，復歎不逡巡。感此因念彼，懷哉聊一陳。男兒老富貴，女子晚婚姻。頭白始得志，色衰方事人。後時不獲已，安得如青春。〔註89〕

由於秋花是晚榮之花，花雖然美麗，但旋開即落，更觸發了人們晚成與色衰的時間憂慮。總之，由於花卉的開落具有強烈的時間意涵，因此文人無論在面對花開的美好，還是花落的殘景，總是不免勾動起人們內心的時間之憂，觸動生命老去的強烈悲感，因此在詠花詩歌中也就少不了傷春悲秋的生命情感。

結　論

　　由於花卉長期以來就是士大夫用以隱喻自我情感與理想價值最主要的物象，因此在花卉意象中所積澱的文人價值亦特別豐富，可以說花卉意象是一個最富於士大夫價值特色的文化符號。從花卉的意象之中，可以看到士階層在尋求政治出路時的心酸處境，亦可以看到在這種被動待人垂青的角色中，他們如何透過花卉比德去形塑自我的價值、強化自我的尊嚴。而在政治失意時又如何透過花卉去發出滿腹的牢騷。不過文人與花卉這種建立在自我角色投射的關係，到了宋代已經被完全打破，文人與花的關係不再是一種類此的關係，而是一種平等的朋友對待關係，並成為文人可以尚友的對象。這時的花卉可以是世間倫理的隱喻，甚至於是天道的顯現。人們透過花不再只是物色的審美，亦具有觀天地氣化之變的哲學寓意。因此傳統書寫不遇的自憐情感，與因花開花落而傷悲的情感，都進一步被淬鍊成一種用理性來

〔註89〕《全唐詩》，卷433，頁4796。

看待的超越境界。從中可以看出中國文人這種對待花卉的態度，已經不是把花卉當成一個外界的審美物象，而它更近似於文人對於自我價值與情感的一種照鑑關係。

第三章　歷代文學中的花卉書寫

　　花卉自古以來就是文學中相當重要的意象，從歷代的文學作品中可以發現人們特別喜歡透過花卉來表達生命情感。無論是民歌用以表達男女的愛慕與思念之情，還是文士用以表達不見用於世的悲怨，花卉一直都是人們最喜歡寄託情感的自然物象。可以說如果詩歌中少了花卉意象的使用，那麼詩歌也會少了許多豐富的感發與優美的情韻，而這正是詩歌總是離不開花卉的主要因素。

　　另外歷代文學中的花卉書寫，也與每個時代的文學發展具有密切關係，《歷代詠物詩選》序：「詠物一體，三百篇導其源，六朝備其製，唐人擅其美，兩宋元明沿其傳。」〔註1〕從這段話可以看出，雖然花卉意象很早就出現在文學作品之中，但花卉本身卻都不是審美的主體，只是用以寄託思想與情感的比興工具，因此純粹以花為審美主體的詠花題材，是經過長時間的發展才逐漸成熟。而從各個時代的不同文學形式中，也可以發現文人對於每種文體的寫作特質，也會直接影響文人對於花卉的書寫態度。是故從歷代文學中的花卉書寫，除了可以發現文學發展的脈絡與花卉書寫之間的關係，更可以透過詠花的文學作品發現各個時代特殊的時代意識與審美風尚。

〔註1〕（清）易緝雲、孫奮揚合註、（清）俞琰輯：《歷代詠物詩選》（臺北：廣文書局，民國57年），頁4。

第一節　先秦文學中的花卉意涵

一、《詩經》中植物與花卉的書寫的特色

　　由於植物是初民相當重要的生活資源，因此植物一直是人們相當關注的自然物象。加上植物隨著時序生長、開花、結實的過程，與人類的生命歷程有著某種的類似性，因此人們很容易在花卉身上，看到某種生命情境的隱喻，或投射出自我的情感，所以花卉也成為人們隱喻生命，寄託情思的重要象徵物。

　　在人類文明的發展歷程中，初民生活的採集、築屋、防禦，乃至後來進入農業社會，植物都是無可取代的重要物資。由於植物與人們的生活相關密切，因此當人們歌詠吟唱時，這些植物就容易成為取材的物象，所以在《詩經》之中也就有相當多的草、木、花卉意象。現存三百零五篇作品中計有一百三十五篇提及植物，而《詩經》中屬於植物之字辭共一百六十類，除芻、禾、穀等十類為植物泛稱外，其餘一百五十類專指特定植物〔註2〕。也因為《詩經》中提到的植物相當多，故孔子才說：「多識於鳥獸草木之名」〔註3〕。此外根據研究，出現在《詩經》中的植物多半都與人們生活具有密切關係，主要包括糧食作物、食用菜蔬、藥用植物、採果植物、衣料植物、染料植物、建材及器用植物、觀賞植物、宗教祭祀等。這很可能是當人們心中有所感而想歌詠時，自然會用這些具有特定象徵的植物，來暗示心中的情感。或者是當人們在從事這些與植物相關的各種採集、或農事活動時，常會透過歌唱以緩解工作時的單調，因此直接將眼前這些植物拿來起興吟唱，於是出現在《詩經》中的植物，也就常具有實用的生活功能。以花卉來說，今日我們認為花卉的功能主要是用於欣賞，不過出現在《詩經》中的花卉其實多具有實際的生活功用，例如：〈召

〔註2〕周明儀：〈詩經之植物素材概說〉，《台南女院學報》第 23 期（2004年 10 月），頁 431。

〔註3〕（魏）何晏注、（宋）邢昺疏：《論語注疏》（臺北：藝文印書館，1977年），頁 156。

南·何彼襛矣〉：「何彼襛矣，唐棣之華。」〔註4〕唐棣除了美麗之外，它的果實多漿可食，亦可釀酒製醬，木堅硬而可以製作農具，因此亦是生活中的實用植物。〈鄭風·溱洧〉：「維士與女，伊其相謔，贈之以勺藥。」〔註5〕詩中作為傳達情意的勺藥，根據《本草綱目》載勺藥具有：「止下痢腹痛後重。」〔註6〕勺藥亦具實際的醫療作用。〈衛風·芄蘭〉：「芄蘭之支，童子佩觿。」〔註7〕詩中的芄蘭具有佩飾的實際功能。

　　《詩經》中的植物意象多半具有與女性相關的愛情、婚戀等意涵。根據溫剛統計，《國風》有八成以上言及植物的作品和愛戀主題有關；而與採摘植物有關的詩歌，與愛情或婚戀題材有關，更高達87.5%。〔註8〕林惠祥從人類學的角度提到女子與植物的關係，他提到：「人類自有火之後便發生男女間的分工：男子出外從事狩獵和戰爭，女子則在家守火，並於近地尋覓植物的果實根莖皮葉等作食物。」〔註9〕從這段說明可知，在男女分工的社會中，女子與植物的採集工作有關。根據統計《詩經》中採摘植物的種類很多，包括荇菜、卷耳、蕨、薇、葛、蕭、艾、莫、桑、蒼、荼、苦、綠、藍、葑、芑、芹、藻、蘋、蘝、茉莒等〔註10〕，從這裡可知女子採集工作的事務應該相當繁重與重要，於是當未婚女子能夠具備採集與辨識各類植物功用時，就具備能夠持家的賢淑特質，是故采摘植物就是一種婚姻的準備過程。於是女子在采摘的過程中，自然也就容易會興發對於戀人與

〔註4〕（漢）毛公傳、鄭玄箋、（唐）孔穎達疏：《毛詩正義》（臺北：藝文印書館，1977年），頁67。
〔註5〕同上註，頁182。
〔註6〕同上註，頁182。
〔註7〕同上註，頁137。
〔註8〕溫剛：《《詩經》植物興象與題旨的關係》（香港：香港大學文學碩士論文，2008年），頁39。
〔註9〕林惠祥：《文化人類學》（上海：上海文藝出版社，1991年），頁122。
〔註10〕溫剛：《《詩經》植物興象與題旨的關係》（香港：香港大學文學碩士論文，2008年），頁43。

婚姻的種種想像，這也就是在采摘植物的詩歌中，常會吟詠愛情、婚姻以及相關儀式的主要原因，例如：〈王風・采葛〉：「彼采葛兮，一日不見如三月兮！」〔註11〕這是一首男女相思之詩。葛，葛藤也。是一種藤蔓，莖的纖維可以織布。除了上述採摘植物所寓有的婚姻意涵外，藤蔓類的植物也是人們喜歡表達纏綿愛情的意象。不過也不是所有采摘植物的詩歌都是以女子爲主人公，有時亦會出現以男子爲主人公表達對女子的思念，如〈鄘風・桑中〉「爰采唐矣，沬之鄉矣，云誰之思，美孟姜矣，期我乎桑中，要我乎上宮，送我乎淇之上矣。」〔註12〕這是一首男子思與情人幽會的詩。「唐」即今日的菟絲子，由於菟絲子是蔓狀的寄生植物，必須寄生在其他植物身上，因此藉由菟絲子攀附其他植物的特性，來比喻情感的纏綿，是故這裡的採摘就不是根源於女子採摘的生活分工，而是著眼於植物的特性與愛情意涵之間的隱喻關係。

除此之外，《詩經》中的植物也常隱藏著人們對於植物崇拜的原始信仰。由於植物具有醫療病痛的實際功用，加上植物能夠枯而復榮，具有生生不息的生命力與繁殖力，而這在初民的眼中都是相當不可思議的神秘力量，是故植物自然也就成爲人們崇拜的對象。在《詩經》中亦反映出這種對於植物崇拜的現象。最常見的就是初民對於植物強大繁殖力的生殖崇拜，人們常藉由那些具有多子、強大生命力的植物，以表達出對於愛情、婚戀、生子的期待，例如：〈周南・桃夭〉：

> 桃之夭夭，灼灼其華。之子于歸，宜其室家。桃之夭夭，
> 有蕡其實。之子于歸，宜其家室。桃之夭夭，其葉蓁蓁。
> 之子于歸，宜其家人。〔註13〕

〔註11〕 （漢）毛亨傳、鄭玄箋、（唐）孔穎達疏：《毛詩正義》（臺北：藝文印書館，1977 年），頁 153。

〔註12〕 （漢）毛亨傳、鄭玄箋、（唐）孔穎達疏：《毛詩正義》（臺北：藝文印書館，1977 年），頁 113。

〔註13〕 （漢）毛亨傳、鄭玄箋、（唐）孔穎達疏：《毛詩正義》（臺北：藝文

這首祝福女子婚嫁的詩歌，除了因為桃花與女子容貌之間的類比關聯外，桃花結子多、容易繁殖的強大生殖力，很可能就存在著人們對於桃樹的生殖崇拜，《本草綱目》提到：「桃性早花，易植而子繁，故字從木兆。十億曰兆，言其多也。」〔註14〕因此人們用桃來祝福將嫁的女子，就存在著這種多子多孫的期願。又如〈唐風‧椒聊〉：

> 椒聊之實，蕃衍盈升。彼其之子，碩大無朋。椒聊且！遠條且！
>
> 椒聊之實，蕃衍盈匊。彼其之子，碩大且篤。椒聊且！遠條且！〔註15〕

從這首詩中可以看到人們藉由花椒多子的特性，來詠嘆婦女多子。足見植物多子的繁殖力是初民崇拜的重要特性，因此這些多子的植物就成為詩歌中用以祝福多子的象徵物。除了多子的生殖崇拜外，原始文化中植物常具有的宗教與巫術功用亦反映在《詩經》中，〈鄭風‧溱洧〉所提到：「士與女，方秉蕑兮。」〔註16〕由於「蘭」在初民的信仰中具有「服媚」〔註17〕的巫術功用，因此這種秉蕑的求愛意涵與原始巫術的功用之間具有直接的關係。〈衛風‧伯兮〉：「願言思伯，甘心首疾。焉得諼草，言樹之背。願言思伯，使我心痗。」〔註18〕這首詩描寫婦女空守閨房、極度思念遠行的丈夫，因思念之苦，而興發出以萱草療憂的想法。「諼草」即今之金針花。金針花雖可食，卻沒有忘憂的實際醫療，因此這種忘憂的功能極可能就與初民的巫術信仰有

印書館，1977年），頁37。

〔註14〕（明）李時珍：《本草綱目》（北京：中國書店，1988年5月），卷29，頁50。

〔註15〕（漢）毛公傳、鄭玄箋、（唐）孔穎達疏：《毛詩正義》（臺北：藝文印書館，1977年），頁219。

〔註16〕同上註，頁182。

〔註17〕（春秋）左丘明撰、（晉）杜預注、（唐）孔穎達正義：《春秋左傳正義》（臺北：藝文印書館，1977年），頁368。

〔註18〕（漢）毛公傳、鄭玄箋、（唐）孔穎達疏：《毛詩正義》（臺北：藝文印書館，1977年），頁219。

關，《山海經》中就具有這種「服之不憂」〔註19〕的巫術植物。

　　大體而言，出現在《詩經》中的花卉，常與婚俗或愛情有關，例
如：〈周南・桃夭〉的桃花；〈召南・何彼穠矣〉唐棣花、桃、李；〈鄭
風・溱洧〉的芍藥與蘭；〈鄭風・有女同車〉的舜華（今之木槿）；〈鄭
風・山有扶蘇〉與〈陳風・澤陂〉的荷花；〈鄭風・出其東門〉的茶
（今之白茅花）；〈陳風・東門之枌〉的荍（今之錦葵）；〈衛風・伯兮〉
的諼草（今之金針花）。這些與婚戀有關的花卉意象中，多半是用來
形容或比喻女子美麗的容貌，如桃、李、舜華、荷花、荍，少數則與
習俗或巫術所產生的婚戀象徵有關，如蘭、芍藥。事實上出現在《詩
經》中的花卉意象，比起其他植物來說顯然是少了許多。其原因很可
能就是花朵本身的實用性並不高，因此在以實用為關注焦點的初民眼
中，花卉與他們的實際生活比較沒有關聯，是故人們也較少透過它們
的生活功能或重要性而賦予相關的意涵，而這些少數被人們關注的花
卉，亦不全然是因為它們的美麗而被人們注意到，事實上它們不是果
樹，就是具有醫療或宗教、民俗、器用等功用。因此它們的花朵才進
一步被人們注意到，而成為形容女子容貌的物象。

　　總之，在《詩經》中的花卉意象，顯示出人們對於美麗的花卉已
經產生了初步的關注，並常用以形容或比喻女子容貌，開啟了以花卉
形容女子的傳統。不過卻也可以發現，《詩經》中的花卉顯然不是人
們關注的審美焦點，〈桃夭〉雖然描寫桃花、桃葉、桃實，但詩歌的
主旨卻不是詠桃，故俞琰《歷代詠物詩選》序提到：「古之詠物者，
其見於經則灼灼寫桃花之鮮……此詠物之祖也，而其體猶未全，至六
朝而始以一物命題。」〔註20〕《詩經》中的花卉意象，雖然已經引起
人們歌詠，但也僅是用來作為比興之用，這時花卉本身還不是人個歌

〔註19〕袁珂編：《山海經校注》（臺北：里仁書局，1995年4月初版），卷5，
　　　　頁120。
〔註20〕（清）易緝雲、孫奮揚合註、（清）俞琰輯：《歷代詠物詩選》（臺北：
　　　　廣文書局，民國57年），頁4。

詠的主要對象。

二、《楚辭》

　　植物的書寫到了《楚辭》有了極大的變化，《楚辭》中植物的意象不再是《詩經》中那種富於實際生活功能的植物意象。出現在《楚辭》中植物，多數都與楚地的巫風與習俗密切相關。根據潘富俊統計，《楚辭》中所寫到的植物種類約可分爲四大類：（一）香草、香木類：共有三十四種，香草有二十二種，包括蘭、蕙、菊、蓀、江離等，這些香草類大部分的植物體全部或花、果等部分具有特殊香氣；而香木（包括喬木、灌木、木質藤本）十二種，包括桂、椒、橘等，植物體至少某些部分有香氣。（二）惡草惡木類：這類用以比喻讒佞小人的惡草惡木類，包括蕭、葛、蒺藜、棘等，這一類植物不是枝幹或植物體某部分具刺，就是屬於到處蔓生的雜草、野藤，或味道苦辣者。（三）寫景、寫物的植物：這一類主要用以寫景抒情，包括楚地常見的水生植物與陸地平野、山坡的常見植物。（四）經濟植物：只集中〈天問〉、〈招魂〉等少數篇章。〔註21〕從這個分類統計中可以明確看出，《楚辭》中的植物主要是具有強烈的辛香味的芳香植物，而以及與香草對立的惡草惡木，這些植物的主要用途大都不具有食用或器用等人類生存的功能性。《楚辭》對於植物取材爲何迥異於《詩經》呢？德國學者顧賓（Kubin）提到：

　　　　《楚辭》首次以個人方式表現了主體，而作爲新社會一部份的這個主體又需要一種新的表現形式。因此，帶有個人與神靈相會渴望的祭神巫歌形式，就比《詩經》中那種固定的思想與情感表現模式合適得多。於是，自然不再是農業和日常的自然，而是神靈的仙境（在巫現的宗教範圍內），是私人「暗語」的標誌（在貴族的塵世範圍內）。〔註22〕

〔註21〕潘富俊：《楚辭植物圖鑑》（臺北：貓頭鷹出版社，2002年），頁8～9。
〔註22〕Wolfgang Kubin 著，馬樹德譯《中國文人的自然觀》（上海：上海人

這段話明確的說出《詩經》與《楚辭》，因作者屬性的差異，而導致取材、情感差異的根本原因。《詩經》反映的是北方人民務實的生活情感，故多取材自與生活相關的植物；而《楚辭》則是文人用以寄託個人高尚的生命情志，因此所取材的植物就傾向於具有神聖象徵意涵的植物，以表徵自我內在的德行價值。這類具有神聖象徵的植物通常都是具有宗教功能的植物，而這正是《楚辭》香草意象大多取材自具宗教功用植物的主要原因。另外從《楚辭》本身來看，各篇章中的香草所象徵的意涵亦不盡相同，其中尤以《九歌》和〈離騷〉中的香草意象，最能凸顯出《楚辭》中香草意象的差異，因此以下就分別就《九歌》和〈離騷〉中的香草意象進行探討。

（一）〈離騷〉香草意象

清人吳世尚《楚辭疏》提到：「離騷千餘言，原不過只自明其本心所在耳。」〔註23〕說明了屈原在〈離騷〉中所要表達的主要是自我內心的心志與生命價值。由於屈原的生命價值深受儒家的影響，因此屈原對於世界的看法也呈現出善、惡對立不肯妥協的價值意識。是故外在一切的事物都隨著屈原個人主觀的感受，而成為表達內在心象的隱喻，所以〈離騷〉中的物象，除了是屈原形塑自我形象與價值的重要意象，也反映了屈原內心對於善惡價值的強烈對立。王逸《楚辭章句·離騷》序提到：「離騷之文，依詩取興，引類譬喻，故善鳥香草，以配忠貞；惡禽臭物，以比讒佞；靈脩美人，以媲於君；宓妃佚女，以譬賢臣；虯龍鸞鳳，以託君子；飄風雲霓，以為小人。」〔註24〕吳旻旻提到：「在屈原的行文模式中，『香草／惡草』與『白／黑、上／下、鳳凰／雞鶩、玉／石、麒驥／駑馬、黃鐘／瓦釜』形成一組一組

民出版社，1990年），頁40。

〔註23〕（清）吳世尚：《楚辭疏》，收於崔富章總主編《楚辭評論集覽》（湖北：湖北教育出版社，2002年），頁519。

〔註24〕（漢）王逸注、（宋）洪興祖補注：《楚辭章句補注》（臺北：世界書局，民國78年11月），頁2。

價值二分的對立意象，共同反映出善惡對比的象徵意義。」〔註25〕也由於屈原使用的意象具有強烈善惡之分的價值意識，因此植物意象在〈離騷〉之中，也就具有這種標示善惡、君子小人這種對立的價值象徵，（清）周拱辰《離騷草木史》提到：「草木之中，有君子焉，有小人焉。一一比類而暴其情，使蕭、艾、菉、葹，知所顧忌，而不敢進，而與蘭、芷、江離競德，凜凜乎衰鉞旨也。」〔註26〕蕭、艾、菉、葹這些臭物惡草代表強大的小人集團，而蘭、芷、江離這些香草則象徵賢德君子，這兩種涇渭分明的善惡對立，說明了屈原透過植物意象所要表達的並不是一種生活情感，而是一種價值的堅持。這種善惡的分別主要是由植物的氣味來表徵，香代表善、君子、賢明；臭代表惡、小人、奸佞。因此香草也就成為屈原用以表徵自我人格與價值理想的象徵。〈離騷〉中提到香草的句子，共有二十一句，香草約十七種〔註27〕，是《楚辭》中香草出現最多的篇章。大體而言，香草在〈離騷〉中的意涵約有三種：一者，透過香草的佩飾、服食，以象徵屈原高潔的內美，所謂：「紛吾既有此內美兮，又重之以修能。扈江離與辟芷兮，紉秋蘭以為佩。」〔註28〕中國傳統文人通常透過佩玉以象徵內德，蓋取玉之堅貞潤澤，但玉只能表徵君子的內在，卻無法表現君子之德的感召意涵；是故屈原以香草為衣及佩飾，在某種意義上應有取香草能薰物，以象其內德之美，能夠感染天下人心而致美政的意涵，而這正與他一再渴望有所作為的態度是完全一致的。蔣驥提到：「首尾二千四百九十言，大要以好修為根柢。」〔註29〕而香草更是

〔註25〕吳旻旻：《香草美人文學傳統》（（臺北：里仁書局，2006年12月），頁29。

〔註26〕（清）周拱辰：《離騷草木史・敘》，收於吳平、回達強主編《楚辭文獻集成》八（揚州：廣陵書社，2008年），頁5422。

〔註27〕劉志宏：《離騷"香草美人"抒情模式研就》（北京：首都師範大學中文碩士論文，2003年5月），頁11。

〔註28〕（漢）王逸注、（宋）洪興祖補注：《楚辭章句補注》（臺北：世界書局，民國78年11月），頁3。

〔註29〕蔣驥：《山帶閣注楚辭》（臺北：長安出版社），頁49。

「好修」精神的表現,「製芰荷以爲衣兮,集芙蓉以爲裳。」〔註 30〕正是透過香草芬郁來表徵屈原才德的美善。除了用香草當作衣飾外,屈原更透過「朝飲木蘭之墜露兮,夕餐秋菊之落英。」〔註 31〕以呈現出自我美德的修善與潔身自愛。因此〈離騷〉中屈原充分透過香草的衣與食這種外在的表徵,去形塑自我芳潔的內德,並用香草之馨以喻德之馨,以象徵薰染人心以成美政的兼濟渴望。二者,香草作爲人格價值的象徵,用以比喻賢者或君王。王逸在「雜申椒與菌桂兮,豈維紉夫蕙茝。」下注曰:「蕙茝皆香草也,以喻賢者。」〔註 32〕屈原賦予在香草當中的美善價值,除了用以形塑自我的價值外,亦成爲他審視世間價值的評量,於是美好的香草成爲君子、賢臣的人格象徵。而這種對於香草的推崇之情,也成爲用以象徵他心目中的國君象徵,如:「荃不揆余之中情兮,反信讒以齋怒。」王逸注:「荃香草也,以喻君也。人君被服芳香,故以香爲喻。」〔註 33〕三者,香草巫術意涵的表達。〈離騷〉中的香草意象,雖然幾乎都已經從原本所具有的巫術性質轉變成比德的象徵,不過也有保留巫術占卜的原始意涵,屈原在面對命運的抉擇時,亦曾透過巫的占卜來決斷,故有「索瓊茅以筳篿兮,命靈氛爲余占之。」〔註 34〕用潔白的茅草來降神是周朝的習俗,《周禮・春官》云:「男巫掌望祀,望衍授號,旁招以茅。」〔註 35〕《爾雅》亦提到「茅,明也。」〔註 36〕故茅具有由昧轉爲明的

〔註30〕 (漢)王逸注、(宋)洪興祖補注:《楚辭章句補注》(臺北:世界書局,民國 78 年 11 月),頁 10。

〔註31〕 (漢)王逸注、(宋)洪興祖補注:《楚辭章句補注》(臺北:世界書局,民國 78 年 11 月),頁 7。

〔註32〕 (梁)昭明太子編、李善注:《文選》(臺北:藝文印書館,民國 92 年 3 月),卷 32,頁 464。

〔註33〕 (梁)昭明太子編、李善注:《文選》(臺北:藝文印書館,民國 92 年 3 月),卷 32,頁 465。

〔註34〕 (漢)王逸注、(宋)洪興祖補注:《楚辭章句補注》(臺北:世界書局,民國 78 年 11 月),頁 20。

〔註35〕 (漢)鄭玄注、(唐)孔穎達正義:《周禮注疏》(臺北:藝文印書館,1977 年),頁 400。

神聖除祟意涵。另外「巫咸將夕降兮，懷椒糈而要之。」〔註37〕「椒」即花椒，亦是香木之屬，這裡亦是表現香草在巫術中的降神功用。屈原賦予了植物濃厚的個人價值意涵，並透過這些植物意象形塑出他內心的自我形象與生命情感，形成一套所謂「香草美人」的隱喻象徵。

（二）九歌香草意象

《楚辭》中除了〈離騷〉大量使用香草意象外，《九歌》亦使用大量的香草意象。傅師錫壬提到：「楚人淫祠的風俗，在屈原竄伏其域之前已有之，所以九歌是楚人本已有的祭歌形式，蓋可斷定，又屈原所以作九歌的原因，是基於楚人歌舞之樂，『其辭鄙陋』。」〔註38〕亦即屈原是根據楚地原有的祭歌加以改寫而成，所以在內容也就與楚地的宗教及巫俗密切相關。因此出現在《九歌》中的香草意象，也就沒有像〈離騷〉中那種表達內心價值與情感，所產生出來的善惡價值對立，而是呈現出充滿浪漫神秘的神話色彩。在《九歌》十一篇祭歌中，除了《國殤》之外，每一篇都充斥著香草意象，總數多達四十多句，而出現的植物名稱共有十六種〔註39〕，足見香草在這些祭歌中所具有的重要性。事實上具辛香的特性的植物原本就與宗教密切相關，在宗教儀式中常具有被除不祥以趨聖潔的巫術效果。《周禮·春官》：「女巫掌歲時被除釁浴」，鄭玄注曰：「釁浴謂以香薰草藥沐浴。」〔註40〕鄭玄說明了這種被除不祥的釁浴，主要是著重於香草的香與草

〔註36〕（晉）郭璞注、（宋）邢昺疏、（清）阮元校勘：《爾雅注疏》（臺北：藝文印書館，1977年），頁40。

〔註37〕（漢）王逸注、（宋）洪興祖補注：《楚辭章句補注》（臺北：世界書局，民國78年11月），頁21。

〔註38〕傅錫壬：《山川寂寞衣冠淚：屈原的悲歌世界》（臺北：時報文化，1987年），頁133。

〔註39〕劉志宏：《離騷"香草美人"抒情模式研究》（北京：首都師範大學中文碩士論文，2003年5月），頁11。

〔註40〕（漢）鄭玄注、（唐）賈公彥疏：《周禮注疏》（臺北：藝文印書館，1977年），頁400。

藥的藥性這兩個面向，而香草時常都兼具這兩種特性，例如：《山海經·西山經》：「有草焉，名曰薰草，麻葉而芳莖，赤華而黑實，臭如麋蕪，佩之可以已癘。」〔註41〕從宗教信仰的角度而言，世俗世界的人若欲與神靈溝通，通常必須透過某種特殊的儀式以去除凡俗的髒污，因此利用這些香草以進行沐浴、佩飾、服食等祓除的儀式，就能夠使巫者棄凡趨聖，而達到親近神靈的溝通作用。〔註42〕從其他中國相關典籍的記載中也可以發現，那些具有濃烈辛香的植物多半亦具有「去凶辟疫」的神秘巫術功能，即使到了今日端午節人們仍用這些具有辛香的艾草、菖蒲作為辟邪之物。事實上植物的馨香，無論在古今中外都與宗教及巫術密切相關，《感官之旅》提到：

> 香水源自美索不達米亞，作為焚燒動物獻祭給諸神時，使氣味甜美的馨香之用，它也在驅魔儀式中，用來治療病人……香水（perfume）的拉丁字源告訴我們它的來由：pre＝透過＋fumar 冒煙。把香丟入火中，即可在天空中產生超塵脫俗、充滿魔力的煙，刺激鼻孔，彷彿喧囂的靈魂用爪挖出路徑，回到人體。薰香的煙源自塵土，但快速地攀上諸神的領域……史前人類把香水灑在身上，和當今的原始民族並無二致。一位在亞馬遜印地安部落的考古學者朋友曾說過：有些部落，其女性在腰間圍著鼠尾草製的裙子，男性則以芳香的植物根部抹擦在手臂下作為防臭劑。〔註43〕

因此在〈九歌·東皇太一〉：「蕙肴兮蘭藉」〔註44〕可以看到用蕙草蒸烤祭物，〈招魂〉：「蘭膏明燭」〔註45〕以蘭為膏，燃燒蘭草薰香，以

〔註41〕 袁珂編：《山海經校注》（臺北：里仁書局，1995 年 4 月初版），卷 2，頁 26。

〔註42〕 邱宜文：《巫風與九歌》（臺北：文津出版社，1996 年 8 月），頁 88。

〔註43〕 Diane Ackerman 著，莊安祺譯：《A Natural History of the Senses》（臺北：時報文化，1993 年），頁 59。

〔註44〕 （漢）王逸注、（宋）洪興祖補注：《楚辭章句補注》（臺北：世界書局，民國 78 年 11 月），頁 34。

〔註45〕 （漢）王逸注、（宋）洪興祖補注：《楚辭章句補注》（臺北：世界書

及〈少司命〉：「荷衣兮蕙帶」〔註46〕巫師穿上這些香草所製成的衣飾，這些都與人類原始的巫術信仰密切相關。因此一些在《九歌》中所提到的香草植物，若與《山海經》的記載對照時，亦可以發現它們有時亦具有神秘的巫術功能，例如：《九歌》中山鬼所披帶的杜衡，在《山海經》提到：「有草焉，其狀如葵，其臭如蘼蕪，名曰杜衡，可以走馬，食之已癭。」〔註47〕杜衡能醫治腫瘤，甚至具有讓馬健走的巫術作用〔註48〕。從這裡可以發現，香草在原始的文化中，普遍都具有神秘的巫術效用。因此《九歌》中的香草意象的使用顯然與楚國當地的巫風具有直接的關係，所以《九歌》中有描寫巫者透過香草的沐浴以淨除邪癘，進而達到親近神靈的目的，如〈雲中君〉：「浴蘭湯兮沐芳」〔註49〕；有用香草作為巫者的裝飾，〈少司命〉：「荷衣兮蕙帶」；有用香草構築及裝飾的屋室，如〈湘夫人〉：「桂棟兮蘭橑，辛夷楣兮藥房。」〔註50〕「芷葺兮荷屋。」〔註51〕；有將香草當作祭品者，如〈東皇太一〉：「蕙肴兮蘭藉，奠桂酒兮椒漿。」〔註52〕從中可以看出，《九歌》中的香草運用多半都與神靈的食衣住行有關。這些

局，民國 78 年 11 月），頁 123。

〔註46〕（漢）王逸注、（宋）洪興祖補注：《楚辭章句補注》（臺北：世界書局，民國 78 年 11 月），頁 43。

〔註47〕袁珂編：《山海經校注》（臺北：里仁書局，1995 年 4 月初版），卷 2，頁 29。

〔註48〕在巫術的原始思維中，認為「相同事物能影響相同事物」，由於杜衡葉似馬蹄狀（故俗稱馬蹄香），因此被想像延伸而成為具有加強馬蹄健走的神奇作用。見陳妙華《從山海經楚辭看草木與文學的關係》，頁 77。

〔註49〕（漢）王逸注、（宋）洪興祖補注：《楚辭章句補注》（臺北：世界書局，民國 78 年 11 月），頁 35。

〔註50〕（漢）王逸注、（宋）洪興祖補注：《楚辭章句補注》（臺北：世界書局，民國 78 年 11 月），頁 39。

〔註51〕（漢）王逸注、（宋）洪興祖補注：《楚辭章句補注》（臺北：世界書局，民國 78 年 11 月），頁 40。

〔註52〕（漢）王逸注、（宋）洪興祖補注：《楚辭章句補注》（臺北：世界書局，民國 78 年 11 月），頁 34。

具有神聖、芳潔、辟邪的香草，乃是作為祭祀中人神溝通的重要祭物。因此這類的香草意象並不像是〈離騷〉一樣強烈寄託著屈原自我價值的意識。不過許多論者卻認為《九歌》並非表面所見只是一種祭祀的歌曲，（清）沈德潛《說詩晬語》云：「九歌託事神以喻君，猶望君之感悟也。」〔註53〕這裡說明屈原是透過人神愛戀的形式來隱喻君臣之間的關係，例如：《湘君》：「采薜荔兮水中，搴芙蓉兮木末。心不同兮媒勞，恩不甚兮輕絕。」〔註54〕這裡的香草就具有傳達情意的意涵，具有隱喻美好而期待被君王重視的願望。

　　總之，若將《九歌》與〈離騷〉對比可以發現，香草意象在二者之中都是相當重要的角色。不過《九歌》中的香草始終還是依附在巫儀的神話世界中，而〈離騷〉的香草意象，則多半已經去除了祭歌中的巫術色彩，只取其芳潔神聖的象徵意涵，以作為屈原表徵內美的象徵。這種本質上的改變，已經將香草從原本巫術中的實用功能，進一步往人格審美的方向發展。因此《楚辭》中的香草意象，雖源與楚地的巫術與風俗，但經過屈原進一步賦予了文人的價值意識之後，變成了一種表達文人內在心象的符號，形成所謂的「香草美人」的比興手法，並影響了後世文人詩歌中情感的表達方式與思想內涵，吳旻旻提到：「屈原這種以香草表現好修精神的方式，已經不只是一個意象或符碼而已，而是蘊含了士大夫階層的心理狀態，成為士大夫孤芳自賞文化裡的共同語言。」〔註55〕雖然屈原將原本巫儀中的香草成功的轉化成文人自我價值的情志書寫，不過香草只是屈原用以表達內在心象的依託，因此客觀世界的香草並不是他所關注的焦點，自然也不會對於這些香草有客觀化的感官欣賞，成復旺提到：

〔註53〕（清）沈德潛：《說詩晬語》，《續修四庫全書》集部・詩文評，V1701，（上海：上海古籍出版社，2002年），頁4。

〔註54〕（清）沈德潛：《說詩晬語》，《續修四庫全書》集部・詩文評，V1701，（上海：上海古籍出版社，2002年），頁37。

〔註55〕吳旻旻：《香草美人文學傳統》（臺北：里仁書局，2006年12月），頁36。

> 中國古代的審美，實質上並不是對物的欣賞，而是對自我
> 人格的欣賞。但是人格作爲一種內在的精神，要成爲審美
> 對象就必須外化爲物，或者叫物態化。中國古代的各種人
> 格往往都要從物中尋找根據，以證明自己合於自然。〔註56〕

屈原透過香草正是將內在的精神、情操予以外化的一種價值投射，香草所要形塑的正是屈原內在的人格美。也由於這種透過香草以呈現自我人格美質的書寫得到後世文人的普遍認同，因而也形成「孤芳自賞」這種反映士大夫心理的花卉書寫。是故在傳統文人的詩歌中，花卉的主要功能並不在欣賞，而是用以寄託文人內心的情志，而這個傳統正是由屈原所建立。

雖然屈原對於植物本身的特質並沒有純粹詠物的美感興趣，但由於屈原喜歡透過外在的物象以隱喻內在價值，於是也產生了〈橘頌〉這篇專詠一物的文學作品。〈橘頌〉雖然借物詠德，不過屈原對於橘的生長特性、樹與果的形貌已經有了具體而切要的描寫，不再只是像《詩經》一樣，植物只是被當作是起興或比喻的物象。〈橘頌〉通篇只以橘子當作主體來吟詠，因此已經具有詠物的特質，可謂中國詠物之祖。〔註57〕而這種透過植物的詠贊，來表達某種「善」的美德，也成爲後世文人詠花的創作主流。可以說屈原對於中國的花卉書寫，無論是抒情與詠物都具有直接而深遠的影響。

第二節　兩漢六朝文學中的花卉意涵

先秦時期的《詩經》和《楚辭》中，雖然已經出現許多花草等植物意象，但主要都是作爲比興之用，花卉客體本身的美感並非詩人關注的主要焦點。到了漢代文人雖然主要仍關注在外在廣大的世界，而

〔註56〕載氏著：《神與物遊》（北京：中國人民大學出版社，1989 年），頁 56。
〔註57〕廖國棟：《魏晉詠物賦研究》（臺北：文史哲出版社，1990 年 10 月），頁 10。

沒有對於這些小花小草投以太多關注的眼光，不過詠物賦的出現，說明了文人對於花木純粹美感的審美已經開始萌芽。到了六朝時期，文人對於外在的事物，乃至於內在心靈的價值精神都有別於先秦時期，因此他們對於花卉的態度也從先秦的比德及實用觀，進入到純粹的審美觀。吳功正提到：

> 審美對於主體滿足是「暢神」。這是宗炳《畫山水序》所提出的。它是中國美學理論史上的一個重要說法，不再是先秦延伸下來的「比德」說，以善、以人格理想對象化為目的，而是主體個性心靈和精神暢達的表現。這樣，六朝美學成果的精神意味比較顯著。〔註58〕

這段話說明了六朝文人的寫作心態，已經逐漸回歸到個體精神與情感的獨立性，進而從道德與實用的價值觀中跳脫，展現出一種審美的價值追求，是故在這一時期，花卉的美感才真正成為文人關注的審美對象，而成為文學作品中詠讚與描寫的題材。而在兩漢至魏晉時期的文學作品中，詠花題材的文學作品主要集中在詠物賦。由於漢代以來詩歌言志的特質被特別強調，因此詩歌中花卉的書寫，還是承襲著《楚辭》比興寄託的情志抒寫，是故詠花詩在兩漢、魏晉期間，在數量上遠遠比不上以「體物」為主的詠物賦。據統計魏晉時期詠植物的詩歌只有 25 首〔註59〕，其中屬於花卉類大約也只有十餘首〔註60〕。可以說這個時期主要的詠花作品，都集中在詠物賦中。至於以花卉審美為主的詠花詩，則要遲至南朝才開始凌駕過詠物賦。不過以言志為主的詩和體物為主的賦，雖然在形式和書寫的內涵上有著極大的差異，但在六朝時期，詠物賦受到詩歌言志的影響也開始有了情感的抒發與寄

〔註58〕 吳功正：〈六朝美學之總體描述〉，《東岳論叢》第 1 期（1994 年），頁 93。

〔註59〕 江凱弘：《六朝詠植物詩研究》（彰化：國立彰化師範大學國文研究所碩士論文，民國 97 年），附錄〈六朝詠植物詩一覽表〉，頁 2。

〔註60〕 由於詩歌在這個時期仍以言志為主，因此純粹針對花卉美感而詠的作品極少，所以十餘首的詠花詩，乃是將藉花言志及民歌傳情的詩歌都統的包括在內。

託，而詩歌也受到賦的影響，也開始出現以體物為主的詠物詩。洪師順隆提到：

> 三國以後，詠物賦有增無已，光是三國時文人所作，就有五十餘篇；兩晉以後，更是觸目皆是，不勝枚舉。這期間，文學體裁，漸由賦中心轉向詩中心，詩與賦相激盪，而賦的篇幅變短小，很像一手雜言的古體詩……如此，詠物賦影響詠物詩，所以進入六朝以後，詠物詩就興盛起來。〔註61〕

由於詠物賦對於詠物詩的影響相當大，因此探討六朝的詠花詩，就不得不先從漢代以來的詠物賦談起，以釐清兩者之間的因襲與彼此影響之處，故以下分成詠物賦與詠物詩兩個部分來論述。

一、詠物賦

先秦時期詠物題材已見發端，如屈原的〈橘頌〉、荀子的〈雲〉、〈蠶〉、〈針〉等篇章，不過到了漢代詠物題材才真正形成文學的主流，大至天文地理，小至花木蟲魚都成為文人寫作的題材，漢代詠物賦共計有六十九篇，已經成為漢賦的主流。〔註62〕不過出現在大賦中的花木，通常只是名稱的羅列而沒有什麼深刻的描寫，至於漢代的詠物賦中，真正成為漢代文人詠物題材的花卉，有荷花與鬱金二種。從這些詠植物的作品中可以發現，漢代文人詠果實的種類遠比花卉多，顯現出漢人對於果實的關注遠比花卉來得多，呈現出以實用為主導的審美特質。而這時期最突出的花卉則非荷花莫屬，存目的詠荷作品有八篇，不過多數的芙蓉賦都已亡佚，僅《初學記》載有張奐〈芙蓉賦〉殘篇：「綠房翠蒂，紫飾紅敷；黃螺圓出，垂蕤散舒。纓以金牙，點以素珠。」〔註63〕從這段描寫中可以發現，文人對於荷花外在形態的

〔註61〕洪順隆：《六朝詩論》（臺北：文津出版社，1987年），頁11。
〔註62〕廖國棟：《魏晉詠物賦研究》（臺北：文史哲出版社，1990年10月），頁12。
〔註63〕（唐）徐堅：《初學記》，收於景印文淵閣四庫全書 v.890（台灣：台灣商務印書館，民國72年），卷27，頁890～442。

審美上，已經描寫的相當精細，足見純粹客觀的花卉審美在漢代已經形成。不過荷花之所以能夠引起文人高度的重視，大概與荷花是皇家苑囿重要的景觀，具有帝國富盛的象徵有關，因此才能夠成爲這些歌功頌德的文學侍從的描寫對象。

　　到了魏晉時期文人對於花卉的關注大幅增加，因此許多花卉都成爲文人詠讚、描寫的題材，包括荷花、菊花、木槿、宜男花、紫華、蜀葵、款冬花、木蘭、茱萸、石榴等花卉植物。這時期文人爲什麼特別熱衷於花木賦的寫作呢？其原因主要有三點：一者，在漢代已奠基的詠物賦上，以及大賦中文人搜奇獵異的眾多花木品目，都提供了魏晉時期的文人一個廣大可以繼續發揮的空間，加上藉物抒情這種文學傳統的重要需求，都進一步促成花木賦的興盛。二者，道家思想在魏晉時期非常盛行，道家在對待自然萬物的態度比較是一種冥忘自我，拋棄人的價值、成見的角度來欣賞自然的美，〈莊子・知北遊〉：「天地有大美而不言，四時有明法而不議，萬物有成理而不說。聖人者，原天地之美而達萬物之理。是故至人無爲，大聖不作，觀於天地之謂也。」〔註64〕相反的儒家則用人世的道德倫理之善，來看待自然萬物的價值，因此在傳統儒家的價值中，花木的價值是從比德的意涵所產生，而不是它們本身的美感。是故魏晉文人透過道家思想，在某種程度上解構了儒家這種以善爲美的審美態度，因此文人得以從純粹的物色之美來欣賞自然萬物，因而也影響了文人以自然花木之美來作爲創作的題材，進而促成了花木賦的興盛。三者，曹氏父子雅好文學，因此鄴下也聚集了許多文人而形成了文學集團，於是也形成了以賦詩競詠的各式文會。廖國棟提到：

> 迨及建安，一則儒教鬆綁，一則曹操雅好辭章，曹氏兄弟
> 妙善辭賦，加上諸子的應和，在君臣同歡共樂的宴遊活動
> 中，以同一題目或類似題材競相逞其才藻的賦作因而大

〔註64〕（清）王先謙：《莊子集解》（臺北：世界書局，2006 年 8 月），頁195。

增，蔚成一時之風尚。〔註65〕

由於文會常於貴族的園林舉辦，而會中所賦之題材亦多半是眼前的景物、物品，因此各式花木自然也就成為賦詠的主要對象，進而促成花木賦的興盛。〔註66〕從現存魏晉時期的花賦中可以發現，其中單純體物的作品有十五篇賦，包括：〈蓮花賦〉八篇、〈朝花賦〉四篇、〈紫花賦〉一篇、〈鬱金賦〉一篇、〈春花賦〉一篇〔註67〕。這些單純體物的詠花賦之中，以描寫荷花最多，大致仍保持從漢代以來的盛況。這些〈蓮花賦〉對於荷花情態的描寫達到極其仔細的地步，從荷花的生長地點、細部形態、整體姿態，乃至荷花的實用功能都涵括在文人的審美視野之中。另外詠花賦中，其內容寄寓作者的情志及象徵意涵的作品共有十一篇，包括：〈朝菌賦〉兩篇、〈菊花賦〉五篇、〈宜男花賦〉三篇、〈款冬花賦〉一篇。〈朝菌賦〉雖然僅存兩篇（朝菌又名舜華、朝花，今稱為木槿花），不過若再加上亡佚而存目的賦作，反而是魏晉時期詠花賦中數量最多者，共有九篇之多。不過多數都已亡佚不全，尚能見全貌僅三篇，例如（晉）傅咸〈舜華賦〉：

> 佳其日新之美，故種之前庭而為之賦。覽中唐之奇樹，稟沖氣之至清。應青春而敷孳，逮朱夏而誕英。布夭夭之纖枝，發灼灼之殊榮。紅葩紫蒂，翠葉素莖。含暉吐曜，爛若列星。朝陽照灼以舒暉，逸藻采粲而光明。〔註68〕

在文人眼中木槿花顯得美麗異常。不過木槿花其實並不高貴，通常被一般民家用來當作籬笆，而以今日的眼光來看，其姿色亦比不上荷花來得豔麗，但是魏晉時期的文人為何特別喜歡描寫它呢？其中是否有其他的因素呢？由於這些詠木槿的賦多半已經亡佚或不全，

〔註65〕廖國棟：《建安辭賦之傳承與拓新——以題材及主題為範圍》（臺北：文津出版社，2000年9月），頁286。

〔註66〕陳溫如：《魏晉時期花木賦研究》（臺北：國立台灣師範大學國文系碩士論文，民國93年），頁30。

〔註67〕同上註。

〔註68〕（清）嚴可均輯校：《全上古三代秦漢三國六朝文》（北京：中華書局，1958年），《全晉文》，頁1754。

完整的內容無法確知，但根據殘存的相關資料還是可以發現一些蛛絲馬跡，（晉）蘇彥〈舜華詩序〉提到：「其爲花也，色甚鮮麗，迎晨而榮，日中則衰，至夕而零，莊周載朝菌不知晦朔，況此朝不及夕者乎，苟映采於一朝，燿穎於當時，焉識夭壽之所在哉，余既翫其葩，而歎其榮不終日。」〔註69〕序中特別強調了木槿花朝開暮落的短命特質，而這種盛美與凋萎存於一夕的特性，具有一種強烈的生命隱喻，而這很可能就是魏晉文人特別關注木槿花的重要因素。事實上早在《詩經》中就曾提到木槿，（宋）陸佃《埤雅》提到：「詩曰顏如舜華，又曰顏如舜英，顏如舜華，則言不可與久也，顏如舜英，則愈不可與久矣，蓋榮而不實者謂之英。」〔註70〕這裡說明《詩經》是用木槿花美麗而短暫的特質來形容女子的容貌。而對於生命短暫具有強烈悲感的六朝文人而言，木槿花朝生暮死的特質，照理說應該特別會觸發這種生命短暫的焦慮，而不會成爲人們詠讚的對象。因爲人們所喜愛事物，通常多具有一種能夠彌補現實匱缺或遮掩內心恐懼的美好特質，是故魏晉人喜歡詠讚的花木就常具有長生、延年等特質，如：

> 故夫菊有五美焉。圓花高懸，準天極也。純黃不雜，后土色也。早植晚登，君子德也。冒霜吐穎，象勁直也。流中輕體，神仙食也。（（晉）鍾會〈菊花賦〉）〔註71〕

> 臨清池以遊覽，觀芙蓉之麗華，潛靈藕於玄泉，擢修莖乎清波。（（晉）夏侯湛〈芙蓉賦〉）〔註72〕

這些受到魏晉文人詠讚的花木大都具有服食延年的功用，而這正是人們對於生命短暫憂懼的一種遮掩方式。而木槿花朝開暮落的特性，正

〔註69〕（清）嚴可均輯校：《全上古三代秦漢三國六朝文》（北京：中華書局，1958 年），《全晉文》，頁 2255。

〔註70〕（宋）陸佃《埤雅》，嚴一萍輯選《百部叢書集成》（臺北：藝文印書館，民國 55 年），卷 17，頁 10。

〔註71〕（清）嚴可均輯校：《全上古三代秦漢三國六朝文》（北京：中華書局，1958 年），《全三國文》，頁 1188。

〔註72〕《廣群芳譜》（臺北：新文豐出版社，1980 年），卷 29，頁 1715。

與這些具有延年、長生的花卉相反，理應會觸發深刻的生命之悲。不過從現存的篇章中，我們看不到這種哀傷的情感，篇章中反而極盡的呈現出木槿花的美！其原因很可能是木槿花朝生暮死的特質雖然具有強烈的生命隱喻，不過魏晉文人似乎也在這層意義上予以轉化。（晉）傅咸〈舜華賦〉提到：「佳其日新之美」，即透過木槿每日都有新綻之花的「日新」，消解了朝生暮死的短暫。又如（晉）《抱朴子》提到：「木槿、楊柳斷殖之更生，倒之亦生，橫之亦生，生之易者，莫過斯木。」﹝註73﹞這裡則從木槿花強勁的生命力，而強調了「生」的特質。《抱朴子》是一部有關神仙方術的書，因此葛洪提到木槿花強勁的生命力，亦應具有某種時代性的價值意義，是故木槿花在當時的時代背景中極可能亦具有某種「生」的象徵性，具一種「即有限而超越」的生命思維。否則很難理解爲什麼魏晉文人對於這種普通的花卉，爲什麼要投以如此多的關注！

　　除了具有延年長生功用的花卉受到六朝文人的喜愛之外，他們對於具有巫術效用的花卉亦多所關注，例如具有辟邪作用的花卉，如茱萸、菊，以及具有生男孩這種富於巫術功用的宜男花，都是他們喜歡寫作的對象，而這很可能與當時道教神仙思想盛行的因素密切相關。另外六朝文人在描寫這些花木時相當喜歡用「靈」來形容，例如：形容鬱金「超眾葩而獨靈」﹝註74﹞、宜男花「稟至眞之靈氣兮」﹝註75﹞，形容荷花「潛靈藕於玄泉」﹝註76﹞在充滿神仙思想的時代氛圍中，這種具有靈異特質的花卉，因而也特別容易成爲人們關注的對象。

　　魏晉時期，文人雖然對於花卉已經多所關注，但他們對於果實

﹝註73﹞（晉）葛洪：《抱朴子》（臺北：新文豐出版社，民國87年），〈內篇〉卷13，頁76。
﹝註74﹞《廣群芳譜》，卷29，頁1715。
﹝註75﹞（清）嚴可均輯校：《全上古三代秦漢三國六朝文》（北京：中華書局，1958年），《全晉文》，頁1851。
﹝註76﹞《全上古三代秦漢三國六朝文》，《全晉文》，頁1851。

仍舊充滿著熱愛，因此可以發現他們對於石榴表現出極為熱愛的情感，詠石榴的作品有十二篇，而這遠比木槿花的九篇，及蓮花的八篇都來得多，顯見這時花木的審美正處於從先秦以來的果實關注，逐漸轉變至南朝時期以花朵為欣賞主體的過度階段。因此石榴這種花豔果美的果樹，就成為晉代文人最熱愛寫作的對象，潘尼〈安石榴賦〉稱它「華實並麗，滋味亦殊。」〔註77〕正代表這時期的花木審美觀。

在寫作的特色上，魏晉時代的詠花賦特別喜歡使用「奇」、「珍」這樣的形容字眼，如形容宜男花「淑大邦之奇草兮」〔註78〕，菊花「偉茲物之珍麗兮」〔註79〕，蜀葵「惟茲奇草」〔註80〕。通常能夠興發詩意的事物，都是稀少而珍貴少見，或是它的特性是其他事物所沒有的特質，才會讓人產生一種詠讚的欲望，因此「奇」、「珍」的形容，正顯示文人對於花卉的審美心態。因此這個時期的文人也開始對於外來的花木產生了興趣，所以才會出現吟詠紫華這類不產於中原的新品花卉，（晉）傅玄在〈紫華賦序〉提到：「舊生於蜀，其東界特饒，中國奇而種之。」〔註81〕可以說詠物賦將花卉的審美視野，從傳統文學中常書寫的花卉，進一步拓展到一些新品種的花卉，開拓了花卉的寫作對象，亦為南朝的詠花詩奠定了寫作的基礎。更重要的是詠花賦改變了花卉長期作為文學中比興的物象，使花卉成為審美的主體。「賦者，鋪采摛文，體物寫志也。」〔註82〕這種以花卉為審美主體，以及崇尚形似的描寫特性，都讓花卉的審美有了新的里程，並直接影響了南朝詠花詩的興起。

〔註77〕《全上古三代秦漢三國六朝文》，《全晉文》，頁2000。
〔註78〕《全上古三代秦漢三國六朝文》，《全晉文》，頁1851。
〔註79〕《全上古三代秦漢三國六朝文》，《全晉文》，頁1801。
〔註80〕《全上古三代秦漢三國六朝文》，《全梁文》，頁3336。
〔註81〕《全上古三代秦漢三國六朝文》，《全梁文》，頁1717。
〔註82〕周振甫：《文心雕龍注釋》（臺北：里仁書局，民國73年5月），〈詮賦〉第8，頁137。

二、詠物詩

　　由於漢代以來詩歌言志的特質被視爲詩歌的重要特質，因此多數出現在詩歌中的花卉意象，主要還是作爲作者情感的寄託。是故在漢代至魏晉期間，詩歌中詠花的作品也就相當的少。據江凱弘統計六朝詠植物詩的數量來看，魏晉的詠植物詩只有 25 首、南朝宋 14 首、齊 17 首、梁 118 首、陳 31 首〔註83〕。顯見詠植物詩的熱潮，是從梁才進入高峰。曾淑巖提到從詠物賦遞變到詠物詩的因素：

> 因爲齊梁以前詩賦分流，文學觀爲「詩言志而賦體物」，短篇的詩制約了詩人對於物的描寫；賦的內容開闊，適合寫物，故詠物賦多。東漢以後詩賦逐漸合流，至齊梁時詠物詩全盛。〔註84〕

從兩漢至魏晉期間，詠花詩約只有十餘首〔註85〕。多數的的詩歌中的花卉意象，僅是片段的景色描寫，或是作爲比興寄託之用。而作爲比興寄託的花卉意象，基本上都是承襲自《楚辭》的香草意象，例如：

> 新樹蘭蕙葩。雜用杜蘅草。終朝采其華。日暮不盈抱。采之欲遺誰。所思在遠道。馨香易銷歇。繁華會枯槁。悵望欲何言。臨風送懷抱。（（漢）〈古詩三首〉其三）　〔註86〕

> 涉江采芙蓉，蘭澤多芳草。采之欲遺誰，所思在遠道。還顧望舊鄉，長路漫浩浩。同心而離居，憂傷以終老。（（漢）古詩十九首〈涉江採芙蓉〉）　〔註87〕

> 汎汎綠池，中有浮萍。寄身流波，隨風靡傾。芙蓉含芳，菡萏垂榮。朝采其實，夕佩其英。采之遺誰，所思在庭。

〔註83〕 江凱弘：《六朝詠植物詩研究》（彰化：國立彰化師範大學國文研究所碩士論文，民國 97 年），頁 52。

〔註84〕 曾淑巖：《李商隱詠物詩研究》（高雄：國立中山大學國文研究所碩士論文，1998 年），頁 27。

〔註85〕 筆者根據逯欽立輯校《先秦漢魏晉南北朝詩》所作的統計，以及參考江凱弘《六朝詠植物詩研究》所錄，去取與補充之後所得的數目。

〔註86〕 《先秦漢魏晉南北朝詩》，《漢詩》卷 12，頁 336。

〔註87〕 《先秦漢魏晉南北朝詩》，《漢詩》卷 12，頁 330。

　　　雙魚比目，鴛鴦交頸。有美一人，婉如清揚。知音識曲，
　　　善為樂方。（（魏）曹丕〈秋胡行二首〉其二）〔註88〕

蘭、蕙、芙蓉、杜蘅都是《楚辭》中的花卉意象，而在意涵上亦承襲
著美好、芳潔的象徵意涵，甚至於在詞句上亦化用《楚辭》的語詞，
從上述兩首詩中采摘遺人的語句可以發現它們與〈湘君〉：「采芳洲兮
杜若，將以遺兮下女。」〔註89〕具有直接的關聯。可以說這時期最常
出現在詩歌中的蘭、蕙、荷桂等花卉意象，多半也就是《楚辭》香草
美人的比興寄託。又如

　　　子好芳草。豈忘爾貽。繁華將茂。秋霜悴之。君不垂眷。
　　　豈云其誠。秋蘭可喻。桂樹冬榮。（（魏）曹植〈朔風詩〉）
　　　〔註90〕

　　　所親安在。舍我遠邁。棄此蓀芷。襲彼蕭艾。雖曰幽深。
　　　豈無顛沛。言念君子。不遐有害。（（魏）嵇康〈四言贈兄
　　　秀才入軍詩〉）〔註91〕

　　　春榮隨露落，芙蓉生木末。自傷命不遇，良辰永乖別。已
　　　爾可奈何，譬如紈素裂。孤雌翔故巢，流星光景絕。魂神
　　　馳萬里，甘心要同穴。（（晉）傅玄〈朝時篇〉）〔註92〕

　　　江蘺生幽渚。微芳不足宣。被蒙風雨會。移居華池邊。發
　　　藻玉臺下。垂影滄浪淵。霑潤既已渥。結根奧且堅。四節
　　　逝不處。繁華難久鮮。（（晉）陸機〈塘上行〉）〔註93〕

蓀芷、蕭艾、芙蓉、江蘺都是《楚辭》中的植物意象，而詩人所表達
的情感大致也不離文士不遇的幽怨情感。而在這些與《楚辭》相關的
花卉中，以蘭出現的頻率最高，例如：（晉）陸雲〈失題〉：「德馥秋

〔註88〕同上註，頁390。
〔註89〕（漢）王逸注、（宋）洪興祖補注：《楚辭章句補注》（臺北：世界書
　　　　局，民國78年11月），頁37。
〔註90〕《先秦漢魏晉南北朝詩》，《魏詩》卷7，頁447。
〔註91〕《先秦漢魏晉南北朝詩》，《魏詩》卷9，頁482。
〔註92〕《先秦漢魏晉南北朝詩》，《晉詩》卷1，頁559。
〔註93〕《先秦漢魏晉南北朝詩》，《晉詩》卷5，頁658。

蘭。容茂春羅。」〔註 94〕；（晉）陸機〈擬涉江采芙蓉詩〉：「上山采
瓊蕊。穹谷饒芳蘭。」〔註 95〕；（晉）曹攄〈答趙景猷詩〉：「懷玉匿
采。抱蘭祕馨。」〔註 96〕；（晉）徐豐之〈蘭亭詩二首〉：「俯揮素波。
仰掇芳蘭。」〔註 97〕蘭在詩歌中所呈現的通常都是馨馥的特質，用以
象徵美好的生命特質。

　　兩漢至魏晉的詠花詩雖然數量相當少，但仍表現出這個時代的花
卉審美特色。歸納魏晉的詠花詩可以發現其內容包括：一者，比德。
例如：

　　　　靈菊植幽崖，擢穎陵寒飈，春露不染色，秋霜不改條。（（晉）
　　　　袁山松〈詠菊〉）〔註 98〕

　　　　朱桂結貞根。芬芳溢帝庭。陵霜不改色。枝葉永流榮。（〈長
　　　　史變歌三首〉其三）〔註 99〕

這時期文人用以比德的植物特性，通常是植物的耐寒特色。先秦用以
表現貞毅的精神通常用葉之不凋來作爲象徵，例如松柏。而到魏晉時
期，文人雖然仍然非常喜歡用松柏不凋來象徵君子堅毅的品德，但花
朵之耐寒特色，也開始成爲比德的象徵，最明顯的就是菊花。它由先
秦作爲秋天的物候象徵，變爲凌霜的堅貞品格。可以說以花比德，已
由先秦著重於香，進一步拓展至花之凌霜不凋。二者，藉花抒發文士
不遇或待賞的處境。例如：

　　　　靈芝生河州，動搖因洪波。蘭榮一何晚，嚴霜瘁其柯。哀
　　　　哉二芳草，不植太山阿。文質道所貴，遭時用有嘉。絳灌
　　　　臨衡宰，謂誼崇浮華。賢才抑不用，遠投荊南沙。抱玉乘
　　　　龍驥，不逢樂與和。安得孔仲尼。爲世陳四科。（（東漢）

〔註 94〕《先秦漢魏晉南北朝詩》，《晉詩》卷 6，頁 716。
〔註 95〕《先秦漢魏晉南北朝詩》，《晉詩》卷 5，頁 687。
〔註 96〕《先秦漢魏晉南北朝詩》，《晉詩》卷 8，頁 753。
〔註 97〕《先秦漢魏晉南北朝詩》，《晉詩》卷 13，頁 916。
〔註 98〕《先秦漢魏晉南北朝詩》，《晉詩》卷 14，頁 930。
〔註 99〕《先秦漢魏晉南北朝詩》，《晉詩》卷 19，頁 1054。

酈炎〈蘭〉〔註100〕

蕙草生山北。托身失所依。植根陰崖側。夙夜懼危穨。寒
泉浸我根。淒風常徘徊。三光照八極。獨不蒙餘暉。葩葉
永凋瘁。凝露不暇晞。百卉皆含榮。已獨失時姿。比我英
芳發。鵾鳩鳴已哀。((魏) 繁欽〈詠蕙詩〉)〔註101〕

荷生綠泉中。碧葉齊如規。迴風蕩流霧。珠水逐條垂。照
灼此金塘。藻曜君玉池。不愁世賞絕。但畏盛明移。((晉)
傅咸〈荷詩〉)〔註102〕

猗猗蘭藹，殖彼中原。綠葉幽茂，麗藥豐繁。馥馥惠芳，
順風而宣。將御椒房，吐薰龍軒。瞻彼秋草，恨矣惟騫。((魏)
嵇康〈四言詩〉)〔註103〕

這時期的詠花詩大多不像是以體物為描寫重點的詠物賦一樣，詠花的
詩歌基本上還是受到詩歌言志傳統的影響，因此雖說詠花，實質上仍
不離香草美人的比興寄託。三者，服食及神仙思想的表達，例如：

熒熒丹桂紫芝。結根雲山九疑。鮮榮夏馥冬熙。誰與薄采
松期。((晉) 庾闡〈遊仙詩十首〉其五)〔註104〕

閬河之桂。實大如棗。得而食之，後天而老。((晉) 王嘉
〈采藥詩〉)〔註105〕

由於這時期受到神仙思想的影響，因此詠花詩亦受到影響，而出現服
食及神仙的相關意涵。事實上從詠物賦當中可以發現這時期文人喜愛
的植物，如松、桂、菊、荷、芝、桃等，無不籠罩在神仙思想之中，
因此這樣的時代風氣也影響了這時期的詠花詩。四者，藉花隱喻愛
情，例如：

〔註100〕《先秦漢魏晉南北朝詩》，《漢詩》卷6，頁183。
〔註101〕《先秦漢魏晉南北朝詩》，《魏詩》卷3，頁385。
〔註102〕《先秦漢魏晉南北朝詩》，《晉詩》卷3，頁622。
〔註103〕《先秦漢魏晉南北朝詩》，《魏詩》卷9，頁485。
〔註104〕《先秦漢魏晉南北朝詩》，《晉詩》卷12，頁875。
〔註105〕《先秦漢魏晉南北朝詩》，《晉詩》卷14，頁928。

青荷蓋綠水。芙蓉披紅鮮。下有並根藕。上生並頭蓮。（（晉）
清商曲辭〈青陽度三曲〉之三）〔註106〕

春桃初發紅，惜色恐儂摘。朱夏花落去，誰復相尋覓。（（晉）
清商曲辭〈夏歌二十首〉之十二）〔註107〕

青荷蓋淥水。芙蓉葩紅鮮。郎見欲採我。我心欲懷蓮。（（晉）
清商曲辭〈夏歌二十首〉之十四）〔註108〕

從《詩經》開始，花卉就是民歌中最常使用的愛情象徵，因此女性意
涵濃厚的荷花與桃花就時常成為人們寄託愛情的象徵。五者，純粹審
美的體物之作，例如：

煌煌芙蕖，從風芬葩。照以皎日，灌以清波。陰結其實，陽
發其華。金房綠葉，素株翠柯。（（晉）傅玄〈歌〉）〔註109〕

魏晉時期將花視為純粹審美對象的詠花詩還相當少，多數的詩歌仍只
是將花卉意象當作比興寄託的物象。由於受到詩歌言志的觀念影響，
因此文人對於這種沒有興寄的詠物文學，多半仍帶有某種負面的看
法。（宋）張戒《歲寒堂詩話》提到：

建安陶阮以前詩，專以言志；潘陸以後詩，專以詠物。兼
而有之者，李杜也。言志乃詩人之本意，詠物特詩人之餘
事。古詩蘇李曹劉陶阮本不期於詠物，而詠物之工，卓然
天成，不可復及。其情真，其味長，其氣勝，視《三百篇》
幾於無愧，凡以得詩人之本意也。潘陸以後，專意詠物，
雕鎪刻鏤之工日以增，而詩人之本旨掃地盡矣。〔註110〕

可以說純粹詠花的詩歌早在南朝以前就已經形成，不過在詩歌言志
的傳統下，對於詠物詩的創作可謂充滿著貶抑，是故（南朝）裴子
野〈雕蟲論〉：「深心主卉木，遠致極風雲，其興浮，其志弱。」

〔註106〕《先秦漢魏晉南北朝詩》，《晉詩》卷19，頁1062。
〔註107〕《先秦漢魏晉南北朝詩》，《晉詩》卷19，頁1045。
〔註108〕《先秦漢魏晉南北朝詩》，《晉詩》卷19，頁1045。
〔註109〕《先秦漢魏晉南北朝詩》，《晉詩》卷1，頁568。
〔註110〕丁福保輯：《歷代詩話續編》（臺北：木鐸出版社，民國77年），頁
450。

〔註111〕因此在這種文學觀的影響下，純粹詠花的詩歌也就無法順利的發展起來。加上兩漢魏晉時期的文學形式仍以賦爲主流，詩的形式仍在發展之中，尚未成熟，因此必須等到南朝時期，詩歌的形式逐漸完成之後，並逐漸成爲文學主流時，這時才將向來習慣以賦作爲創作的題材，改用詩來寫作。於是詠花賦的題材及藝術的表現方式，才在詩歌中展現出來，李玉玲提到：「齊梁詠物詩乃就魏晉詠物賦之基礎上加以拓展，且爲唐代詠物詩導其先路。」〔註112〕除了文學本身的發展因素影響了南朝詠花詩的興起之外，南朝時期王公貴族的宴遊文化與庭園建造的興起，亦是促成詠花詩的興盛，是故這個時期文人所詠的花卉多半是出現在園林之中。從這時期文人喜愛吟詠的梅花可以發現，詩題或內容中所提到的都是「宮梅」、「官梅」、「庭梅」、「窗梅」、「階下梅」這類栽種於庭台樓閣之中的梅花，而不是農村山野的梅花。此外這時花鳥畫開始盛行，亦間接影響詠花詩的盛行，如庾信詠畫屏二十五首連詠，所詠均爲屏風上的畫。〔註113〕凡此種種都在說明詠花詩大量出現在南朝，是有其文學上的發展因素，以及相關的時代與文化因素相互配合，才形成詠花詩的盛況。

如果說魏晉時期的詠花賦是花卉品類的初步擴展，那麼南朝時期是詠花詩則是眞正大規模的將各種不曾進入文學描寫的花卉，納入文學寫作之中，這時期文人吟詠的花卉包括荷花、桃、李、石榴、宜男花、桂、梅、櫻、梨、梔子花、薔薇、百合、蘭、步搖花、杏花等花卉植物。從這些與花相關的詩歌當中可以發現幾個特點：一者，花卉成爲詩歌審美的主體，不再只是文人用以比興寄託表達情志的工具。這時期的詠花詩當中，可以明顯看到傳統詩歌中的言志寄託變少

〔註111〕柯慶明、曾永義編輯：《兩漢魏晉南北朝文學批評資料彙編》（臺北：成文出版社，1978年9月初版），頁277。
〔註112〕李玉玲：《齊梁詠物詩與詠物賦之比較研究》（高雄：高雄師範大學國文研究所碩士論文，民國80年5月），頁91。
〔註113〕洪順隆：《六朝詩論》（臺北：文津出版社，民國74年3月再版），頁21。

了，更多的是表現出對於花卉物色的審美關注，奠定了詠花詩的基礎。二者，這時期的詠花詩在描寫中常伴隨著與女子相關的描寫，例如：〈看美人摘薔薇詩〉：「新花臨曲池。佳麗復相隨。鮮紅同映水。輕香共逐吹。繞架尋多處。窺叢見好枝。矜新猶恨少。將故復嫌萎。釵邊爛熳插。無處不相宜。」〔註114〕〈望隔牆花詩〉：「隔牆花半隱。猶見動花枝。當由美人摘。詎止春風吹。」〔註115〕由於南朝宮體盛行，女子也成為文人喜愛描寫的對象，因此花與女子具成為男性賞美心態之下的審美物象。比較特別的是與花相關的女子身份常常是娼婦，例如：

> 倡女倦春閨。迎風戲玉除。近叢看影密。隔樹望釵疏。橫枝斜綰袖。嫩葉下牽裾。牆高攀不及。花新摘未舒。莫疑插鬢少。（〈看摘薔薇詩〉）〔註116〕

> 可愛宜男草。垂采映倡家。何時如此葉。結實復含花。（〈宜男草詩〉）〔註117〕

> 對戶一株梅。新花落故栽。燕拾還蓮井。風吹上鏡臺。娼家怨思妾。樓上獨徘徊。啼看竹葉錦。簪罷未能裁。（〈梅花落〉）〔註118〕

除了描寫花與美人的生活情態，詩人更進一步用女子的情貌來形容花的樣貌，例如：〈詠初桃詩〉：「若映窗前柳，懸疑紅粉妝。」〔註119〕〈和蕭侍中子顯春別詩四首〉：「桃紅李白若朝粧，羞持憔悴比新芳。」〔註120〕從《詩經》以來通常是用花來形容女子的美麗，而到了南朝則開始以美人的情態來比喻花的嬌媚，創立了詠花詩這種擬人的新模

〔註114〕《先秦漢魏晉南北朝詩》，《梁詩》卷17，頁1848。
〔註115〕《先秦漢魏晉南北朝詩》，《梁詩》卷18，頁1883。
〔註116〕《先秦漢魏晉南北朝詩》，《梁詩》卷25，頁2047。
〔註117〕《先秦漢魏晉南北朝詩》，《梁詩》卷25，頁2057。
〔註118〕《先秦漢魏晉南北朝詩》，《陳詩》卷5，頁2526。
〔註119〕《先秦漢魏晉南北朝詩》，《梁詩》卷22，頁1959。
〔註120〕《先秦漢魏晉南北朝詩》，《梁詩》卷22，頁1977。

式。三者，花卉當中所寄託的情感多與愛情有關。由於南朝的花卉描寫總離不開與女子相關的內涵，因此花卉所象徵的情感也以愛情爲主。尤其受到南方採蓮民歌的影響下，荷花更是具有強烈的愛情象徵，例如：〈詠同心蓮詩〉：「江南采蓮處。照灼本足觀。況等連枝樹。俱耀紫莖端。同瑜並根草。雙異獨鳴鷺。以茲代萱草。必使愁人歡。」〔註121〕四者，南朝文人特別喜歡描寫花落的情狀，表現出濃厚的傷逝之情。在魏晉的詠花賦中，文人多半還是傾向於去描寫花開時的盛豔之貌，不過南朝的文人卻似乎特別喜愛去描寫花落的凋零之情，如〈落花詩〉：「綠葉生半長。繁英早自香。因風亂蝴蝶。未落隱鸝黃。飛來入斗帳。吹去上牙床。非是迎冬質。寧可值秋霜。」〔註122〕而在南朝的詠花詩中，最常出現這種落花飄零樣貌的花卉就屬梅花。由於梅花發於早春，在風霜摧殘之下，往往呈現出不堪欺凌的柔弱姿態，例如：〈梅花詩〉：「梅性本輕蕩。世人相陵賤。故作負霜花。欲使綺羅見。但願深相知。千摧非所戀。」〔註123〕五者，描寫花卉的品類大幅擴大，許多花卉都是第一次進入詩歌的描寫之中。而這些出現在南朝詠物詩中的花卉，筆者發現又以白花特別多，如梅花、梨花、李花、梔子花、百合花、杏花。南朝以前常出現在文學中的白花，通常只有李花，且李花通常是依附在桃花之下，本身很少單獨出現，是故學者通常認爲眞正的白花審美始於中唐的文人。事實上最先將大量白花帶入詩歌的卻是南朝文人，只是南朝文人對於白花的喜愛比較是一種不自覺的狀態，因爲他們並不是基於某種特定的思想價值或審美風向所產生的白花喜好，故與中唐以後的文人有意識的用白花來形塑高潔脫俗的人格象徵有所不同。而這種喜愛也與魏晉喜愛豔麗，及具有靈異特質的花卉亦不相同。此外，除了梔子花與百合花外，梅花、梨花、李花、杏花這幾種花都有一種共同特色，就是風吹易落、零落

〔註121〕 《先秦漢魏晉南北朝詩》，《梁詩》卷14，頁1800。
〔註122〕 《先秦漢魏晉南北朝詩》，《梁詩》卷19，頁1897。
〔註123〕 《先秦漢魏晉南北朝詩》，《梁詩》卷11，頁1751。

似雪，加上白花有一種特別讓人感到可憐的特質，因此在這些詠白花的詩歌中，花落的情態與悲憐的感嘆就成為常見的描寫，例如：鮑泉〈梅花〉：「可憐階下梅。飄蕩逐風回。」〔註124〕江總〈詠李詩〉：「嘉樹春風早，春風花落新。」〔註125〕劉孝綽〈於座應令詠梨花詩〉：「素蕊映華扉，雜雨疑霰落。因風似蝶飛，豈不憐飄墜。」〔註126〕因此很可能就是這種特質讓這些白花成為文人寫作的對象。

　　總之，從文學發展的歷程中，可以發現以花卉為審美主體的詠花詩到了南朝才逐漸成熟，並開啓了唐代的詠花熱潮。但由於這時的詠花詩與宮體詩具有一定的關聯性，因此常出現與女性相關的描寫，因而也讓人有所詬病。不過站在詠花的發展上，南朝文人在詠花題材的確立，打破詩歌言志傳統，使花卉成為審美的主體，並發掘更多新品花卉的審美價值，因此在詠花史上具有相當重要的貢獻。南朝詠花詩雖然在數量較魏晉多了許多，不過實際的數量並不多，依據丁福保《全漢三國晉南北朝詩》所錄，唐以前的詠花詩，數量最多的是詠蓮詩有三十四首，其次是詠梅詩有二十五首，而桃花與菊花各七首〔註127〕，其餘花卉多半亦只是一兩首，因此文人寫作詠花詩的風氣仍不興盛，因此必須到唐代之後才真正成為文人寫作的重要題材。

第三節　唐代詩歌中的花卉意涵

　　由於詠花詩的發展與詩歌的文體發展具有密切的關係，因此花卉雖然早在先秦的《詩經》、《楚辭》就已經是相當重要的文學意象，但卻一直不是詩歌的寫作的對象，於是必須等到魏晉時期詠物詩興起之際才開始出現真正以花為審美主體的詩歌。而詩體到了唐代大體已經

〔註124〕　《先秦漢魏晉南北朝詩》，《梁詩》卷24，頁2027。
〔註125〕　《先秦漢魏晉南北朝詩》，《陳詩》卷8，頁2593。
〔註126〕　《先秦漢魏晉南北朝詩》，《梁詩》卷16，頁1841。
〔註127〕　俞玄穆：《宋代詠花詞研究》（臺北：國立政治大學中國文學系碩士論文，民國75年5月），頁3。

發展完備，各式題材到了唐人手中都能夠將它們發揮的淋漓盡致，因此唐代的詠花詩在南朝所奠定的基礎上也有了更精彩的發揮，除了文學本身的影響外，唐代強大的國勢與繁榮的社會經濟對於花卉審美也產生了重大的影響，其中最明顯的例子就是牡丹從默默無聞而被當作柴薪的雜樹，經過人們投入大量的資金和技術，創造出了國色天香的牡丹，而這在唐代之前的社會條件幾乎是完全做不到的一件事。李肇《唐國史補》：

> 長安貴遊尚牡丹三十餘年，每春暮，車馬若狂，以不耽玩爲恥，執今吾鋪觀圍外寺觀種以求利，一本有直數萬者。
> 〔註 128〕

這花能讓舉國風靡，甚至於到了瘋狂的地步，這在歷史上可以說是前所未見的奇觀。更重要的是原本屬於王公貴族遊樂的賞花活動，在唐代已經成爲一件全民都可以參與的事情，因此也直接刺激了詠花的盛況。據統計《全唐詩》中各種花卉題材的數量：桃 195 首，荷（蓮）177 首，梅 154 首，牡丹 137 首，菊 108 首，杏 98 首，芙蓉 54 首，石榴 54 首，薔薇 45 首，海棠 18 首，紫薇 12 首，蜀葵 9 首，玫瑰 4 首，玉蕊 1 首。〔註 129〕從這裡可以發現，唐代的詠花詩無論是數量上，還是吟詠的花卉種類上都是歷代詩歌所比不上的，亦足見唐代詠花詩創作的盛況。

　　不過唐代詠花詩的寫作，也不是一開始就很盛行。初唐時期的詠花詩不僅數量不多，且在風格與內容上多半還是承續著南朝的餘風，所謂「時帶六朝錦色」，因此還表現不出唐代的文學特色。由於這時期的詠花詩時常是應制、奉和之作，因此在描寫上比較單調而情感比較疏淡。初唐詩人中最愛寫詠花詩的就屬李嶠，他所吟詠的花卉包括菊、荷、蘭、桃、梅、李、梨等各式花卉，但內容乏味而無

〔註 128〕　（唐）李肇撰、（清）張海鵬輯刊；嚴一萍選輯：《唐國史補》（臺北：藝文印書館，1966 年），頁 16。

〔註 129〕　渠紅岩：《中國古代文學桃花題材與意象研究》（北京：中國社會科學出版社，2009 年 12 月），頁 29。

興寄，因此評價不高。一直要到初唐四傑出現之後，詠花詩才又改變南朝以來這種沒有興寄，缺乏情思只追求形似的空洞內涵，於是詠花詩又有回歸到言志傳統的傾向。這時期的文人最喜歡寫的花卉主要是荷花、菊花、蘭花，都是一些傳統的花卉。荷花的描寫主要是承襲南朝〈採蓮謠〉這類詠採蓮及採蓮女的民歌形式及內容，因此荷花通常只是風景的角色，並不是歌詠與審美的對象。而詠菊亦多應制之作，主要是描寫重陽的節日情景，多半沒有深刻的藝術表現。至於蘭花亦只是傳統君子意涵的再現，並沒有展現出任何新的意涵或審美趣味。

　　唐代的詠花詩發展到了盛唐，才真正開始形成唐人的風格特色。這時花卉不再是傳統那種刻板的興寄與巧似的空洞詠物，盛唐詩人在詠花之中表現出相當獨特的個人特色。首先岑參在帝國壯盛的豪情之中，為盛唐寫下了第一朵外來的奇花——佛經中優缽羅花。擅於寫邊塞詩的岑參，除了邊塞戎馬的書寫外，對於西域的奇花異卉也不忘仔細描寫，〈優缽羅花歌〉云：

> 白山南，赤山北。其間有花人不識，綠莖碧葉好顏色。葉六瓣，花九房。夜掩朝開多異香，何不生彼中國兮生西方。移根在庭，媚我公堂。恥與眾草之為伍，何亭亭而獨芳。何不為人之所賞兮，深山窮谷委嚴霜。吾竊悲陽關道路長，曾不得獻於君王。〔註130〕

這種對於新奇花木的好奇之心，後來也逐漸成為唐人喜愛吟詠的花卉主題。除了這種四方之奇的描寫外，喜歡運用神話的李白，也不忘從神話去描寫花卉，如〈宣城見杜鵑花〉：「蜀國曾聞子規鳥，宣城還見杜鵑花。一叫一迴腸一斷，三春三月憶三巴。」〔註131〕甚至花卉意象也成為李白遊仙的浪漫想像，如「素手把芙蓉，虛步躡太清」〔註132〕。不僅神話、遊仙進入到了花卉的書寫當中，詩佛王維更是

〔註130〕《全唐詩》，卷199，頁2062。
〔註131〕《全唐詩》，卷184，頁1877。
〔註132〕《全唐詩》，卷161，頁1673。

將佛教深奧的境界，透過自然花木表現出來。王維將傳統詠花從著眼於形似的寫物之工，帶入了一種寫意的禪境之中，例如〈辛夷塢〉：

　　木末芙蓉花，山中發紅萼。澗戶寂無人，紛紛開且落。

〔註133〕

花自開自落的景象不再觸動文士不遇的哀憐，詩人從詩中所構畫的花卉意境，去領會一種境與神會、花木自落的忘我之境，胡應麟《詩藪·內篇》：提到這是一首「入禪」之作，能讓人「讀之身世兩忘，萬念俱寂。」〔註134〕此說明了王維能於自然之中，不著痕跡的將人帶到一種深幽清寂的宗教意境。雖然詩中沒有一絲絲的義理思想，卻又充滿深刻的生命啟悟，而這正是王維詠花的高妙之處。自從六朝將玄理引入詩歌以來，文人就開始將哲理寄寓於自然的形象之中。謝靈運初步將玄言詩的義理消融於山水之中，不過卻因追求山水形似之美，反而使山水與道產生隔膜，因此未能達於渾然無跡之境。是故真正能夠將自然之物與宗教義理達到渾化無覺、融通一體的是王維，因此方東樹《昭昧詹言》提到：「興象超遠，渾然元氣，為後人所莫及；高華精警，極聲色之宗，而不落人間聲色。」〔註135〕正說明王維這種雖借形色，卻能又能達於形色之外的高妙手法，王維的詠花詩相當少，但卻是具有不容忽視的重要性。雖然盛唐詩人在花卉的書寫上有著不凡的表現，不過他們對於詠花這個題材並不熱衷。或許詩意總產生於現實之外的想像，是故盛唐詩人總是將目光望向遙遠的荒疆大漠，因此也就不會低下頭去吟詠這些小花小草，這或許就是盛唐詠花詩數量不多的原因。不過在盛唐詩人當中，杜甫卻是一個例外，杜甫的詠花詩無論是在數量上，還是題材上都是盛唐詩人中最多的。事實上杜甫早期所詠之物也都是以表現盛唐氣象的「驄馬」、「蒼鷹」這些

〔註133〕《全唐詩》，卷128，頁1302。

〔註134〕（明）胡應麟：《詩藪》（臺北：廣文書局，民國62年），〈內篇〉，頁362。

〔註135〕（清）方東樹：《昭昧詹言》（北京：人民文學出版社，1984年6月），頁387。

巨大壯美之物爲主，充分表達出對於生命理想實現的豪情。不過後期
受國家亂離之苦的影響，所詠之物變爲病馬、螢火、花木這類生活的
小物象，而著眼於悲傷愁緒的抒發。〔註 136〕由於杜甫際遇並不好，
加上歷經安史之亂的流離之苦，在心境上亦逐漸有中晚唐文人那種哀
傷之情，因此生活四周的花木時常能夠觸動他的生命情感，所以花卉
也就時常成爲他的寫作題材。可以說杜甫個人心境的轉折，亦宣告了
唐人生命的浪漫情志將由天山大漠，轉向生活周遭的小花小草的美麗
與哀愁。

　　杜甫的詩中所詠的花卉包括桃、菊、梅、荷、麗春花、栀子花、
丁香、楊花、蘆荻花、野花等眾多花卉，從中可以發現杜甫所詠的花
卉種類相當多，以致於宋人對於杜甫居蜀吟遍各花，卻獨漏海棠這件
事還成爲宋人爭論的公案，《韻語陽秋》提到：「杜子美居蜀數年，吟
詠殆遍，海棠奇豔，而詩章獨不及何邪！」〔註 137〕足見杜甫在詠花
史上的地位。雖然杜甫喜歡詠花，不過卻不是齊梁那種流連於物色與
個人悲喜的情感，他在詠花的詩歌當中，通常還是寄寓著他對於國家
百姓的關心，如〈題桃樹〉：

　　　　小徑升堂舊不斜，五株桃樹亦從遮。高秋總餧貧人實，來
　　　　歲還舒滿眼花。簾戶每宜通乳燕，兒童莫信打慈鴉。寡妻
　　　　群盜非今日，天下車書正一家。〔註 138〕

這首詩雖詠桃，但是卻不是描寫桃花物色之美，而是透過堂前的桃樹
與鴉燕，去表現一種仁民愛物的情感，而最後則透露出內心對於國家
由亂而復平的欣悅之情，正所謂每詠一物，必及時事，因此即使詠花
亦表現出他對於家國之憂的深切關懷。

　　安史之亂後的中唐，由於國家的衰敗，因此這時期的文人已經沒

〔註 136〕轟大受：〈試論杜甫秦州詠物詩的個性化特色〉，《杜甫研究學刊》
　　　　第一期（1998 年），頁 24。
〔註 137〕（清）何文煥輯：《歷代詩話》（北京：中華書局，1981 年），卷 16，
　　　　頁 611。
〔註 138〕《全唐詩》，卷 226，頁 2448。

有盛唐詩人那種胸懷大志的浪漫情懷，因此籠罩在這種絕望的社會氛圍下，文人也開始詠落花、殘花、秋花這類帶有傷感的花卉題材。中唐文人開始將政治理想的追求轉移到個人生活的情趣當中，因此花卉栽種成爲生活當中的重要興趣，於是詩歌當中開始出現栽花、移花、買花、賞花的生活實錄，而文人對於各式各樣新品種的花卉也產生極大的興趣，因此可以看到這種針對新品種花卉吟詠的詩歌開始出現。更重要的是中唐時牡丹花已經從宮廷流傳到民間，一時之間全民籠罩在牡丹的熱潮之中，因此吟詠牡丹的詩歌也就大量的增加，凡此種種都刺激了中唐詠花詩的興盛。

　　大體而言中唐詠花詩主要可分爲兩個階段。前期主要是大曆詩人，包括錢起、盧綸、司空曙等，由於動亂初平，文人生命熱情的消退，對於世界已經沒有太多熱烈的情感，因此他們的詠花詩也就顯現出取材偏狹、缺乏深刻情思的特點，僅寫一些表現出體物之工的詠物之作，因此藝術成就普遍不高。而隨著中唐文人自我價值的覺醒，並伴隨著中興的強烈渴望，由文人所主導的古文運動、新樂府運動熱烈的展開，因此諷諭與興寄的精神價值也反映在詠花詩當中。〔註 139〕也因爲這種文人價值的高漲，他們開始喜歡用不受流俗喜愛的白花，來隱喻自己的現實處境，因而也開始出現對於白花的審美關注，例如：〈白槿花〉：「秋蕣晚英無豔色，何因栽種在人家。使君自別羅敷面，爭解回頭愛白花。」〔註 140〕

　　中唐文人中，以白居易的詠花詩最多，以花爲題的詩歌就有八十多首，吟詠的花卉也相當多，包括菊花、牡丹、荷花、杜鵑花、木蓮、紫藤、芍藥、桃花、杏花、櫻桃、紫薇花、桂、梅花、木芙蓉、秋槿、梫李花、槐花、蘆荻花等種類非常多。而在詠花的內容上，除了傳統藉花抒發不遇的情志外，白居易更發揮杜甫感時諷世的務實精神，在

〔註139〕張琪著：《唐代詠花詩研究》（台中：國立中興大學中國文學研究所碩士論文，1996 年 6 月），頁 18。
〔註140〕《全唐詩》，卷 441，頁 4920。

新樂府運動「文章合為時而作，歌合為事而作」〔註141〕的創作精神下，白居易更透過花來諷諭時弊，例如〈買花〉：

> 帝城春欲暮，喧喧車馬度。共道牡丹時，相隨買花去。貴賤無常價，酬直看花數。灼灼百朵紅，戔戔五束素。上張幄幕庇，旁織笆籬護。水灑復泥封，移來色如故。家家習為俗，人人迷不悟。有一田舍翁，偶來買花處。低頭獨長歎，此歎無人喻。一叢深色花，十戶中人賦！〔註142〕

這首詩主要是透過牡丹來諷喻貴族的豪奢，以揭示社會底層的貧窮真相。也因為這種諷諭的花木書寫因此許多花木都成為小人的象徵，例如：

> 先柔後為害，有似諛佞徒。附著君權勢，君迷不肯誅。（〈紫藤〉）〔註143〕

> 中含害物意，外矯凌霜色。仍向枝葉間，潛生刺如棘。（〈有木詩八首〉）〔註144〕

有刺、有毒、柔弱、攀附的植物特性都是白居易眼中的小人特性，用以諷刺那些無格包藏禍心的小人。不過白居易的詠花詩也並非都是這種嚴肅的諷諭詩，他的詠花詩中有更多描寫栽培與賞花的逸趣，如：

> 池邊新種七株梅，欲到花時點檢來。莫怕長洲桃李妒，今年好為使君開。（〈新栽梅〉）〔註145〕

> 曉報櫻桃發，春攜酒客過。綠餳黏盞杓，紅雪壓枝柯。天色晴明少，人生事故多。停杯替花語，不醉擬如何。（〈同諸客攜酒早看櫻桃花〉）〔註146〕

〔註141〕朱金城：《白居易集箋校》（上海：古籍出版社，1994年），卷45，頁2789。

〔註142〕《全唐詩》，卷425，頁4676。

〔註143〕《全唐詩》，卷424，頁4664。

〔註144〕《全唐詩》，卷425，頁4686。

〔註145〕《全唐詩》，卷447，頁5025。

〔註146〕《全唐詩》，卷446，頁5004。

這類充滿閒逸的花卉書寫，正反映著中國文人的生命基調轉變的開始，從此文人不再是只有屈原的那種一往無悔的政治追求，他們開始認真追尋陶淵明那種不受政治侵擾的閒逸之趣，因此我們可以看到他流貶到南方的生活中，栽花就成為他任官的主要功績，如：

> 三年留滯在江城，草樹禽魚盡有情。何處殷勤重回首，東坡桃李種新成。

> 花林好住莫憔悴，春至但知依舊春。樓上明年新太守，不妨還是愛花人。〔註147〕

此外，白居易的詠花詩中也常見一些詼諧戲謔的內容，例如：

> 紫房日照胭脂拆，素豔風吹膩粉開。怪得獨饒脂粉態，木蘭曾作女郎來。（〈戲題木蘭花〉）〔註148〕

> 移根易地莫憔悴，野外庭前一種春。少府無妻春寂寞，花開將爾當夫人。（〈戲題新栽薔薇〉）〔註149〕

> 小樹山榴近砌栽，半含紅萼帶花來。爭知司馬夫人妒，移到庭前便不開。（〈戲問山石榴〉）〔註150〕

大體這些戲謔的詠花詩，通常是將花卉擬人化而當作女人來看待，用一種比較輕鬆的態度來書寫花卉。總之，白居易詠花的風格與內容相當多樣，無論是抒情、諷刺、說理、生活寫實、戲謔都展現出詠花詩新的寫作面貌，因此他在唐代詠花詩的創作上具有相當重要的關鍵地位，更重要的是白居易象徵著中國文人生命態度的改變，而這種改變也影響了花卉與文人的生活關係，從此園林花木成為文人短暫的棲隱空間，至此傳統文人仕隱的衝突也逐漸解消。

另外在中唐文人中，韓愈詠花詩的風格也表現的相當出眾，尤其是在風格上特別表現出他個人強烈的尚奇特質，因此無論在形式上，還是內容上都呈現出一種翻新出奇，形成一種奇譎詭怪的特殊風格，

〔註147〕《全唐詩》，卷441，頁4926。
〔註148〕《全唐詩》，卷443，頁4958。
〔註149〕《全唐詩》，卷436，頁4831。
〔註150〕《全唐詩》，卷439，頁4895。

如〈李花贈張十一署〉：

> 江陵城西二月尾，花不見桃惟見李。風揉雨練雪羞比，波
> 濤翻空杳無涘。君知此處花何似，白花倒燭天夜明。群雞
> 驚鳴官吏起，金烏海底初飛來。朱輝散射青霞開，迷魂亂
> 眼看不得。照耀萬樹繁如堆，念昔少年著遊燕。對花豈省
> 曾辭杯，自從流落憂感集。欲去未到先思迴，祇今四十已
> 如此。後日更老誰論哉，力攜一尊獨就醉，不忍虛擲委黃
> 埃。〔註151〕

這首詩表現出韓愈奇特的審美觀照，爲了表現李花的白，韓愈用了前
人所未曾寫過的視覺現象與想像奇思。首先透過夜色去反轉桃李在日
間的色彩感受，讓一向附屬於桃的李花，在夜間卻反而主從易位，因
而形成「花不見桃惟見李」這種特殊的視覺現象，突出了李花的皎潔
與繁茂。而一向被風雨摧折的可憐形象，在韓愈筆下風雨卻是讓李花
益加白潔的揉練。緊接著又從現實進入了無窮的想像，將李花盛放如
濤的景象，幻化成爲在空中翻騰湧動的奇觀，最後再誇大的說出李花
將黑夜照得通亮，讓群雞誤以爲天亮而啼叫，於是官吏們紛紛起床的
奇想。古來詠花向來偏於纖巧柔媚，而韓愈卻寫其奇壯之美，呈現出
「思雄」、「力大」的個人特色。

到了晚唐，隨著國家社會的衰敗，文人在心態上也呈現出一種既
貪戀又傷感的複雜情緒，也因爲文人內心積蘊著這種交雜在美麗與哀
愁的濃烈哀感，因而也形成了「哀感頑豔」的穠麗詩風。由於這種感
傷的生命基調，也讓他們對於美好而易殞的花卉產生了深切的同悲共
感的情感投射，因此晚唐詠花詩的創作也呈現出大幅增加的趨勢，無
論是寫作的作家人數，還是詩歌得數量都是唐代之冠。

晚唐時期的詠花詩以李商隱最具有代表性，不僅詠的花卉種類
與作品數量多，他的藝術風格更是強烈而富於個人特色。由於李商隱
的詩歌特別喜愛用穠麗的語言、鮮明的意象、神話典故，以形塑出一

〔註151〕《全唐詩》，卷338，頁3791。

種朦朧、美麗、曲折、隱晦的詩歌意境，因此這種繁豔多彩的語言特色，以及託寓深遠的情感內涵，亦呈現在他的詠花詩之中。李商隱描寫花卉時喜歡以花擬人，因此花卉也都具有濃烈的情感色彩，事實上在這些柔弱傷殘的花卉意象中，總是託寓著自己現實的處境。也因為這種深重的人生感慨，所以也特別對「落花」、「殘花」的衰頹之景感到哀傷，因而形成一種強烈的傷春之情，例如〈落花〉：「高閣客竟去，小園花亂飛。參差連曲陌，迢遞送斜暉。腸斷未忍掃，眼穿仍欲歸。芳心向春盡，所得是沾衣。」〔註 152〕由於李商隱這種濃厚的傷春情感，因此在他詠花詩中的花卉通常具有輕小、柔美、殘缺、哀愁等特徵〔註 153〕，而在詩中也總愛用恨、傷、殘、淒、苦、淚、悲、寒這些具有濃烈哀傷情感的字辭，以表達內心這種無法排遣的深重哀感。另外李商隱喜歡用典的特色亦表現在詠花詩中，如〈牡丹〉：

> 錦幃初卷衛夫人，繡被猶堆越鄂君。垂手亂翻雕玉佩，招腰爭舞鬱金裙。石家蠟燭何曾剪，荀令香爐可待熏。我是夢中傳彩筆，欲書花葉寄朝雲。〔註 154〕

這首詩分別用衛夫人與越女兩個典故，來比喻牡丹的姿色。由於李商隱不喜歡平鋪直述，因此特別喜歡透過用典產生一種隱晦曲折的深蘊美感。

　　晚唐時期的詠花詩除了李商隱、溫庭筠這類穠麗軟香充滿感傷基調的花卉書寫外，一些坎坷不第的隱逸詩人，如杜荀鶴、陸龜蒙等人，其詠花詩則常寄寓著隱逸的生命情調，並喜歡透過白色花卉以形塑自我高潔的人格，以弭平在現實無所作為的困頓之情。

　　總之，唐代的詠花詩在盛唐之前，大致上並沒有獲得文人的重視。而杜甫是一個相當重要的轉折點。由於杜甫充分透過詩歌來記錄生活，因此這種充滿生活性的花卉描寫才真正進入到唐人寫作的視野

〔註 152〕《全唐詩》，卷 539，頁 6165。
〔註 153〕張美鳳：《李義山植物詩初探》（臺北：中國文化大學中國文學研究所碩士論文，民國 97 年），頁 44。
〔註 154〕《全唐詩》，卷 539，頁 6171。

當中。到了中唐以後，由於文人生命價值的轉變，文人除了賞花、栽花亦開始構築園林，花卉成為重要的生活情趣，加上在牡丹花的熱潮影響下，詠花詩開始繁榮起來。大體而言，中唐的詠花詩表現出中唐文人對於花卉的審美情趣，而到了晚唐則表現出文人對於時代與未來的茫然，呈現出語言穠麗而充滿感傷的詩歌風格。

第四節　宋代文學中的花卉意涵

一、宋詩中的花卉書寫

由於宋代科舉取士已經成為文人從政的主要途徑，因此布衣能夠從政的機會大增，加上朝廷特別重視文人，文人因此得以獲得更多自主的空間，並進一步從傳統依附於權貴的「文學侍從」脫離，而這也造成文人的價值意識抬頭，因此他們極力渴望在精神與思想上建立一套真正屬於士大夫階層的生命價值觀，因而也促成了宋代儒學的復興。加上北宋的科考內容開始改變，自慶曆三年開始實施「先策論、後詩賦」，而至熙寧四年甚至曾「罷詩賦」以後，由於「變聲律為議論」，使得學風大變，科舉、儒學復興、古文運動繫聯在一起。〔註155〕而這也造成詩歌從唐詩濃厚的抒情特色轉向宋詩這種尚理重議論的特色。而在這種尚理、重議論的詩歌特色，也影響了宋代詠花詩的寫作內涵。

由於受到理學的影響，宋代的詠花詩普遍強調花卉的比德價值，而花卉是否蘊含比德的價值就成為花卉是否值得欣賞的關鍵，因此宋詩中對於花卉的描寫通常不重視物色的欣賞，而著重於精神價值的寄託，是故蘇軾〈寶繪堂記〉提到：

> 君子可以寓意於物，而不可以留意於物。寓意於物，雖微
> 物足以為樂，雖尤物不足以為病。留意於物，雖微物足以

〔註155〕陳素貞：《北宋文人的飲食書寫》（臺北：大安出版社，2007 年 6 月），頁 138。

爲病，雖尤物不足以爲樂。〔註156〕

這種「寓意於物」的觀物態度，也改變了傳統詠物題材喜歡詠尤物的審美興趣。而這也造成原本花卉濃烈的女性特質，在宋詩中亦逐漸轉變成男性陽剛的人格特質，例如：

> 暴之烈日無改色，生于濁水不染污。疑如嬌媚弱女子，乃似剛正奇丈夫。有色無香或無食，三種俱全爲第一。實裡中懷獨苦心，富貴花非君子匹。（包恢〈蓮花〉）〔註157〕

可以說宋詩中的花卉意象，多半都是一種文人精神價值的反映。因此在宋詩中文人所詠的花卉內涵，也就常包括著各種宋人的思想與價值觀，例如：

> 一陽生子萬物始，梅花獨先群卉開。（李濤〈題盱江王章甫梅境〉）〔註158〕

> 姚黃花中君，芍藥乃近侍。（劉一止〈道中雜興五首〉）〔註159〕

> 此花不必相香色，凜凜大節何崢嶸。（熊禾〈湧翠亭梅花〉）〔註160〕

> 君看根元種性，六窗九竅玲瓏。（黃庭堅〈白蓮庵頌〉）〔註161〕

從這些花卉的意涵中可以發現，宋代文人完全將他們的思想、價值觀透過花卉去表現，因此花卉並不是一種純粹美感的審美物象，從這裡也可以明顯發現唐詩與宋詩的根本差異。唐詩主情而尚意興，因此多蘊藉婉約而情韻豐沛；而至宋詩則捨情而尚理，是故宋人大

〔註156〕 曾棗莊、曾濤編：《蘇文彙評》（臺北：文史哲出版社，民國87年），頁215。

〔註157〕 （宋）包恢：《敝帚稿略》，景印文淵閣《四庫全書》V1178（臺北：台灣商務書局），卷8，頁1178～798。

〔註158〕 《全宋詩》，卷3160，頁37908。

〔註159〕 《全宋詩》，卷1445，頁16670。

〔註160〕 《全宋詩》，卷3674，頁44110。

〔註161〕 《全宋詩》，卷1024，頁11710。

都用一種理性、超越個人情感的態度來面對事物，所以我們很難在宋詩看到感物興悲的情感抒發，自然也不會有唐人「感時花濺淚」的情感流露。傳統的詠物主要有兩種類別：一種以體物為主，以吟詠某個特定物象的特質為主；另一類則只是藉物起興或抒懷，且不限於摹寫具實物象的詠物詩。〔註 162〕大體而言，宋人的詠花詩通常都不是描寫物象形色的體物之作，因此在特性上比較屬於第二類的詠物詩。但就宋人的角度而言，他們並不認為他們詠花的「理」，是一種個人主觀情志的託寓，他們認為那是客觀存在於花的理，因此他們才會想透過觀花以體道，所謂「風花榮速落，水月淨明深。物物觀天理，資吾入道心。」〔註 163〕因此這種「理」是客觀存在於花當中，如果說這種以「體物」為主的詠物詩，它所著眼的是物象表面的特性，那麼宋人對於存在於物象背後之理的詠讚，則是一種「體道」的詠物詩。因此宋人這類以闡發物理為主的詠花詩，既非客觀物象的體物摹寫，亦非藉物以抒發個人情志的詠花詩。而這種發掘花卉背後存在之理的特質，正是宋代詠花詩的重要特色。廖美玉論述宋人這種探究自然之理的心態時提到：

> 宋人不斷以發現自然法則消解人為規範的宰制，以理性提舉生命，對「樂」賦予明道達理的理性態度，其背後自有其理論系統。……詩人筆下的宇宙萬物，可大別為「尤物」與「微物」二類，唐人主要對「尤物」之美足以移人情者，從品賞中增益其美，並且對於「微物」賦以「寓意於物」的意涵。宋人則大面向地對天地萬物進行更細緻的觀察與思考，往往從花、草、木、石蟲、魚、鳥獸之微物中，了解到每一物的存在都有其獨特性，從而發現個人獨特的品格意趣。〔註 164〕

〔註 162〕 林淑貞：《中國詠物詩「託物言志」析論》（臺北：紅螞蟻圖書出版，2002 年 4 月），頁 20。
〔註 163〕 《全宋詩》，卷 55，頁 610。
〔註 164〕 廖美玉：《中古詩人的生命印記》（臺北：里仁書局，2007 年 7 月），頁 357～358。

從這段話可以明確看出，宋人寫作詠花詩並不是一種純粹的心靈感發，而是一種對於世界乃至於自身存在的一種理解，是故其創作的動機與心態與傳統文人的詠物書寫有著根本的差異。也因爲宋人用這種極其理性而超越自我情感的態度，在觀看花開花落，因此他們可以不落入個人主觀的情感投射，而去欣賞花落的傷殘之美，如陸游在〈幽居五首〉其三：「花開亦已落，一歡自無期。勸君強自娛，勿作兒女悲。」〔註 165〕日本學者吉川幸次郎提到：「宋人廣闊的視界，終於洞察了悲哀絕不代表人生的全部。這種新的積極的見解，如再經過哲學的驗證，也可以變成一種樂觀的信念。」〔註 166〕是故宋詩與前代詩歌最大的差異，就在於「悲哀的揚棄」。歐陽修在〈梅聖俞詩集序〉提到：「蓋世所傳詩者，多出於古窮人之辭也。」〔註 167〕所以從歐陽修開始就自覺的想要擺脫失意窮苦之作，因而有「歐陽公詩專以快意爲主」〔註 168〕的評論。如果說傳統文人在花落之中看到了自我可憐的影子，那麼宋人在落花之中所見到則是一種「物理」，一種想要從人的有限性中去超越，以獲得一種生命自在的樂境。事實上這種追求超越的價值取向，與宋代士大夫的仕宦命運有著密切的關係。由於宋王朝爲了統治的需求，時常將官員到處流徙遷貶，因此也造成文人會以一種超越一己情感的態度來面對現實的挫折與生命的種種艱難，我們從蘇軾的作品當中就可以發現他對於「超然」的精神追求，而這種現實的處境也造成文人特別欣賞超拔塵俗的蓮花與堅貞不屈的梅花。從蘇軾身上我們可以看到他如何從原本喜歡富貴牡丹轉而喜歡貞勁梅花的改變。在貶黃州之前，蘇軾雖常往來於梅花最繁盛的淮陽、

〔註 165〕 《全宋詩》，卷 2181，頁 24835。

〔註 166〕 （日）吉川幸次郎：《宋詩概論》（臺北：聯經出版社，1979 年 7 月），頁 32。

〔註 167〕 （宋）歐陽修撰、李逸安校點：《歐陽修全集》（北京：中華書局，2001 年 1 月），卷 43，頁 612。

〔註 168〕 （宋）張戒：《歲寒唐詩話》，收於丁福保輯《歷代詩話續編上》（臺北：木鐸出版社，1983 年），頁 464。

蘇杭，可是他卻很少詠梅，反倒是對於牡丹還存在著某種對於北方的情感投射。當他到以牡丹聞名的杭州吉祥寺時，牡丹未開，而梅花開得正盛，於是寫下這首〈後十餘日復至〉：「東君意淺著寒梅，千朵深紅未暇栽。安得道人殷七七，不論時節遣花開。」〔註169〕從詩中可以看出此時蘇軾仍衷情於牡丹，但經歷九死一生的烏臺詩案後，這時梅花幽獨高潔的堅忍特質，才讓他產生的情感認同，而寫下不少深刻的詠梅作品。〔註170〕因此宋人對於花卉品德的吟詠，除了受理學的影響之外，與宋代士大夫的現實經歷及個人生命價值的實現都具有十分密切的關係。

　　由於透過深刻的內省，宋人特別標舉生命主體的能動性，反映在審美意識上，則強調審美主體的重要性，因此舉凡尤物、微物、醜物、奇物，在宋人眼中皆有可觀，而「凡有可觀皆有可樂」，是故他們特別能夠去欣賞生活中的平凡事物而發現它們的逸趣，突破前人必以物之瑰麗偉奇為審美的態度，而這是宋人詠物與前人詠物最大的差異。也因為如此我們可以發現宋代之前的文人所詠的花卉種類，多半只是幾種常見的傳統花卉，而宋人所詠的花卉種類非常多，許多花卉都未曾被前人詠過，且每一種花卉他們都能發現它們的審美特性或物趣，例如董嗣杲〈茨孤花〉：「剪刀葉上兩枝芳，柔弱難勝帶露粧。翠管嫩粘瓊糝重，野泉情心玉蕤涼。春成臼粉資秋實，種入盆池想水鄉。小小滄州歸眼底，幽研自覺成炎光。」〔註171〕茨孤只是一種水邊其貌不揚的野草，可是詩人卻煞費苦心的仔細吟詠它的花葉莖之美及生活用途與種植之趣。又如〈稻花〉：「四海張頤望歲豐，此花不與萬花同。香分天地生成裏，氣應陰陽子午中。頃頃紫芒搖七月，穰穰玉糝杵西風。雨暘時落關開落，歌壤誰攄畎畝忠。」

〔註169〕　（清）王文誥，馮應榴輯注：《蘇軾詩集》（臺北：學海書局，民國74年），頁395。

〔註170〕　張建軍、周延：《踏雪尋梅——中國梅文化探奇》（山東：齊魯書社，2010年1月），頁84。

〔註171〕　《全宋詩》，卷3573，頁42725。

〔註172〕只有螞蟻般大小的稻花，沒仔細看幾乎無法發現，可是詩人卻能從賞玩之外的理來吟詠稻花的價值。另外由於宋人重視生活的審美趣味，因此文人常會鉅細靡遺去描寫花卉在他們生活當中的相關事宜，而不像傳統文人只吟詠美麗的花朵本身，例如楊萬里〈去瑞香病葉〉：「紫茸落盡長青枝，政是添新換舊時。辛苦爲渠耘病葉，殷勤挽住是游絲。」〔註173〕詩人所寫並無關於花朵的美感，而是栽培時除病葉的過程。又如蘇轍〈戲題菊花〉：

> 春初種菊助榖蔬，秋晚開花插滿壺，微物不多分地力，終
> 年乃爾任人須，天隨匕箸幾時輟，彭澤樽罍未遽無，更擬
> 食根花落後，一依本草太傷渠。〔註174〕

蘇轍所寫到的都是花卉在生活中的實際運用，如葉當菜餚、花可賞、甚至連根都要挖出來食用，從中可以發現宋詩生活化的審美逸趣亦充分反映在花卉的書寫當中。

除此之外，宋人講才學、好議論的特色，亦反映在花卉的描寫之中，例如（南宋）魏慶之《詩人玉屑》提到：

> 歐公嘉祐中見王荊公詩「黃昏風雨晦園林，殘菊飄零滿地
> 金。」笑曰：百花落盡，獨菊枝上枯耳。因戲曰：「秋英不
> 比春花落，爲報詩人子細看。」荊公聞之曰：是豈不知《楚
> 詞》「夕餐秋菊之落英？」歐陽九不學之過也。〔註175〕

王安石與歐陽修在詩歌中分別針對菊花花瓣會不會凋零發了一番論辯。又如蘇軾，他對於石延年在〈紅梅〉提到：「認桃無綠葉，辨杏有青枝。」〔註176〕這種從植物外表分辨的說法非常不能認同，而提出「梅格」這種以精神價值爲主的評判標準，而寫下〈紅梅三首〉：「怕愁貪睡獨開盡，自恐冰容不入時。故作小紅桃杏色。尚餘孤瘦

〔註172〕《全宋詩》，卷3573，頁42726。
〔註173〕《全宋詩》，卷2298，頁26239。
〔註174〕《廣群芳譜》（臺北：新文豐出版社，1980年），卷50，頁2838。
〔註175〕（南宋）魏慶之：《詩人玉屑》（臺北：世界書局，民國81年），卷17，頁382。
〔註176〕《全宋詩》，卷176，頁2005。

雪霜姿。寒心未肯隨春態,酒暈無端上玉肌。詩老不知梅格在,更看綠葉與青枝。」〔註177〕這首詩雖然表面看來是在詠紅梅,但事實上卻是在與石延年互別苗頭,並在詩中展現自我的見解。從這裡也可以看到宋人即使在詠花之中,亦常表現出展現才學的特色。也由於這種講才學的特色,宋人在寫詩時特別喜歡從與前人不同的思路和觀點來看待事物,蘇軾提到:「以奇趣為宗,反常合道為趣。」〔註178〕這種「反常合道」的書寫方式,特別能夠產生意想不到的奇趣,例如:傳統都以女子喻花,但宋人卻改以美男子喻花,黃庭堅〈觀王主簿家酴醾〉:

> 肌膚冰雪熏沉水,百草千花莫比芳。露濕何郎試湯餅,日烘荀令炷爐香。風流徹骨成春酒,夢寐宜人入枕囊。輸與能詩王主簿,瑤臺影裏據胡牀。〔註179〕

這種講才學的態度也形成宋人喜歡翻案的創作特性,而這種寫作態度也呈現在宋人的詠花詩當中。如前人在描寫木槿花時總著眼在它朝開暮落的短暫美麗,例如(唐)劉庭琦〈詠木槿樹〉:「物情良可見,人事不勝悲。莫視朝榮好,君看暮落時。」〔註180〕但是南宋楊萬里卻從完全不同的角度來寫朝開暮落,其在〈道旁槿籬〉:「夾路疏籬錦作堆,朝開暮落復朝開。抽粗粉輕拖糝,近帶臙脂曬抹題,占破半年猶道少,何曾一日不芳來,花中卻是渠長命,換舊添新底用催?」〔註181〕楊萬里透過「復朝開」去解消「暮落」之悲,並從這種觀點而說「花中卻是渠長命」這種與常人完全不同的觀點。〔註182〕又如

〔註177〕 (清)王文誥、馮應榴輯注:《蘇軾詩集》(北京:中華書局,1982年),卷21,頁1106。

〔註178〕 (宋)魏慶之:《校正詩人玉屑》(臺北:世界書局,民國81年),卷10,頁212。

〔註179〕 《廣群芳譜》,卷42,頁2389。

〔註180〕 《全唐詩》,卷110,頁1132。

〔註181〕 《全宋詩》,卷2306,頁26503。

〔註182〕 蕭翠霞:《南宋四大家詠花詩研究》(臺北:文津出版社,1994年5月),頁236。

楊萬里〈白菊兩首〉其二:「霎後黃花頓不中,獨餘白菊鬬霜濃。與霜更鬬晴天日,鬬得霜融菊不融。」〔註183〕詩人避開以霜雪來比喻白花這種常用的比喻手法,而用晴日下「霜融菊不融」的奇想,去寫宋人常寫的凌霜精神,展現出詩人獨特的奇特想像。

上面主要是從宋詩尚理、講才學、好議論、生活化等特質來說明宋代詠花詩的特色,但並不能因此說宋人完全不寫純粹體物,或工麗深細情韻豐沛的詠花詩。南宋楊萬里特別愛花,而他本身亦不喜歡將比德那套價值觀放入到詠花詩中,因此他比較能夠用純粹美感的審美態度來描寫花卉,表現出體物的形容之美,例如〈詠績溪道中牡丹二種〉:

> 紫玉盤盛碎紫綃,碎綃擁出九嬌嬈。卻將些子鬱金粉,亂
> 點中央花片梢。葉葉鮮明還互照,婷婷風韻不勝妖。折來
> 細雨輕寒裡,正是東風折半苞。〔註184〕

這首詩純粹就這種牡丹花的花瓣色彩、形狀、情態進行仔細的形容,將牡丹的豔麗、多姿描寫的極其生動。又如范成大〈園丁折花七品,各賦一絕〉:

> 水精毬,輕盈嫵媚,不耐風日。縹緲醉魂夢物,嬌饒輕素
> 輕紅。若非風細日薄,直恐雲消雪融。〔註185〕

范成大筆下的白牡丹水精毬,完全著眼於「白」予人如雲的輕盈、如夢的飄渺,簡單幾筆就捕捉住白牡丹的神態意韻。楊萬里寫牡丹如工筆細畫,每個部分仔細描繪,而范成大則如寫意之筆,畫其意態神韻。二人分別用了完全不同的方式寫花,但皆能巧構形似,展現宋人的寫物之工。是故並不是宋人的詠花詩中沒有這類的體物描寫,只是這種純粹著眼於表象的描寫,在宋代的美學價值中,其格調並不高。在宋人的審美眼光中,能夠掌握住物象的「韻」才是真正高明的

〔註183〕《全宋詩》,卷2311,頁26577。

〔註184〕《全宋詩》,卷2284,頁26197。

〔註185〕（宋）范成大:《范石湖集》(香港:中華書局,1974年12月),卷23,頁329。

寫物。而這種對於「韻」的追求，正是宋代別於前代的美學特色。事實上「韻」原本是書畫的美學觀點，後來才將之援引到文學之中，宋代范溫《潛溪詩眼》提到：

> 自三代秦漢，非聲不言韻；舍聲言韻，自晉人始；唐人言韻者，亦不多見，惟論書畫者頗及之。至近代先達，始推尊之以爲極致。〔註186〕

到了宋代「韻」已經成爲最重要的藝術審美要素，所謂「凡事既盡其美，必有其韻；韻茍不勝，亦亡其美。」〔註187〕可以說「韻」是宋人眼中最高層次的美，如果只具形色而不具有韻，則不成爲美；相反的雖不具形色之美，但卻具有某種獨特的韻，亦能成爲美。是故以詠梅著名的林逋，其詩「疏影橫斜水清淺，暗香浮動月黃昏。」〔註188〕就是因爲能夠捕捉到梅花的清逸的韻致因而獲得激賞。這首詩中沒有一字眞正寫到梅花的形貌，只透過影、香這些虛物去間接暗示梅的存在，但卻能充分將梅花幽獨的清韻神態表現出來，這種不著眼於象而窮其神的美感追求，正是宋人審美高明之處。也由於重視韻的審美特色，那些向來因形色不吸引人的白花，因爲特別能夠展現這種形色之外的韻致，因而也特別受到宋人的喜愛，例如：

> 薰風曉破碧蓮苞，花意猶低白玉顏。一粲不曾容易發，清香何自遍人間。（楊萬里〈白含笑〉）〔註189〕

> 花淨何須豔，林深不隔香。初聞無處覓，小摘莫令長。春落秋仍發，梅兼雪未強。縹瓷汲寒甃，淺浸一枝涼。（楊萬里〈秋日見菊花兩首〉其一）〔註190〕

> 樹恰人來短，花將雪樣看。孤姿妍外淨，幽馥暑中寒。有

〔註186〕趙永紀編著：《古代詩話精要》（天津市：天津古籍出版社，民國78年），頁742。

〔註187〕趙永紀編著：《古代詩話精要》（天津市：天津古籍出版社，民國78年），頁742。

〔註188〕《全宋詞》，二冊，頁1217。

〔註189〕《全宋詩》，卷2275，頁26077。

〔註190〕《全宋詩》，卷2277，頁26098。

朵篸瓶子，無風忽鼻端。何爲山谷老，只爲賦山礬。。（楊
萬里〈梔子花〉）〔註191〕

宋人對於白花的喜愛，體現出濃厚的文人意識，這種捨棄以妍麗爲美
的世俗品味，正是宋代花卉審美的主要特色之一。

總之，宋詩中的花卉書寫表現出的主要特色，在理性上重比德精
神；在感性美感上則追求韻的審美價值；而在文人與花卉的關係上，
則表現出栽培與欣賞的生活化特色。

二、宋詞中的花卉書寫

前面論述了宋代文人揚棄悲傷，因此在詩歌中不喜歡書寫懷才不
遇的悲怨，亦不寫傷春悲秋這種小兒女的情感，是故詠花詩中多呈現
比德的價值意涵。不過這些在宋詩看不見的花卉書寫，並非完全消失
在宋人的文學寫作之中，而是都轉移到宋詞裡，因而也形成一種強烈
的反差現象。爲什麼在宋詩與宋詞之中的花卉書寫，會有如此大的差
異，主要原因在於宋人對於這兩種文體在價值上認定的差異，因此也
造成書寫的內涵的根本差異。葉嘉瑩在《唐宋詞十七講》提到，寫詩
的人通常帶著中國舊日的詩言志的傳統觀念來寫作詩歌。因此宋代士
大夫通常會用詩歌去表達他們的人生價值與生命理想。相反的由於詞
本來就不在社會倫理道德的規範內，因此當文人酒酣耳熱之際用遊戲
的筆墨爲了娛賓遣興給歌女寫歌詞時，不知不覺就會將自己隱意識的
情感表露出來。〔註192〕因而也形成「詩莊詞媚」這樣截然不同的文
體風格。也由於詞更具有抒情的作用，亦不具道德倫理的價值規範，
因此宋人在詞中的詠花作品，所顯露的情感也就比詩歌來得感性許
多。另外根據馬寶蓮《兩宋詠物詞研究》的分析，宋代詠花詞約有一
千一百餘首，居宋代詠物詞題材之冠〔註193〕，從這裡亦可以看出花

〔註191〕《全宋詩》，卷2281，頁26159。
〔註192〕葉嘉瑩：《唐宋詞十七講》（臺北：桂冠圖書，2002 年 10 月），頁
　　　　10～14。
〔註193〕馬寶蓮：《兩宋詠物詞研究》（臺北：國立臺灣師範大學國文研究所

卉在宋詞中的重要角色。

　　詞原本就是創作來給歌女演唱，也由於具有濃厚的女性色彩，因此宋詞中的花意象一反宋詩那種比德的男性價值，而呈現出陰柔的女性特質。是故文人也就喜歡透過詞，書寫幽深細膩的婉曲情思與女性細膩的心理，而顯現出善感、纏綿、思念、傷愁的情感特質。（宋）沈義父《樂府指迷》云：

> 作詞與詩不同，縱是花卉之類，亦須略用些情意，或要入閨房之意。然多流淫豔之語，當自斟酌。如只直詠花卉，而不著些豔語，又不似詞家體例，所以爲難。〔註194〕

也由於這種偏重於女性情感與思緒的表現，使得向來與女性關係密切的花卉也就成爲相當重要的描寫物象。加上花嬌美柔弱的形象，更容易讓人產生憐惜與傷逝之感，以形塑出感傷淒美的情韻氛圍，例如：

> 庭院深深深幾許？楊柳堆煙，簾幕無重數。玉勒雕鞍遊冶處，樓高不見章臺路。　　雨橫風狂三月暮，門掩黃昏，無計留春住。淚眼問花花不語，亂紅飛過鞦韆去。（歐陽修〈蝶戀花〉）〔註195〕

這闋詞是以思婦的心理描寫春閨幽怨的傷春之情，上闋描寫深深禁錮在空閨中的女子面對四處遊冶的丈夫，卻只能登高遠眺憑欄傷情；下闋則是將美人遲暮之嘆與晚春受風語摧殘的殘花相比擬。此處寫花猶如寫人，花與人打成一片，落花被雨摧殘的命運，不啻是獨守空閨面對容顏衰老的女子的無告心聲。又如晏殊〈采桑子·石竹〉：

> 古羅衣上金針樣，繡出芳妍。玉砌朱闌。紫艷紅英照日鮮。　　佳人畫閣新妝了，對立叢邊。試摘嬋娟。貼向眉心學翠鈿。

　　　　　碩士論文，1983年），頁195～196。
〔註194〕（宋）沈義父：《樂府指迷》，嚴一萍選輯《百部叢書集成》指海第五函（臺北：藝文印書館，1965年），頁4。
〔註195〕《全宋詞》，冊1，頁162。

整闋詞彷彿一幅仕女花卉圖，美人情態與石竹的豔美彼此輝映，美人也因花的映襯而益顯得嬌豔。雖是借花喻美人的老調，但卻能不落痕跡，而別具情韻。另外在詠花詞中，文人更是喜歡用女子的人格形象來形容花卉，尤其是喜歡白花的宋人，特別喜愛將花卉描寫成幽冷高潔的女性形象，因此常用「玉肌」、「玉骨」、「冰膚」、「雪肌」、「瑩肌」這類的形容，例如：

> 瑤妃香透襪冷。佇立青銅鏡。玉骨清無汗，亭亭碧波千頃。
> 雲水搖扇影。炎天永。一國清涼境。（黃載〈隔浦蓮〉）
> 〔註196〕

> 肌膚綽約真仙子，來伴氷霜。洗盡鉛黃，素面初無一點妝。
> 尋花不用持銀燭，暗裏聞香。零落池塘，分付餘妍與壽陽。
> （周邦彥〈醜奴兒・梅花〉〔註197〕

> 薔薇露染玉肌膚。欲試縷金衣。一種出塵態度，偏宜月伴
> 風隨。初疑邂逅，湘妃洛女，似是還非。只恐乘雲輕舉，
> 翩然飛度瑤池。（王炎〈朝中措・九月下水仙開〉）〔註198〕

《詩經》首開以花喻女子，開啓了花與女子的關聯性。到了南朝宮體興起後，花與女子再次密切的關聯在一起，詠物詩中也開始出現以女子喻花的描寫。到了宋詞，由於著重於女性情感與閨閣生活的描寫，這時花與女子的關係更加密切了，幾乎到了缺一不可的緊密地步，可以說在歷代文學中，宋詞是最能將二者的形象、特質充分表現在一起的文學形式。

此外花與女子自古就是文人常用來比喻待賞、知遇的物象，而在詠花詞之中，亦常寄託這種文人不遇的幽怨，例如劉克莊〈摸魚兒・海棠〉：

> 甚春來，冷煙淒雨，朝朝遲了芳信。驀然作暖晴三日，又

〔註196〕《全宋詞》，冊4，頁2690。
〔註197〕《全宋詞》，冊2，頁610。
〔註198〕《全宋詞》，冊3，頁1858。

覺萬妹嬌困。霜點鬢，潘令老，年年不帶看花分。才情減
盡。悵玉局飛仙，石湖絕筆，孤負這風韻。

傾城色，懊惱佳人薄命。牆頭岑寂誰問？東風日暮無聊賴，
吹得胭脂成粉。君細認，花共酒，古來二事天尤吝。年光
去迅。漫綠葉成陰，青苔滿地，做得異時恨。〔註199〕

劉克莊這闋詞分別用美人與海棠花來表達空有傾國傾城之貌，卻沒有
人愛賞的愁悵，以抒發自我的身世之感與宦跡無常之歎。雖然宋詞當
中的花卉意象時常具有的強烈的女性意涵與濃厚的情感特質，不過也
可以發現一些在宋代具有濃烈比德意涵的花卉，如梅、菊、桂這類花
卉，詞人吟詠的內涵多少還是會有比德的意涵影子，如：

驛外斷橋邊，寂寞開無主。已是黃昏獨自愁，更著風和雨。
無意若爭春，一任群芳妒，零落成泥碾作塵，只有香如故。
（陸游〈卜算子・詠梅〉）〔註200〕

小妝朱檻，護秋英千點，金鈿如簇。黃葉白蘋朝露冷，只
有孤芳幽馥。華髮蒼頭，宦情羈思，來伴花幽獨。巡簷無
語，清愁何啻千斛。

因念愛酒淵明，東籬雅意，千載無人續。身在花邊須一醉，
小覆杯中醽醁。過了重陽，捻枝嗅蕊，休歎年華速。明年
春到，陳根更有新綠。（王炎〈念奴嬌・菊〉）〔註201〕

欲問蘚林秋露。來自廣寒深處。海上說薔薇，何似桂華風
度。高古。高古。不著世間塵汙。（向子諲〈念奴嬌・菊〉）
〔註202〕

從這幾首詠花詞中可以發現，詞人似乎很難跳脫這些花卉濃厚的比德
意涵，而有個人獨特的情感與不同角度的書寫。反而是那些比較沒有
被賦予道德價值的花卉，詞人還比較能夠放手書寫，而不受既定意象

〔註199〕《廣群芳譜》（臺北：新文豐出版社，1980 年），卷 39，頁 2226。
〔註200〕《全宋詞》，冊 3，頁 1586。
〔註201〕《全宋詞》，冊 3，頁 1852。
〔註202〕《全宋詞》，冊 2，頁 966。

的影響，例如：

> 群花泣盡朝來露，爭怨春歸去。不知庭下有荼蘼，偷得十
> 分春色，怕春知。淡中有味清中貴。飛絮殘英避。露華微
> 浸玉肌香。恰似楊妃初試出蘭湯。（辛棄疾〈虞美人・賦茶
> 蘼）〔註203〕

這闋詞完全著眼於花的情態與想像，對於這初夏之花，詞人用了偷春
色來顯示它足以與春花比較的美麗，而「淡中有味清中貴」更是詞人
更從花的形色去掘發出荼蘼深刻的審美特色，因此這種在宋代才興起
的新花卉，反而能在沒有文化意涵的影響下，發展出人與花的直接審
美關係。

第五節　元明清詩歌中的花卉意涵

　　中國傳統詩歌中的花卉意象，其象徵意涵發展到了南宋大致都已
經完成。因此元明清三代的詩歌中，文人透過花卉藉以言志、抒情、
感懷、比德等內涵，大體都不出前人的窠臼。不過南宋之後，中國歷
經兩次異族的統治，加上明代中期以後，受到商業發展和思想啓蒙，
導致士人的價值觀產生了前所未有的變化，因此在這樣多變的政治、
經濟及思想的變化中，元明清三代的士大夫還是分別表現出不同的時
代審美特色與價值投射，以下即分別就元明清三代詩歌中的花卉審美
特色分述如下：

（一）元代

　　南宋滅亡之後，這種劇烈的時代變局也影響到元代的詠花詩。最
明顯的就是宋遺民詩歌中的花卉意涵，從南宋末年江湖詩派及四靈末
流這種寄情風月的猥俚孱弱，而變成情操志節的託喻，傳達出士大夫
在國族傾滅之際的深絕哀思。因此南宋遺民詩歌中的花卉意涵，也從
傳統文人用以標舉個人德行，進一步擴大成為國族精神的象徵。其中

〔註203〕《全宋詞》，冊3，頁1902。

最有名的就是鄭思肖，他所畫之蘭皆根裸露而無土。據《宋遺民錄》
記載：「精墨蘭，自更祚後，為蘭不畫土，根無所憑藉。或問其故，
則云：地為番人奪去，汝猶不知耶？」〔註204〕鄭思肖透過蘭根無土
可著，來透顯士大夫連基本的獨善其身都不可得的悲哀，所謂覆巢之
下豈有完卵。幽貞獨守的蘭，所象徵的不再只是自我人格的美善，它
更牽動遺民的家國之思。也因為南宋遺民處於這種前所未有的心理與
文化的困境之中，因此他們所詠的也都是梅、菊、松、竹這些歲寒不
凋的花木，例如：鄭思肖〈菊花歌〉：「太極之髓日之精，生出天地秋
風身。萬木搖落百草死，正色與秋爭光明。背時獨立抱寂寞，心香貞
烈透寥廓。至死不變英氣多，舉頭南山高嵯峨。」〔註205〕菊花凌寒
不凋的精神向來被傳統文人用以投射自我不遇的幽怨情感，但鄭思肖
這首〈菊花歌〉卻已經完全跳脫一己自我價值的投射，而是將菊花的
精神擴大成為這時國族的艱難處境。值得注意的是，詩中特別強調菊
花的「正色」，而這個觀念正寓含著「華夷之辨」的正統觀。其實早
在孔子時「正色」就已經具有正邪的價值象徵，《論語・陽貨》提到：
「子曰：惡紫之奪朱也。」注曰：「孔曰：朱，正色。紫間色之好者。
惡其邪好而奪正色。」〔註206〕足見正色觀本具有正統的價值意識，
因此遺民正是透過這個觀念來寄託漢族的正統意識。〔註207〕不過傳
統菊花以黃為正色的審美觀，主要是從五色與四季的五行對應而論，
（宋）劉蒙《菊譜》提到：

> 黃者中之色，土王季月，而菊以九月花，金土之應，相生
> 而相得者也。其次莫若白，西方金氣之應，菊以秋開，則

〔註204〕（明）程敏政：《宋遺民錄》（臺北：廣文書局，民國54年5月），
頁328。

〔註205〕《全宋詩》，卷2628，頁43436。

〔註206〕（魏）何晏注、（宋）邢昺疏：《論語注疏》（臺北：藝文印書館，
1977年），頁157。

〔註207〕據傳說（清）沈德潛〈詠黑牡丹〉：「奪朱非正色，異種也稱王。」
這首詩就是被懷疑具有以明朝朱姓為正統的隱喻，因而遭到清算。
參見天嘏：《滿清外史》（山東：泰山出版社，1999年），頁93。

於氣爲鍾焉。陳藏器云：白菊生平澤，花紫者，白之變；
紅者，紫之變也。此紫所以爲白之次，而紅所以爲紫之次
云。〔註208〕

從這段話當中可以知道傳統菊花的「正色」觀，只是著眼與以花色來
判定花品的高低，本身並不具有特殊的價值意識。但由於宋遺民受到
異族的統治，因此民族正統的意識就成爲遺民心中最關注的價值，是
故「正色與秋爭光明」乃是在菊花「以黃爲正」的傳統審美觀中，進
一步注入了民族的正統意識，所以這裡秋之寒乃指異族之侵華統治，
而菊之正色乃民族之精神意識，如此則菊之香及不凋就象徵著支撐民
族精神的士大夫貞操。這種強調正色的民族意識也呈現在其他的花卉
上，例如王冕〈明上人畫蘭圖〉：「翠影飄飄舞輕浪，正色不染湘江塵。
湘江雨冷暮煙寂，欲問三閭杳無跡。愴慷不忍讀離騷，目極飛雲楚天
碧。」〔註209〕在蘭花的審美歷程中，文人所關注的主要是蘭的香氣，
因此品德的價值也都用蘭香來表徵，至於蘭花的顏色向來都不是文人
重視的焦點，更沒有所謂「正色」的說法。從中可以知道元代文人透
過「正色」這個觀念主要是在標示著一種華夷之辨的正統價值。所以
連一些在傳統上並沒有強烈比德意涵的花卉，亦被投射了這種「正色」
的觀念，例如梁棟〈黃葵〉：

乾坤有正氣，間色皆爲臣。名葩據中央，紅紫誰敢鄰。傾
日不忘君，衛足恐傷身。冥然無知識，忠孝出本眞，林林
天地間，戴履而爲人。明靈秀萬物，孰不尊君親。嗟嗟叔
季後，利欲泯天倫。邈哉望帝國，產此瑞世珍。九夏不趨
炎，三月不爭春。高秋風露冷，孤標出清塵。背時還獨立，
攬芳淚沾巾。〔註210〕

這首詩透過間色隱喻異族只能是臣，作者用黃葵的顏色以及秋花凌寒
高標的品格精神，以顯示漢民族之殊勝，故雖遭秋霜卻仍能堅忍不拔

〔註208〕 （宋）劉蒙：《菊譜》（臺北：藝文印書館，1996年），頁5。
〔註209〕 《全明詩》，卷9，頁205。
〔註210〕 《全宋詩》，卷3640，頁43632。

的堅守民族精神，最後終能撥亂反正，再現民族光彩。另外葵向日而傾的特性，在傳統的意涵上具有忠君的思想，故也用以寄託遺民忠君的志節，如：王鎡〈蜀葵〉：「片片川羅濕露涼，染紅纈了染鵝黃。花根疑是忠臣骨，開出傾心向太陽。」〔註211〕詩人這裡不再用顏色來表達正統意識，甚至認為外在的顏色雖變，但根植於心中的忠君之心，卻是永遠不變的。可以說南宋遺民詩人在花卉的意涵上，已經將傳統花卉用以自喻及抒發個人懷才不遇的情感，進一步形塑爲漢民族的精神象徵。除此之外，南宋遺民也會透過花卉來抒發國家滅亡之後無所依恃的零落之情，例如（南宋）謝翱〈雨後海棠〉：

> 春光搖搖一萬里，野粉殘英空蜀水。天人愁濕紅錦窠，萬里移根淚如洗。蒼苔裏枝雪墮地，雨中聞有西南使。化爲黃鵠凌空青，開時銜花落銜子。綠章青簡下蓬萊，滯魄游魂恨未已。至今鸚鵡啼猩紅，不隨明月葬空中。〔註212〕

海棠盛於蜀地，因此具有濃厚的地域象徵。詩人在蜀地之外的地方看到被雨水打殘的海棠花時，因而也勾動零落異地的亡國之傷。詩人想要設醮祈禳超渡亡魂，但海棠雖落但殘花仍舊猩紅，道出了遺民深切而無法排遣的亡國之痛。宋代詞人最愛描寫海棠花的嬌艷，表達出美麗讓人憐惜的傷情。不過在這首詩中，詩人以海棠之落來比喻宋室的覆亡，那殘花如血般的猩紅，卻是遺民的血淚。傳統文人通常用花卉來象徵各種人格，宋室南遷後文人因喪土之痛而強化花卉的堅貞意涵，但花卉主要還是作爲一種詩人惕厲自我精神的人格象徵，至於花卉廣泛作爲國家乃至民族精神的象徵，則要到元代的遺民詩人才成爲一種普遍的意涵。

只是復國無望的現實，也讓一些遺民轉而投向宗教以轉移無可奈何的現實處境，因此一些遺民詩人中的花卉意象也開始出現濃厚的道教意涵，例如舒岳祥〈碧桃〉：

〔註211〕《全宋詩》，卷3609，頁43217。
〔註212〕《全宋詩》，卷2689，頁44298。

> 碧桃本是僊人花,僊人花裏飯胡麻。初來此樹向誰得,翠
> 眉嬋娟萼綠華。世間俗桃千百數,溪谷往往蒸成霞。紛紛
> 見此欲羞死,亂紅吹落污窗紗。陳宮露唾天水碧,粉黛欲
> 學爭咨嗟。豈知僊妃作狡獪,接花染汁便爾嘉。瑤池蟠桃
> 即此種,花飛不肯污泥沙。實成唯許方朔喫,時時還戲王
> 母家。〔註213〕

桃花到了南宋時期,其地位已被傳統文人貶抑至最低,而桃花自唐代
以來亦有趨炎附勢的小人意涵。照理說南宋遺民在國家正經歷危亡
之際,桃花應該不會是詩人關注而喜愛吟詠的物象,不過詩人顯然從
現實遁逃到另一個世界去了,歌詠起了瑤池的仙桃。又如董嗣杲〈菖
蒲花〉:

> 開時可食勝餐松,應在神人守護中。九節自知遺種異,一
> 花誰可鬭香同。碧叢露養仙苗細,靈卉泉抽玉髓空。還有
> 癡愚求見面,欲期顏貌亟還童。〔註214〕

(宋)吳仁傑《離騷草木疏》:「蓀即今昌蒲也。」〔註215〕菖蒲在《楚
辭》中具有相當重要的意涵,用以喻君、神祇,但這首詩中卻完全捨
棄《楚辭》濃厚的比德意涵,而著眼於菖蒲花服食的神效,因此南宋
遺民這種轉而追求道教神仙的價值取向,也充分反映在遺民的詩歌
當中。

　　就元代整體的詠花作品來看,元代文人最喜愛吟詠的花卉還是延
續著宋代以來的梅花熱潮。由於元代不重視文人,加上讀書人無法藉
由科舉取得入仕機會,因此他們多半是處於一種隱逸的生活狀態,是
故梅花的隱逸象徵及幽貞的意涵能夠得到廣大士人的認同,梅花因而
成為元代文人最喜愛吟詠的花卉。例如王冕〈梅花〉四首之三:

> 朔風吹寒脫繁木,石溜潺潺出空谷。荒村野店少人行,獨

〔註213〕 《全宋詩》,卷3436,頁40917。
〔註214〕 《全宋詩》,卷3573,頁42725。
〔註215〕 (宋)吳仁傑:《離騷草木疏》(臺北:藝文印書館,1965年),卷
　　　　　第一,頁1。

有寒梅照寒淥。玉質爛爛無纖埃，春風不來花自開。平生
清苦能自守，焉能改色趨樽罍？我與梅花頗同調，相見相
忘時索笑。冰霜歲晚愈精神，不比繁花易凋耗。長安多少
騎馬郎，尋芳竟集桃李場。東家賣酒西家嘗，引得世間蜂
蝶忙。〔註216〕

王冕透過梅花表達出自己與梅花幽貞相同的精神價值，同時也反映出
這時期文人的精神特質。由於王冕深愛梅花甚至仿陶淵明〈五柳先生
傳〉的筆調，及太史公的評論，將梅花予以人格化而作傳，並把歷來
與梅花相關的典故當作梅先生一生的行誼事蹟，文章以「先生名華，
字魁，不知何許人也？」作開場，而文末則仿司馬遷的評論而有太史
公曰：「梅先生，翩翩濁世之高士也。觀其清標雅韻，有古君子之風
焉。彼華腴綺麗烏能辱之哉！以故天下人士景愛慕仰，豈虛也哉！」
〔註217〕從中亦足見在異族統治下，文士透過傳統文人賦予的梅花價
值中，可以重新獲得民族精神血脈的連繫，因此梅花對於在異族統治
下的文人具有重要的精神支持。不過這種懷著民族意識所勾動的哀
傷，也並非用堅貞的精神就可以抵消，是故元代的詠梅詩在情感上亦
顯得消沉哀傷，而不復宋代激昂的精神風貌，例如：陳君可〈梅影詩〉：
「隔牕疑似李夫人，江月多情為返魂。不似丹青舊顏色，十分憔悴立
黃昏。」〔註218〕只是隨著蒙古人統治的日趨穩固之後，漸漸的文人
在吟詠花卉時也沒有早期遺民詩人那股濃厚的家國意識，是故詠梅詩
中的梅花，也呈現出較多自然情態的描寫。

　　此外，元代詠梅詩較值得注意的是長篇百詠的詠梅詩與集句詩，
例如郭豫亨《梅花字字香》乃是收集前人詠梅詩句而寫成百首詠梅
詩。郭豫亨在自序中提到：「余愛梅花，自號梅巖野人，凡見古今詩

〔註216〕　（元）王冕、壽勤澤點校：《王冕集》（浙江：浙江古籍出版社，1999
　　　　　年9月），頁216。
〔註217〕　（元）王冕、壽勤澤點校：《王冕集》（浙江：浙江古籍出版社，1999
　　　　　年9月），頁239～240。
〔註218〕　（金）劉祁撰：《歸潛志》（臺北：華文書局，1969年），卷4，頁
　　　　　76。

人梅花傑作，必隨手鈔錄而歌詠之，積以歲月遂成巨編，熟之既久若有所得。暇日輒集其句，得百篇，目爲字字香，其間句鍛意練，璧合珠聯，亦有天然之巧者。」〔註219〕這些詠梅詩都沒有詩名，且每一句都是用前人的句子，只是將不同作者的句子加以組合成爲新的一首詩。如《梅花字字香·前集》（一枝春近故山長）：「憑仗幽人收艾納，不須長笛奏伊涼。」〔註220〕前句引自蘇軾〈再和楊公濟梅花十絕〉：「憑仗幽人收艾納，國香和雨入青苔。」〔註221〕與〈子玉家宴，用前韻見寄，復答之〉：「自酌金樽勸孟光，不須長笛奏伊涼。」〔註222〕據清趙翼《陔餘叢考》所考，這種截取前人的詩句而重新組成新詩的作法，始於晉朝的傅咸，他曾集《詩經》的詩句而成〈聿修〉一詩。雖然集句詩由來已久，但到了元代郭豫亨的《梅花字字香》才正式有了梅花集句詩的創作。不過這種創作雖然新穎有趣，但也透露出花卉的吟詠在南宋之後很難再有新意，因此文人只好在這些舊句的組合中尋找新的詩意。又如馮子振、釋明本《梅花百詠》乃是由馮子振先作梅花百詠而釋明本唱和，例如馮子振〈評梅〉：「屈子騷經遺不錄，石湖芳譜漫俱收。試憑西掖攀花手，題向百花花上頭。」釋明本和作：「月旦花前啓乏人，風霜齒頰帶陽春。江南餘史遺芳論，絕世清如古逸民。」〔註223〕《梅花百詠》中的詠梅詩大多是描寫梅花的自然樣貌，已經沒有宋代常見的傲雪精神，其通常只就外在的表象及各種梅花形態作吟詠，如從品種的類別而詠鴛鴦梅、千葉梅、綠萼梅、蠟梅等；從開花狀態而詠則有未開梅、乍開梅、半開梅、全開梅、落梅、老梅、新梅等；從不同環境而詠則有孤山梅、羅浮梅、庾嶺梅、東閣

〔註219〕 （元）郭豫亨：《梅花字字香》（北京：中華書局，1985年），頁1。
〔註220〕 （元）郭豫亨：《梅花字字香》（北京：中華書局，1985年），頁8。
〔註221〕 （清）王文誥輯註、孔凡禮點校：《蘇軾詩集》（北京：中華書局，1992年），頁1746。
〔註222〕 （清）王文誥輯註、孔凡禮點校：《蘇軾詩集》（北京：中華書局，1992年），頁540。
〔註223〕 （元）馮子振，釋明本：《梅花百詠》，《景印文淵閣四庫全書》第1366冊（臺北：台灣商務印書館，1986年7月），頁566。

梅、漢宮梅、琴屋梅、溪梅、僧舍梅、蔬圃梅等；其他如憶梅、尋梅、探梅、問梅、索梅、水墨梅、畫紅梅、紙帳梅等〔註224〕。從中也可以看出詩人竭盡心思的從各種角度、特性、類別去吟詠梅花，真可謂窮形盡相。從中也可以看出這時期的文人在情感上已經趨於安然處之的平淡心態，所以在詠梅詩中通常也只就梅花自然的樣貌作描寫，而沒有深刻的情感寄託。比較值得注意的是，在釋明本的和作當中，原本儒家色彩濃厚的梅花，亦被賦予了佛教的色彩，如：

> 曾約菩提一樹神，浣花深處共參貞。雪深林下維摩室，月
> 落岩前面壁人。七返九還觀色相，三空四蒂悟根塵。頭頭
> 縱是華嚴界，野室孤雲自在深。〔註225〕

從中也可以發現梅花強烈的儒家價值與凌霜傲雪的精神，似乎在某種程度上已經被刻意的淡化或忽視。因此梅花在元代文人的心態中，反映出兩種極端的情感，一種是強調梅花幽貞的精神以寄託漢族的民族意識；另一種則刻意忽略梅花特別強烈的精神意涵，而只就梅花自然的情態來表達生活的相關情感。不過這並不是一種矛盾的現象，而是文人在異族統治下，各自用不同的態度來面對現實無奈的處境而已。

　　總之，元代詩歌的花卉吟詠，最能展現出內涵特色的詠花詩主要是南宋的遺民詩人，另外元代文人在詠梅的形式上則有一些新的發展，例如花卉的題畫詩、長篇百詠及集句詩等，都影響了明清文人而繼續承襲發展。更重要的是，從元代開始詩人的詠花之作常常是詠畫中花卉的題畫詩，這個特點也影響明代詠花詩。

（二）明代

　　詠花詩的形式與內涵發展到了明代大體都已經完成，因此明代

〔註224〕　鄭琇文：《金元詠梅詞研究》（台南：國立成功大學中國文學研究所碩士論文，2005 年 6 月），頁 15。

〔註225〕　（元）馮子振，釋明本：《梅花百詠》，《景印文淵閣四庫全書》第1366 冊（臺北：台灣商務印書館，1986 年 7 月），頁 582。

文人在某種程度上已經沒有多餘的空間得以發揮。大體而言，明代詠花詩主要是繼承元代題畫詩的影響，詠花的作品都半都是題畫詩，因此在形式上多爲短小之作，在內容上則多與畫中的花卉相關，以自然情態的描寫居多，因而也較少用典與深刻的寄託。這時期文人喜愛吟詠的花卉主要還是梅花，主要的詠梅作家有高啓、薛季瑄、李東陽、楊愼、袁宏道等。其中尤以高啓的詠梅詩最爲著名，「雪滿山中高士臥，月明林下美人來。」〔註 226〕更是將梅花發展歷程中「隱逸」與「美人」這兩個重要意涵，透過高士與美人這兩種形象予以完美的對應在一起，因而也成爲歷代詠梅詩中的名句。另外明代的詠梅詩亦繼續承襲元代題畫詩與集句詩的影響而繼續發展。雖然明代文人仍喜歡詠梅，不過詩歌中所寫到的內涵，已經不若前人喜歡透過梅花來言志、寄託，或用以標舉德行的人格形象。他們喜歡去描寫自然情態的梅花，也不特別強調個人主觀的生命情志，形成一種從道德審美又返歸到自然審美的方向。從這裡也可以發現一個有趣的現象，梅花的審美是從南朝、唐的自然審美往宋代的道德審美發展，而到了南宋這個道德審美的高峰之後，元明清三代又逐漸回返到自然審美的方向去。

值得一提的是，明代中期以後的詠花詩有了相當大的轉變。由於這時商業興起後，新的經濟活動導致傳統禮教逐漸受到挑戰，文士的價值不再拘守於傳統文人的價值觀，因而也導致士風的敗壞，王陽明就曾提到「嗟乎！今世士夫計逐功名，甚於市井刀錐之較。」〔註 227〕的感慨。更重要的是從李贄開始面對傳統儒者不願眞正面對的人心情欲，更認爲「聖人不欲富貴，未之有也。」〔註 228〕是故在這個時期的士大夫其價值信念，已經不再只能從仕與隱這兩種方式去安頓自己

〔註 226〕《廣群芳譜》，卷 23，頁 1389。
〔註 227〕（明）王守仁：《王陽明全集》（上海：上海古籍出版社，1992 年），卷 22，外集四〈送別省吾林都憲序〉，頁 462。
〔註 228〕（明）李贄、劉東星：《明燈道古錄》（臺北：廣文書局，1983 年），頁 19。

的生命。文人也開始經商營利追求世俗的功利，導致傳統儒家的價值觀也逐漸失去影響力。就在這種前所未有的經濟及思想的衝擊中，以「情」爲核心的價值也影響了文人的處世及審美，例如袁宏道〈梨花初月夜〉：「梨花初點貼牕流，斜月笙簫處處樓。醉裡不知花是影，隔紗驚喚小揚州。」〔註229〕將歌樓窗外的梨花影，誤認爲是美麗的青樓女子，展現出風流多情的文士風貌。也因爲這時文人對於情欲的解放，所以向來情欲意味濃厚的桃花，也不再需要被它的妖媚而蒙上負面的道德評判，不但桃花豔麗的外表被文人接受，桃花在傳統文化中的情欲象徵也被接納，甚至被文人用以表現自我獨特的生命情調，如唐寅的〈桃花庵歌〉云：

> 桃花塢裏桃花庵，桃花庵裏桃花仙。桃花仙人種桃樹，又摘桃花換酒錢。酒醒只來花前坐，酒醉還來花下眠。半醉半醒日復日，花落花開年復年。但願老死花酒間，不願鞠躬車馬前。車塵馬足貴者趣，酒盞花枝貧者緣。若將富貴比貧賤，一在平地一在天。若將花酒比車馬，他得馳驅我得閒。別人笑我太風騷，我笑他人看不穿。不見五陵豪傑墓，無花無酒鋤做田。〔註230〕

傳統士大夫通常是用梅花來標榜自我的價值，而桃花則用以寄託仙隱的出世願望。不過唐伯虎在這首詩中，則用桃花來表達他對於世間價值的態度，展現出一副玩世不恭的生命態度。從這裡也可以看出，梅與桃這兩種原本處於對立價值的花卉象徵，它們被傳統士大夫所賦予的比德價值都已經被解構了，只呈現出它們令人賞心悅目的自然情態，而文人也不避諱的用桃花來標舉獨特的自我價值，以及世俗價值的追求。這種表現自我個性的書寫，與當時「獨抒性靈」的文學觀有著密切的關係，因此自吟自賞的意味較濃，表現出一種不隨流俗

〔註229〕　（明）袁宏道：《袁中郎詩集》（臺北：世界書局，1990 年），頁192。

〔註230〕　（明）唐寅：《唐伯虎先生全集》（臺北：學生書局，民國 68 年 4 月再版），頁 106。

的個人情調，如唐伯虎〈題菊花〉：「九日風高斗笠斜，籬頭對酌酒頻賒。御袍采采楊妃醉，半夜扶歸挹露華。」〔註 231〕這首詠菊詩雖然不外是重陽飲酒的舊題材，但詩中所表達的並不是隱逸的東籬情懷，而是一種富於名士的狂放色彩。又如袁宏道〈閏九月菊〉：「殘菊疎白也堪憐，舞向先生屋角邊。一與清閒為伴侶，幾番瀟散歷風烟。霜林已是呼先輩，秋蝶無因識暮年。拼取家醪三百盞，葛巾狼藉枕花眠。」〔註232〕花下醉眠的閒適無拘，充分表達晚明浪漫的文士情懷，這裡的菊花沒有處在屈原與陶潛兩難的仕隱抉擇，只是快意的展現文士疏狂的生命情調。大體而言，明代中晚期的詠花詩，透過花卉所要表達的情感已經不是傳統文士的思想價值，他們所要呈現的是富於個人情調、個性的生活價值，所以也不在詠嘆那些比德的道德價值，而這正是明代詠花詩最具特色的地方。

（三）清代

清代詠花詩的內涵大致表現出兩個顯著的特色：一者，遺民詩人詠花詩有了新的表現。遺民詩人的詠花之作通常是透過花卉表達亡國之痛與守節的品德價值。這個主題雖然在宋遺民詩歌中已經有了深刻的發揮，不過在清初的遺民詩中還是有一些有別於前代的發展，例如宋遺民詩歌中喜歡用的花卉通常都是比德意味濃厚的蘭、梅、菊，而明遺民則用桃花來表達國家覆亡與個人堅貞的操守，例如顧炎武〈桃葉歌〉：

> 桃葉歌，歌宛轉。舊日秦淮水清淺，此曲之興自早晚。青溪橋邊日欲斜，白土崗下驅虞車。越州女子顏如花，中官採取來天家，可憐馬上彈琵琶。三月桃花四月葉，已報北兵屯六合。宮車塞上行，塞馬江東獵。桃葉復桃根，殘英

〔註231〕（明）唐寅：《唐伯虎先生集》，收於《續修四庫全書》第 1335 冊（上海：上海古籍出版社，2002 年），頁 15。

〔註232〕（明）袁宏道：《袁中郎詩集》（臺北：世界書局，1990 年），頁 160。

　　委白門。相逢冶城下，猶有六朝魂。〔註233〕

這首詩雖不是專詠桃花的詩，卻用桃花殘落來表達國家的覆亡。事實
上這時期最有名的戲曲《桃花扇》也以血色桃花，來對應個人與家
國哀痛的歷史。〈眠香〉中侯方域題贈詩扇作爲訂盟之物，其扇上題
詩云：

　　夾道朱樓一徑斜，王孫初遇富平車。青溪盡是辛夷樹，不
　　及東風桃李花。

辛夷乃《楚辭》中重要的香草，具有芳潔與忠良之喻。不過在這首詩
中卻說辛夷比不上桃李，其乃暗喻李香君雖是妓女，但其貞烈的情操
卻不輸給那些忠良，在整部作品中李香君實是最有氣節的正義之士，
故在這裡的桃花實具有高尚的情操象徵，《桃花扇小識》提到：

　　桃花者，美人之血痕也；血痕者，守貞待字，碎首淋漓不
　　肯辱於權奸者也；權奸者，魏閹之餘孽也；餘孽者，進聲
　　色，羅貨利，結黨復仇，驟三百年之帝基者也。帝基不存，
　　權奸安在？唯美人之血痕，扇面之桃花，噴噴在口，歷歷
　　在目，此則事之不奇而奇，不必傳而可傳者也。人面耶？
　　桃花耶？雖歷千百春，豔紅相映，問種桃之道士，且不知
　　歸何處矣。〔註234〕

因此《桃花扇》之桃花既有美人之喻，又具有守貞不屈的情操之喻，
故桃花實具有德色雙美的價值象徵。由於明代中晚期以來，桃花的意
涵已經逐漸從唐宋以來的負面意涵跳脫，故在遺民表達亡國之悲時，
桃花也能具有貞潔的情操象徵。又如林古度〈桃花〉：

　　幾樹桃花一色紅，野人籬落見春風。種來無意看偏好，開
　　到多時賞復空。可奈蜂蝶羣採處，亦聞雞犬數聲中。曾宜
　　潘岳閒居賦，別有芳名自不同。〔註235〕

〔註233〕　（清）徐世昌輯：《清詩匯》（北京：北京出版社，1996 年），卷 11，
　　　　　頁 90。
〔註234〕　（清）孔尚任：《桃花扇傳奇小識》，收於蔡毅：《中國古典戲曲序
　　　　　跋匯編》（山東：齊魯書社，1989 年），第三冊，頁 1602。
〔註235〕　（清）徐世昌輯：《清詩匯》（北京：北京出版社，1996 年），卷 12，

這首詩主要是表達潘岳〈閒居賦〉裡的桃花與眼前自己栽種的桃花不同。桃花本無品格高低之別，但潘岳在〈閒居賦〉裡表達出退隱閒居之樂，實則人品低劣，而這就讓他栽種的桃花也顯得卑劣，因此詩人巧妙的透過潘岳的桃花，來反襯出眼前桃花主人品格的高貴。可以說在明遺民的詩歌中，桃花意象的象徵意涵已經有了全新表現，形成一種與宋遺民梅、蘭價值的不同意象運用。

　　二者，清代的詠花詩對於人民生活的貧苦表達出特別的關懷。傳統詠花詩不外是詠讚花卉的美，不然就是比德或寄託個人情感，因此清代詩人透過花卉表達對於民生關懷就顯得別具特色，例如清德宗載湉〈賞菊〉：

> 金英爛漫繞朱欄，佳色清香秀可餐。不看菊花看稼穡，我
> 知民事甚艱難。〔註236〕

光緒皇帝這首詩乃是將原本樂己的賞菊悅事，轉而表達心繫人民疾苦的廉能。至於一般詩人則透過鄉村隨處可見的油菜花，去表達對於貧困人民的關懷，例如熊璉〈菜花〉：

> 尺土依然雨露匀，黃花燦燦蝶飛頻。朝來不厭臨窗看，也
> 算貧家一段春。〔註237〕

開得燦爛的油菜花，在詩人的眼底不只是美麗的風景，他更看到美麗的油菜花背後都是許許多多貧家寄望豐年的渺小願望。又如邱璋〈登中立閣看菜花〉：

> 寒不可襦饑不粟，多事雨珠更雨玉。天公欲救萬戶貧，徧
> 地黃金散千斛。去年亢旱田禾焦，阿香焚車炎帝酷。女媧
> 鏈石漏暗補，元冥醉眠頭緊縮。傾盆勢猛銀竹下，土膏近
> 喜春花熟。村南老翁拍手笑，轉凶為豐此其卜。先生不知

頁165。

〔註236〕　（清）徐世昌輯：《清詩匯》（北京：北京出版社，1996年），卷3，頁26。

〔註237〕　（清）徐世昌輯：《清詩匯》（北京：北京出版社，1996年），卷186，頁3082。

農與圖，但博奇觀享清福。〔註238〕

不知莊稼艱辛的賞花者，視眼前油菜花是滿足自己眼福的美麗風景，但卻不知許多農民卻用一種極度擔心的心情在面對這眼前油菜花的生長，詩人藉由油菜花表達出深切的民生關懷。白居易〈買花〉一詩就曾透過牡丹花來諷喻權貴窮奢極侈的生活。不過清代文人藉由油菜花這種平淡無奇的農村作物，透過不同身分眼中的風景，反而更能表現出深刻人民關懷。

　　大體而言，清代前期的遺民詩表達出文人對於故國之思與自我品德的堅持，除了用傳統的梅、蘭、竹、菊、松柏這些傳統具有比德價值的花木外，桃花也成爲詩人寄託國家及品德的象徵，而這正是清代遺民詩的重要特色。另外清代中晚之後國勢日衰，詩人對於現實的關懷加深，因此常透過具有民生象徵的油菜花來表達他們對於人民的關懷。

結　論

　　由於花卉很早就與人們的生活密切相關，因此很早就成爲詩歌吟詠的對象。在先秦時期，《詩經》中成爲人們吟詠的植物物象通常都是與人們實際生活有密切相關的植物，人們透過花卉所表達的情感，通常是與戀愛及婚嫁有關。由於花卉美麗的樣貌與美麗的女子之間能夠產生直接的類比，因此也開啓了以花喻女子的寫作方式。而由南方楚國文化所孕育出來的《楚辭》，則受楚地巫術風俗的影響，其植物意象多與巫術具有直接的關係。而在經過屈原予以轉化之後，成爲一種文人用以寄託生命情志的象徵符號。不過《楚辭》中的植物，多半仍以具有香氣的植物爲主，花卉本身亦不是受到重視的部位。大體而言，先秦文學中的植物意象通常都與人們的生活功能有關，因此無實際生活功用的花卉通常難以成爲人們重視的物象。不過《詩經》

〔註238〕　（清）徐世昌輯：《清詩匯》（北京：北京出版社，1996年），卷111，頁1743。

和《楚辭》還是分別從花卉的外在形色與內在的價值，賦予了花卉豐富的文學意涵，並影響後世的花卉描寫。

到了兩漢六朝時期，人們對於美開始有了自覺，因此花卉開始成為人們審美的重要對象，詠花的作品也開始出現。不過這時期的主要文學形式是賦，因此詠花的作品主要都出現詠物賦當中，而詠花詩則晚到南朝時期才大量出現。這種現象主要是受到人們對於這兩種文體的不同寫作要求，亦即賦主要是用以體物，而詩是用以言志。因此南朝以前詩歌中的花卉書寫，大體是延續《楚辭》比興寄託的情志書寫。而至南朝時，隨著詠物詩的興盛，詠花詩的創作也多了起來，不過受到南朝宮體與女性書寫風氣的影響，詠花詩因而也呈現出濃烈的女性內涵，並開啓了以女子喻花的表現手法。此外從兩漢六朝的詠物作品中，可以發現人們最喜歡詠讚的花卉通常都是具有養生或仙藥的特質，如蓮、菊、桃；而南朝的文人則偏愛具有愛情與女性意涵濃厚的荷花與零落傷逝之悲的梅花。整體而言，荷花是兩漢六朝最受人們歡迎的花卉，因此最常成為吟詠的對象。

進入唐代詩體大備，詠物詩的創作也已經成熟。不過唐代詠花詩真正開始盛行，則要從杜甫開始。杜甫的詠花詩影響了白居易等人，透過詠花以諷刺時弊。另外由於中唐時期牡丹風行天下，加上這時期文人開始喜歡親自栽花與構築園林，都進一步刺激文人詠花詩的創作。晚唐則因時代衰敗，人們透過花卉寄託了無望的哀傷，加上此時唯美的詩風興起，詠花詩也呈現出哀感頑豔的詩歌風格。大體而言，唐代的詠牡丹詩雖然在數量比不上桃花與荷花，但卻是最能代表唐代時代精神的花卉。

到了宋代，由於受到理學影響，因此詩歌中的花卉意象常具有濃烈的比德價值。另外宋人講才學、好議論、喜歡描寫生活逸趣的特性亦反映在詠花詩之中。而宋人對於「韻」的追求，也將讓花卉的審美，從傳統的體物提高至更高的美感層次。至於宋詞則充分展現出花卉原本所具有的女性特質，因此花卉成為宋詞中閨怨書寫的重要意

象。而宋人於宋詩中不太書寫的傷春悲秋與士不遇的幽怨，則在宋詞
中有更多的呈現。如果說宋詩是宋代文學理性陽剛的價值書寫，那麼
宋詞則是感性陰柔的情感抒發，因此文人詠花的內涵也就有根本的
差異。

第四章　桃花意涵的演變

　　根據相關古史及傳說可知，中國北方自古以來就存在著大片的野生桃花林〔註1〕，是中國早期非常普遍的植物。由於栽培容易、果實甜美，從龍山文化的考古遺跡中發現的桃仁可知，在新石器時代到殷商時就期人們就已經開始採食〔註2〕。此外桃除了食用的價值外，也是先民重要的建材及武器，而桃花的開花時間更是判定春天時序的重要物候，也因爲它在生活中扮演著相當重要的角色，因此桃很早就被神化而出現在早期初民的神話傳說之中，並成爲重要的巫儀象徵物，例如桃弧、桃符等辟邪物。由於桃樹很早就與先民的生活密切相關，故在《山海經》、《詩》、《禮》、《爾雅》這些經典中，就已經有了許多桃的相關記載。

　　桃不僅很早就出現在先民神話與傳說之中，甚至於在先民的生活焦點都還集中在可食的果實時，桃花鮮艷的花朵就已經領先群芳成爲先民最早歌詠的花朵之一。而桃花意象更是在後世文學中，發展出相當豐富的象徵意涵，而成爲歷代詩歌中相當重要的花卉意象。直到

〔註1〕從《山海經》中〈中山經〉、〈北山經〉、〈東山經〉等篇，可略知桃的分佈相當廣泛，且有廣達三百里的桃林。另外〈海外北經〉記載夸父神話中，夸父死後其杖化爲千里鄧林，鄧林即桃林；而在《尚書‧周書》中：「放牛于桃林之野」，是桃林最早記載的史證。

〔註2〕渠紅岩：《中國古代文學桃花題材與意象研究》（北京：中國社會科學出版社，2009年12月），頁5。

今日與桃的相關象徵與習俗都還是處處可見，如壽桃、桃花運、桃花劫等。因此桃在文學、宗教、民俗、語言乃至於生活各方面的豐富象徵與廣大的影響，是其它花卉所遠遠比不上的。也因為桃的象徵意涵相當多元而複雜多變，本文擬就從桃的神話傳說、女子意涵、桃花源、德行意涵以及文學審美等五大方向，以釐清桃意象在詩歌中的演變軌跡與審美的變化。

第一節　桃花的神話意涵

一、桃的辟邪象徵

　　桃在後世的民俗中，具有辟邪與仙果的重要象徵。溯其源頭，可以發現在上古的神話中，桃就已從純粹的食物角色，另外被賦予了特殊的巫術神奇的象徵。《論衡‧訂鬼》內文中引用了一段今本《山海經》已佚的桃神話：

> 蒼海之中，有度朔之山，上有大桃木，其屈蟠三千里，其枝間東北曰鬼門，萬鬼所出入也。上有二神人，一曰神荼，一曰鬱壘，主閱領萬鬼。惡害之鬼，執以葦索而以食虎。於是黃帝乃作禮以時驅之，立大桃人，門戶畫神荼、鬱壘與虎，懸葦索以禦。〔註3〕

從上述文字可知桃木很早就具有辟邪的作用，立大桃人，門戶上畫神荼、鬱壘，是後世畫桃符禦凶魅習俗的源由。《藝文類聚》引莊子佚文提到：「插桃枝於戶，連灰其下，童子入不畏，而鬼畏之。」〔註4〕由此可知至少在先秦時期，人們就相信桃具有辟邪、驅鬼的巫術作用。然而桃木為何具有禦凶魅的辟邪作用，各家說法歸納約有四種可能：

〔註3〕　（漢）王充：《論衡》（臺北：國立編譯館，民國94年4月），卷22，頁2487。

〔註4〕　（唐）歐陽詢等撰：《藝文類聚》（臺北：文光出版社，1974年8月），第3冊，果部‧上，頁1468。

　　一者，桃花豔紅的花色與血的崇拜有關。在初民眼中，血無疑是生命的表徵，具有神秘的力量。因此自古就有殺牲取血以享諸神、先祖的祭祀習慣。甚至會在新鑄的鐘、鼎器物上以血釁之，用以避除不祥並獲得靈力，漢鄭玄注《周禮》曰：「釁者，殺牲以血之，神之也。」〔註5〕因此楊景鶴說：

> 我以為造成桃的辟邪能力可能有多種，其中最重要的恐怕還是由於桃花的顏色——紅色。桃花很普遍，開起來又繁盛，一片嫣紅，予人印象頗深。古人對於紅色有一種特殊的感覺，是混合了恐懼，敬畏和神秘的感覺。這或許和血液的紅色有關，在初民的觀念中，血是一種神秘的東西，是生物精氣所在、生命力所聚集的地方；關著生和死、存和亡的大轉變。以中國古代來說，祭祀時要殺牲，會盟時要歃血，遇到突臨的災異，也要奉犧牲，所有這些神聖儀式中，無不用血來立誓或奉獻。〔註6〕

對於血的崇拜，演變到後來可能就發展成為中國人尚紅的習性。由於人們認為紅充滿喜氣可以避去邪氣，因此凡喜慶無不與紅掛搭在一起。於是桃花豔紅的花色與淡紅的果實，也就自然也就與紅所具有的除穢辟邪的象徵掛鉤在一起，而具有辟邪的象徵意涵。雖然美麗的桃花很難讓人直接聯想到血，但看到《本草綱目》中的記載「三月三日收桃花，七月七日收雞血，和塗面上，三二日後脫下，則光華顏色也。」〔註7〕將雞血與桃花摻雜在一起塗臉，看似突兀卻有著長久的淵源。因為桃花與雞都具有光明除魅的象徵，並且經常一起使用，《晉書·禮志》記載「歲旦，常設葦茭、桃梗，磔雞於宮及百

〔註5〕　（漢）鄭玄注、（唐）孔穎達正義：《周禮注疏》（臺北：藝文印書館，1977年），頁374。

〔註6〕　楊景鶴：〈方相氏與大儺〉，《中央研究院歷史語言研究所集刊》第三本（臺北：中央研究院歷史語言研究所，1960年12月），頁164～165。

〔註7〕　（明）李時珍：《本草綱目》（北京：人民衛生出版社，1993年），卷29，頁1747。

寺之門，以禳惡氣」〔註8〕，因此《本草綱目》這帖藥方可能就與桃
和雞血原始辟邪的巫術密切相關。由崇拜血所象徵的生命能，轉移
到桃花的花色的聯想，並與桃花紅顏美麗的象徵相結合而所產生的
藥方。

　　二者，桃花燦紅的花色與日出光明的象徵有關。在中國最早的神
樹崇拜中，與衣食相關的桑樹被人們崇拜，而有「日出扶桑」的神話。
而被人們喜愛的桃樹也被當成神樹崇拜，而有相關的神話，（宋）李
昉《太平御覽》提到：

> 東南有桃都山，山上有樹，樹上有雞，日初出照此木，天
> 雞即鳴，天下之雞感之而鳴。〔註9〕

太陽一出，先照耀這棵大桃木，天雞隨之而鳴，黑暗頓時褪去，因此
桃和雞很早就具有光明的象徵。（今臺灣民俗入宅、結婚亦會準備雞
隻，名為「帶路雞」，實為光明除穢意涵的延伸）。《抱朴子》：「崑崙
山有玉桃形如世間桃，但光明洞澈。」〔註10〕另外《太平御覽》引師
曠問天老曰：「井上種桃，花落井，二不祥也。」〔註11〕桃花具有太
陽光明的象徵，若入於井中則光明隱蔽，因而有不祥的徵兆。故《尸
子》曰：「日在井中，不能燭遠。」〔註12〕唐孤獨授〈蟠桃賦〉：「配
若木以相望，冠扶桑而特起。乃煥初陽之杲杲，壓巨海之漫漫。」
〔註13〕賦中將蟠桃與扶桑、若木並列，即說明三者在神話中都與初陽
相關，並具有光明的意涵。然桃樹為何會與日出光明的意涵相關聯，

〔註8〕　（唐）房玄齡等人合著，收於楊家駱主編：《新校本晉書附編六種一》
　　　　（臺北：鼎文書局，1976 年），卷 19，頁 601。

〔註9〕　（宋）李昉：《太平御覽》（臺北：國泰文化出版社，民國 69 年 1 月），
　　　　頁 4288。

〔註10〕　（晉）葛洪：《抱朴子》（臺北：五南出版，2001 年 1 月），內篇卷
　　　　20，頁 731。

〔註11〕　（宋）李昉：《太平御覽》（河北：河北教育出版社，1994 年 7 月），
　　　　卷 189，頁 781。

〔註12〕　同上註，頁 862。

〔註13〕　（清）董誥奉敕、（清）陸心源補輯：《全唐文及拾遺》（臺北：大化
　　　　書局出版社，民國 76 年 3 月），卷 456，頁 2029。

很可能是與桃花豔紅若朝霞的花色有關。〔註14〕韓愈：「種桃處處唯開花，川原近遠蒸紅霞」〔註15〕、李商隱：「柳飛彭澤雪，桃散武陵霞。」〔註16〕，「霞」是詩人們常用以形容大片爛紅桃花的常用物象。這種桃紅的視覺感，相信先民也很容易產生日出關聯，再由日出光明而產生出退卻黑暗與邪惡的象徵。

　　三者，桃木曾是先民早期使用的武器，因而從禦敵的作用而產生禦凶辟邪的聯結。《左傳》昭公十二年曾提到「昔我先王熊繹，辟在荊山，蓽路藍縷以處草莽。跋涉山林以事天子。唯是桃弧棘矢以共禦王事。」〔註17〕楚國先祖以桃弧、棘矢這些武器，胼手胝足艱辛的建立王國。另外《吳越春秋·越王勾踐陰謀外傳》「自楚之三侯傳至靈王，自稱之楚累世，蓋以桃弓棘矢而備鄰國也。」〔註18〕足見早期先民曾以桃木製作武器。此外《周禮·冬官·考工記》亦提到：「攻金之工：築、冶、鳧、栗、段、桃。」〔註19〕、「桃氏為劍，臘廣二寸有半寸」〔註20〕，為何冶金及鑄劍之工姓桃呢？這或許也是由於早期製作武器的工匠主要是以桃木為材料有關。因此後世雖然已經使用金屬製作的武器，但初民在弱肉強食的蠻荒中，隨手可得的桃木武器對於赤手空拳的人們而言，它所產生的安全感早已經深入心中，即使已不再以桃木為武器，但禦凶的象徵卻被保留下來，成為辟除不祥的工具。英國人類學家泰勒（1832～1917）提到某些工具、設備、風俗、觀念，雖然失去原有的功能和意義，但由於慣性的力量，仍會以一種

〔註14〕星舟：〈神桃五題──中國神話敘事結構研究之二〉，《華中理工大學學報》，1994年第一期，頁85。

〔註15〕《全唐詩》第10冊，卷338，頁3789。

〔註16〕《全唐詩》第16冊，卷540，頁6219。

〔註17〕（春秋）左丘明撰、（晉）杜預注、（唐）孔穎達正義：《春秋左傳正義》（臺北：藝文印書館，1977年），頁794。

〔註18〕（漢）趙曄撰：《吳越春秋》，《四部備要·史部》（臺北：中華書局，民國54年），卷9，頁7。

〔註19〕（漢）鄭玄注、（唐）孔穎達正義：《周禮注疏》（臺北：藝文印書館，1977年），頁596。

〔註20〕同上註，卷39，頁617。

殘留物的形式，繼續留存於後世，因此桃木具有辟除不祥的作用，很可能就是初民使用桃木武器的殘餘的現象。〔註21〕在古籍中可以發現使用桃製武器以掃除不祥的相關記載，《左傳》昭公四年：「古者日在北陸而藏冰，⋯⋯其出之也，桃弧荊矢，以除其災也。」〔註22〕《左傳》襄公二十九年：「乃始用以桃、茢先袚殯」〔註23〕。《禮記·檀弓》：「君臨臣喪，以巫祝桃茢執戈，惡之也。」鄭玄注云：「桃，鬼所惡。茢，萑苕，可掃不祥。」〔註24〕呂思勉提到：「古人於植物多有迷信，其最顯而易見者爲桃。君臨臣喪，以巫祝桃茢執戈，以共禦王事是也。羿死桃棓，蓋亦由是。」〔註25〕由此可知，桃具有辟邪的作用而可能是由禦敵作用的殘留。

四者，受語言巫術的影響。中國人認爲某物的語音若與某種人們期待的吉祥相同時，通常該物就會被視作一種感召的吉祥物，例如蝙蝠有「福」的象徵，而桂花有「貴」的隱喻。由於「桃」的語音與「逃」的古今音皆同，清朱駿聲提到「桃，所以逃凶也。」〔註26〕面對不祥，人們渴望能夠從中脫逃，免除邪惡的傷害。例如在元代戲曲《桃花女鬥周公》中，若從故事人物的象徵來分析時，可以發現周公所代表的是生死的自然定理，於是每當周公占算某人的死劫時，桃花女則教以法術，助其死裡逃生，因此桃花女所象徵的正是「逃」的隱

〔註21〕（英）愛德華·泰勒著、連樹聲譯：《原始文化——神話、哲學、宗教、語言、藝術和習俗發展之研究》，上海文藝出版社，1992 年 8 月版，頁 166。

〔註22〕（春秋）左丘明撰、（晉）杜預注、（唐）孔穎達正義：《春秋左傳正義》（臺北：藝文印書館，1977 年），頁 728～729。

〔註23〕（春秋）左丘明撰、（晉）杜預注、（唐）孔穎達正義：《春秋左傳正義》（臺北：藝文印書館，1977 年），頁 765。

〔註24〕（漢）鄭玄注、（唐）賈公彥疏：《禮記正義》（臺北：藝文印書館，1977 年），頁 171。

〔註25〕呂思勉：《呂思勉讀史札記》（臺北：木鐸出版社，1983 年 9 月），頁 1307。

〔註26〕（清）朱駿聲：《說文通訓定聲》（臺北：世界書局，1952 年 2 月），頁 281。

喻。〔註27〕《古樂府・雞鳴》「蟲來齧桃根，李樹代桃殭。」〔註28〕
雖然原本的意涵是捨身為友，具有堅定情誼的象徵，但後來「李代桃
殭」卻有代人受災的意涵，巧合的是逃過一劫的「桃」，與「逃」的
意涵還真有幾分的契合。

二、仙桃的意象演變

　　桃除了辟邪的象徵外，仙桃的傳說更是在文化與民俗中佔有非
常重要的地位。不過作為長壽象徵的桃子，相較於其他果樹而言，桃
樹的壽命相對短了許多，反而有短命樹之稱，明文震亨《長物志》提
到：「桃性早實，十年輒枯，故稱短命花。」〔註29〕桃樹種下後三年
就能結果，但七八年就開始老化，果實開始變小，十年就枯死。因此
桃子會被當成為仙果，並不是從桃子樹齡的生物特性產生，反而可能
是由桃子的美味以及子實繁多所產生的崇拜有關，《焦氏易林》提到：
「桃李花實，累累日息。長大成熟，甘美可食，為我利福。」〔註30〕
足見美味與繁殖是古人對於桃樹最深的印象。由於人們的生存仰賴植
物供給糧食、蔽體及構屋庇護等重要生活所需，因此這些與初民生活
密切的植物通常也會被神化而被崇拜。從古籍記載中可以發現，會被
上古人們神化而加以崇拜的植物，主要是與食衣密切相關的桑樹和穀
類植物，其次是桃、葦、菖蒲等這些與生活相關的植物。〔註31〕桃雖
然不是主食，但果實特別甜美因而被特別看重。《山海經》提到：「不
周之山……，爰有嘉果，其實如桃，其葉如棗，黃華而赤柎，食之不

〔註27〕 郝譽翔：〈「桃花女」中陰陽鬥與合：一個儀式戲劇的分析〉，《中外
　　　　文學》第 26 卷第 9 期（1998 年 2 月），頁 71〜94。
〔註28〕 《先秦漢魏晉南北朝詩》，漢詩卷 9，頁 258。
〔註29〕 （明）文震亨《長物志》，收於（清）金忠淳：《百部叢書集成》金
　　　　氏硯雲書屋刊本 515 冊（臺北：藝文印書館，1996 年），頁 5。
〔註30〕 （漢）焦延壽：《焦氏易林》（北京：中華書局，1985 年），卷一〈小
　　　　過卦〉，頁 52。
〔註31〕 朱天順：《中國古代宗教初探》（上海：上海人民出版社，1982 年），
　　　　頁 84〜85。

勞。」〔註32〕山海經所提到的嘉果雖然沒有說是桃樹所生，但形容嘉果就如同桃子，足見桃子在先民心中的地位。另外從春秋時晏子獻計齊景公以二桃殺三士的故事可知，桃甚至可以當君王犒賞功臣的珍果。另外《孔子家語》亦記載「孔子侍坐於哀公，賜之桃與黍焉。哀公曰：『請食。』孔子先食黍而後食桃，左右皆掩口而笑。公曰：『黍者所以雪桃，非爲食之也。』」〔註33〕黍是五穀之長，宗廟祭祀上重要的祭品，但卻是要用來擦去桃子表面的纖毛，而不是用來吃，足見桃的重要性雖然比不上作爲糧食的黍，但在人們心中的價值卻非常高。甚至於日後凡是美味的佳果，總會加上個「桃」，例如櫻桃、楊桃、核桃等。

由於桃的花、果在人們的心中產生的美好感覺，於是人們也就容易將之投射到集世間所有美好的神仙想像世界，成爲神仙世界中美味的仙果，並逐漸衍生成具有延年益壽乃至長生的仙桃的傳說。從文獻來看，《山海經》裡所描述的桃，頂多只是「食之不勞」的嘉果，不是所謂的不死之藥，更與西王母更是沒有關係。直到《尹喜內傳》中：「老子西遊，省太眞王母，共食碧桃、紫梨。」〔註34〕桃這時才與西王母有了關聯，並成爲日後道教重要的仙果。有關桃子的神性傳說與神仙故事主要是在漢代開展出來，這時桃子已經成爲仙話小說中非常喜歡使用的題材。《博物志》西王母賜桃漢武帝是最典型的故事：

> 漢武帝好仙道，祭祀名山大澤，以求神仙之道。時西王母遣使乘白鹿告帝當來，乃供帳九華殿以待之。七月七日夜漏七刻，王母乘紫雲車而至於殿西，南面東向，頭上戴七種，青氣鬱鬱如雲。有三青鳥，如烏大，使侍母旁。時設九微燈。帝東面西向，王母索七桃，大如彈丸，以五枚與

〔註32〕袁珂：《山海經校注》（臺北：里仁書局，1995 年 4 月初版），西山經卷二，頁 40。
〔註33〕（三國）王肅：《孔子家語》，《四部備要・史部》第 287 冊（臺北：中華書局，民國 54 年），頁 4。
〔註34〕《廣群芳譜》，頁 1289。

帝，母食二枚。帝食桃輒以核著膝前，母曰：「取此核將何
爲？」帝曰：「此桃甘美，欲種之。」母笑曰：「此桃三千
年一生實。」唯帝與母對坐，其從者皆不得近。時東方朔
竊從殿南廂朱鳥牖中窺母，母顧之謂帝曰：「此窺牖小兒，
嘗三來盜吾此桃。」帝乃大怪之。由此世人謂方朔神仙
也。〔註35〕

故事所強調的是桃的甘美與人間所無的神異性，並未提及長生或成
仙的功用。在漢魏許多仙桃的相關描述裡，儘管充滿神奇的作用，卻
未必如「靈芝」、「朱草」這類道教中具有不死藥象徵的仙草一樣，服
食之後可保永生。因此食桃所代表的通常是遇仙的重要象徵，而不
是成仙的保證，例如《列仙傳・葛由》提到：「得綏山一桃，雖不得
仙，亦足以自豪。」〔註36〕另外在劉晨、阮肇遇仙的故事中吃了仙桃
之後，雖「飢止體充」，且返回人間已隔七世，但卻未明言不死或成
仙。其原因可能是桃原本就是人們生活中相當熟悉的水果，它直接帶
給人們的是美味以及身體滋養的感覺，由於美好的食物特性一直被人
們所保留著，因此與「靈芝」、「朱草」這類藥用的植物所直接賦予的
象徵明顯不同。不過仙桃既然已有仙人食物的象徵，那麼最後演變爲
成仙之藥也就自然而然了。所以《齊民要術》中便引用《神農本草經》
所說：「玉桃服之長生不死，若不得早服，臨終日服之，其尸畢天地
不朽。」〔註37〕。

　　總之，人們對於桃的崇拜，是從先秦《山海經》中「食之不勞」
的嘉果。到了漢代以後隨著道教神仙信仰的影響，桃與西王母產生緊
密的關聯，並成爲仙人的食物，且食仙桃能夠使人「飢止體充」，更
是遇仙的重要象徵。最後仙桃在濃厚的仙家食品的象徵中，亦演變成

〔註35〕（晉）張華：《博物志》，收於《四部備要・子部》（臺北：中華書局，
　　　　　1966年），卷三，頁1～2。

〔註36〕（漢）劉向：《列仙傳》（臺北：廣文書局，1989年2月），卷上，頁
　　　　　10。

〔註37〕（北魏）賈思勰、繆啓愉校釋、繆桂龍參校：《齊民要術校譯》（臺
　　　　　北：明文書局，1986年1月），頁575。

為具有不死之藥的象徵。

只是這些神奇的仙桃傳說，在中唐反仙風潮興起後之後，反倒是成為一種可笑的虛妄，而成為詩人諷刺的對象，韋應物〈漢武帝雜歌〉：「雖留桃核桃有靈，人間糞土種不生；由來在道豈在藥，徒勞方士海上行。」〔註38〕詩中借用漢武帝遇西王母的典故，用以諷刺熱衷服食的唐玄宗。於是隨著求仙熱潮的消退，桃在真實的世界中，也逐漸回歸成單純的水果，因此《本草綱目》說：「生桃多食，令人膨脹及生癰癤，有損無益。五果列桃為下以此。」〔註39〕比起《神農本草經》中充滿神異的說法，《本草綱目》對於桃的看法，可說是完全回歸到現實世界中以理性的看待，甚至認為是多食無益，且是五果之中最低下的水果。

第二節　從桃花流水到桃花源

一、桃花的春天意涵

華夏文明自古就以農立國，因此對於季節時序的變化一向特別重視，而其中尤以春天正式降臨的時間，特別關乎農業的生產。對於初民而言，大自然中明顯可辨且容易掌握的方式，莫過於春天開花的植物，而其中就以分佈廣泛且豔紅的桃花是最明顯且準確的物候徵象，《禮記・月令》提到：「始雨水，桃始華，倉庚鳴，鷹化為鳩。」〔註40〕一旦春雨下、桃花開，候時而耕的農民就可以掌握正確播種的時間，因此傳統上都是以桃花作為春天最重要的信息，漢崔寔《四民月令》：「三月三日桃花盛，農人候時而種也。」〔註41〕由於桃花是耕

〔註38〕《全唐詩》，卷195，頁2006。

〔註39〕（明）李時珍：《本草綱目》（北京：人民衛生出版社，1993年），卷29，頁1747。

〔註40〕（漢）鄭玄注、（唐）賈公彥疏：《禮記正義》（臺北：藝文印書館，1977年），頁298。

〔註41〕（宋）李昉：《太平御覽》（上海：上海書店，1985年《四部叢刊》），

種時機的重要信息，一旦桃花開花的時間點錯誤了，也會被視爲災異的象徵，《逸周書・時訓解》：「驚蟄之日，桃始華，又五日，倉庚鳴，又五日，鷹化爲鳩。桃始不華，是謂陽否。」〔註42〕桃花是否在驚蟄時準確開花，被視爲陰陽是否諧和以及氣候是否正常的重要先兆，因此凡是桃花異常開花或結果都會被視爲災厄的象徵，而被史書慎重的記錄下，例如：《漢書・五行志》：「惠帝五年十月，桃李華。」〔註43〕《漢書・成帝本紀》建始四年記載：「夏四月雨雪，秋桃李實。」〔註44〕華夏民族以農立國，對於季節時序的規律非常重視，桃花依正常時序開花，在古代就是一種君主有德的德世象徵。因此一旦規律的季候異常，就會認爲是上天對於統治者的警訊或是妖孽作怪的災異。〔註45〕這時君主必須省刑罰、薄稅賦以平息災異，《晉書・五行志》：提到「吳孫亮建興元年九月，桃李華。孫權世政煩賦重，人彫於役。是時諸葛恪始輔政，息校官，原逋責，除關梁，崇寬厚，此舒緩之應也。一說桃李寒華爲草妖，或屬華孽。」〔註46〕雖然從今天科學的角度來看顯得有些迷信，但卻不是沒有道理的恐懼。現代科學稱這種植物不正常開花的情況爲「反季開花」，通常是在植物對於環境感受到威脅而產生的不正常開花現象。對於古代落後農耕條件而言，任何環境上的變異都會嚴重影響收成，一旦饑荒必然導致動亂，因而對政權產生嚴重威脅。從中亦可以看出桃花對於古人的生存環境所具有的重要指標意義。而它所象徵的春天意涵更是其他花卉所比不上的，因此在先民眼中桃花是一種特別具有春天物候的象徵物。不過桃花這種因

卷 967，頁 1。

〔註42〕黃懷信等著，李學勤審定：《逸周書匯校集注》（上海：上海古籍出版社，1995 年），卷 6，頁 16。

〔註43〕（漢）班固：《漢書》（臺北：鼎文書局，1979 年），頁 1412。

〔註44〕（漢）班固：《漢書》（臺北：鼎文書局，1979 年），頁 308。

〔註45〕關漢琪：《中國「桃」文化研究——以古典戲曲爲例》（台中：逢甲大學中國文學系碩士論文，2004 年 6 月），頁 54。

〔註46〕（唐）房玄齡：《晉書》（臺北：鼎文書局，1979 年），卷 28，頁 857。

農耕需求而發展成為春天物候象徵物，在後世詩歌中多半已轉而從審美的角度來象徵春色的浪漫，例如李白：「桃李出深井，花豔驚上春。」〔註47〕宋李彌遜〈點絳唇〉：「花信爭先，暗將春意傳桃李。」明袁宏道〈郊外送客即席〉：「人物喧闐煙樹裡，桃花如錦爛春城。」〔註48〕後世詩詞中桃花的春天意涵，雖然多半是強調在春色裡桃花的絢麗色彩，但不管是從先民的實用需求，還是後世文人審美的角度，桃花自始自終都是中華文化中最具春意的象徵花卉。

二、桃花流水——從節氣象徵到詩歌意象

從桃花開、春雨下、春水漲的春天物候慣性中，還形成了「桃花水」這個相當重要的春天象徵，顏師古云：「月令：『仲春之月，始雨水，桃始華。』蓋桃方華時，既有雨水，川穀冰泮，眾流猥集，波瀾盛長，故謂之桃華水耳。」〔註49〕由於中國人向來喜歡用具體的事物來形容抽象概念的特性。由於伴隨桃花開的春雨，讓枯竭已久的河川水位頓漲，故被稱為桃花水。桃花水一詞最早是出現在西漢韓嬰的《詩外傳中》中，在漢代的意涵中通常是作為春天的河水的代稱，而且只是單純作為一種自然物候情況的描述，並非具有文學上的象徵意涵。〔註50〕真正從實際的自然現象轉變為文人詩歌中的意象，是開始於魏晉南北朝，這時桃花與流水所構成的是一幅明媚的春光風情，南朝張正見〈賦得魚躍水花生〉：「漾色桃花水，相望濯水流。」〔註51〕北周王褒〈燕歌行〉：「初春麗日鶯欲嬌，桃花流水沒河

〔註47〕《全唐詩》，卷163，頁1691。
〔註48〕（明）袁宏道：《袁中郎全集》（臺北：世界書局，1978年2月），頁171。
〔註49〕（漢）班固：《漢書》（臺北：藝文印書館，民國85年），卷29，頁870。
〔註50〕渠紅岩：《中國古代文學桃花題材與意象研究》：（北京：中國社會科學出版社，2009年12月），頁149。
〔註51〕《先秦漢魏晉南北朝詩》（臺北：藝文印書館，1975年），陳詩卷3，頁2495。

橋。」〔註 52〕杜甫〈春水〉：「三月桃花浪，江流復舊痕。」〔註 53〕
〈南征〉：「春岸桃花水，雲帆楓樹林。」〔註 54〕郭祥正〈憶敬亭山
作〉：「桃花流水三月深，柳絮披烟辭故林。」〔註 55〕正值春意萌發，
紅花綠水自是一幅極美的視覺景觀，因此取之爲詩歌意象，自能於人
內心勾勒一幅春色明媚的視覺形象，激發起強烈春天感受，因此也成
爲文人喜愛的春天意象。

三、桃花源與隱逸象徵的形成

　　「桃花流水」不僅是桃花春日風情的視覺意象而已，其尙有隱
逸的重要象徵。（唐）張志和著名的〈漁歌子〉：「西塞山邊白鷺飛，
桃花流水鱖魚肥。青箬笠，綠簑衣，斜風細雨不須歸。」〔註 56〕詩句
中的「桃花流水」看似寫景實則寄寓著漁父閑適的隱逸之樂，（清）
王昶《清詞綜》：「志和之桃花流水，〈考槃〉、〈衡門〉之旨也。」
〔註 57〕〈考槃〉出於《詩經・衛風》，〈衡門〉出於《詩經・陳風》二
篇皆寓有隱逸的意涵。另外從詩名〈漁歌子〉中也可得知作者所暗
示的隱逸意涵，因受《莊子・漁父》及《屈原・漁父》的影響，漁父
自古就具有隱者的象徵。有趣的是〈桃花源記〉中的主角也是漁夫，
清吳景旭《歷代詩話》曰：「古來三漁父，一出莊子，一出屈子，一
出桃花源記，皆其洸洋迷幻，感憤膠葛，因托爲其辭以寄意焉。豈必
眞有其人哉？」〔註 58〕在〈桃花源記〉中漁夫與桃花流水的意象，雖
然不會讓人直接意會到它們潛在的關聯，但具有隱逸象徵的漁夫似

〔註 52〕 《先秦漢魏晉南北朝詩》（臺北：藝文印書館，1975 年），北周詩卷
　　　　 1，頁 2334。
〔註 53〕 《全唐詩》，卷 226，頁 2439。
〔註 54〕 《全唐詩》，卷 228，頁 2473。
〔註 55〕 《全宋詩》，卷 77，頁 8896。
〔註 56〕 《全唐詩》，卷 29，頁 418。
〔註 57〕 （清）王昶等著：《清詞綜》（北京：北京圖書館出版社，2006 年 8
　　　　 月），頁 31。
〔註 58〕 （清）吳景旭：《歷代詩話》（臺北：世界書局，1979 年 6 月），卷十，
　　　　 頁 110。

乎也間接的暗示著，作者在桃花流水的意象中，寄寓著一種與世隔絕
的隱逸的意涵。至於後世「桃花流水」的隱逸象徵主要是受到陶淵明
隱逸的人格特色，及〈桃花源記并詩〉的影響，例如李白〈山中問
答〉：「問余何意棲碧山，笑而不答心自閒。桃花流水窅然去，別有天
地非人間。」〔註59〕詩裡的桃花流水的意象就是受〈桃花源記〉的影
響，因而具有隱逸的象徵。另外出現在〈桃花源記并詩〉的植物意象
中不僅有桃花，尚有桑、竹、豆、菽、稷等諸多植物，而陶淵明將之
命為〈桃花源記〉，亦可以知道桃花在文章中具有明確的象徵意涵。
雖然桃花源是一個由陶淵明所形塑出來的故事，但以桃花作為理想國
的主要象徵，仍是受到漢以來神仙與仙桃傳說的影響。雖說桃花源
並不是一個神仙世界，但桃長期作為一種仙境或傳說中的神奇植物，
卻是最能烘托這個理想世界不同凡俗的特殊標誌物。且喜讀《山海
經》的陶淵明，自然不會錯過《山海經》中，這種屢屢被提到的神奇
嘉果——桃。是故這片桃花林雖然只是諸多景觀中的一景，卻是故
事中最能渲染美麗奇幻氛圍的意象。更重要的是桃花林也具有偃武
修文的和平象徵，《尚書·周書》：「乃偃武修文，歸馬于華山之陽，
放牛于桃林之野，示天下弗服。」〔註60〕周武王在平定天下後，于華
山及桃林放歸牛馬，以示不再用武的和平宣示。相關記載亦見於
《禮記》、《孔子家語》、《史記》等重要典籍，並在後世形成了一個止
戰和平的重要象徵。因此當西晉統一天下後，亦借用這個典故於洛
陽舉辦「華林園會」，當時文獻提到：「咸寧中，吳既平，上將為桃
林、華山之事，息役弭兵，示天下以大安。」〔註61〕這種和平止戰的
宣示，對於人心的安定顯然具有很大的安撫作用，也是德世的重要
象徵。西晉傅玄在〈桃賦〉中提到：「嘉放牛于斯林兮，悅萬國之義

〔註59〕《全唐詩》，卷178，頁1813。
〔註60〕（漢）孔安國傳、（唐）孔穎達正義：《尚書正義》（臺北：藝文印書
　　　館，1977年），頁160。
〔註61〕（南朝）劉義慶、徐震堮校箋：《世說新語校箋》（臺北：文史哲出
　　　版社，1989年），〈識鑒篇〉注引「竹林七賢論」，頁214。

安。」〔註62〕就是桃已具和平與德世象徵的明證。陶淵明身處東晉戰亂頻繁的時代，對於桃林的祥和世界必定更加嚮往，是故在桃花源的理想世界，桃花林正符合避亂世的安樂象徵，齊益壽提到：「這一大片桃花林當是暗用桃林的典故，以示偃兵息武，過太平安樂的日子」。〔註63〕另外在桃花源中的人們不僅不知朝代的更迭，生活更是一如古代的樸實，因此熱切想當無懷氏之民與葛天氏之民的陶淵明，必定不會忘記神話及傳說中所提到的，上古時期北方大地處處是桃花林的相關記載，所以這片桃花或林許正是寄託著上古美好生活的象徵景觀。且桃花源裡候時而作的生活形態，與自古就象徵物候時序的桃花有著密切的關聯，其詩曰：「相命肆農耕，日入從所憩。桑竹垂餘蔭，菽稷隨時藝。春蠶收長絲，秋熟靡王稅。……草榮識節和，木衰知風厲。雖無紀歷志，四時自成歲。」〔註64〕詩中處處表現著人依著自然時序生活的美好情境，而桃花正是最具有標示物候時序的象徵物，因此桃花似乎也象徵著合乎天時地利的自然農耕生活。

　　總之，在陶淵明的桃花源中，這片漁人所經過的桃林，不僅匯集著漢以來的仙桃傳說，也具有《尚書》放歸牛馬的和平意涵，甚至還包括遠古人們生活環境與生活時序的象徵。可以說桃花源正是匯聚了豐富的桃花文化於一處，成功的創造出一個令人嚮往的烏托邦世界，並發展成一個後世文人寄託隱逸思想的重要意象，對於後世文學與文化產生很深遠的影響。

　　桃花源的意象在南朝已經開始有詩人使用，如徐陵〈山齋〉：

　　　桃源驚往客，鶴嶠斷來賓。復有風雲處，蕭條無俗人。山寒微有雪，石路本無塵。竹徑蒙籠巧，茅齋結構新。燒香披道記，懸鏡厭山神。砌水何年溜，簷桐幾度春。雲霞一

〔註62〕（清）嚴可均編：《全上古三代秦漢三國六朝文》（臺北：世界書局，1961年3月），全晉文卷45，頁9。

〔註63〕齊益壽：〈《桃花源記并詩》管窺〉，《臺大中文學報》第一卷，1985年11月，頁296～297。

〔註64〕《先秦漢魏晉南北朝詩》，《晉詩》卷16，頁986。

　　已絕，寧辨漢將秦。〔註65〕

將陶淵明想像中的世界，借用來巧喻山齋這一方幽靜無俗客的棲居之
所，已經帶有隱逸的象徵意涵。隨著唐代隱逸之風的興起，桃花源隱
逸的意涵大量出現在盛唐時期的詩文中，不過這時的桃源所投射的已
不是躲避亂世的棲身之地，而是文人在仕途挫折之後心靈遁逃的棲
所，例如孟浩然〈南還舟中寄袁太祝〉：「沿沂非便習，風波厭苦辛。
忽聞遷谷鳥，來報五陵春。嶺北回征帆，巴東問故人。桃源何處是，
遊子正迷津。」〔註66〕身處盛世卻無法實現功名的困窘，桃源成為許
多文人在現實退縮後的避風港。另外，陶淵明筆下避世的桃花源，在
唐代也產生明顯仙化的轉變，由於受到道教求仙信仰的影響，吟詠仙
境與企慕成仙的意涵滲透進了原本樸實純真的田園風情，例如王維在
〈桃源行〉：

　　漁舟逐水愛山春，兩岸桃花夾去津。坐看紅樹不知遠，行
　　盡青溪不見人。山口潛行始隈隩，山開曠望旋平陸。遙看
　　一處攢雲樹，近入千家散花竹。樵客初傳漢姓名，居人未
　　改秦衣服。居人共住武陵源，還從物外起田園。月明松下
　　房櫳靜，日出雲中雞犬喧。驚聞俗客爭來集，競引還家問
　　都邑。平明閭巷掃花開，薄暮漁樵乘水入。初因避地去人
　　間，及至成仙遂不還。峽裏誰知有人事，世中遙望空雲山。
　　不疑靈境難聞見，塵心未盡思鄉縣。出洞無論隔山水，辭
　　家終擬長游衍。自謂經過舊不迷，安知峯壑今來變。當時
　　只記入山深，青溪幾曲到雲林。春來遍是桃花水，不辨仙
　　源何處尋。〔註67〕

雖然表面上看來還是歌詠〈桃花源〉中所描寫的故事，但詩中卻明顯
帶著濃厚的仙境氛圍，綺麗的景物意象與空靈的韻致，早已不是原本
桃花源中恬靜素樸的田園景色，柯慶明提到：「桃花源的仙境化，在

────────────

〔註65〕《先秦漢魏晉南北朝詩》，《陳詩》卷5，頁2530。
〔註66〕《全唐詩》，卷160，頁1635。
〔註67〕《全唐詩》，卷125，頁1257。

今日可見的資料中，當以王維爲最早。」〔註68〕在詩歌最後「春來遍是桃花水，不辨仙源何處尋。」更是將禪悟的境界巧妙的轉變隱逸避世的桃源意涵，此時桃源不再是外在於人世之外的仙境，人一旦解悟則處處是桃源，仕與隱的衝突遂得圓滿和諧。不過眞正讓陶淵明的桃花源逐漸仙道化的主要原因，應該還是受到桃所具有的神話性與仙境意涵的影響，此外南朝〈幽冥錄〉中劉晨、阮肇的故事，也悄悄的共同形塑桃花源的仙境意涵，並爲桃源注入了新的情愛意涵。

四、桃源的仙化與情愛化

南朝劉義慶《幽冥錄》中記載著劉晨、阮肇入天臺山採藥遇女仙食桃的故事，故事約略如下：

> 漢明帝永平五年，剡縣劉晨、阮肇共入天台山取穀皮，迷不得返，經十餘日，糧食乏盡，飢餒殆死。遙望山上有一桃樹，大有子實，而絕巖邃澗，永無登路。攀援藤葛乃得至。噉數枚，而飢止體充。復下山，持杯取水欲盥漱，見蕪菁葉從山腹流出，甚鮮新，復一杯流出，有胡麻飯糝，相謂曰：「此必去人徑不遠。」度出一大溪。溪邊有二女子，姿質妙絕，……因邀還家。……食胡麻飯、山羊脯、牛肉甚甘美。食畢行酒，有一群女來，各持五三桃子，笑而言：「賀汝婿來。」酒酣作樂，劉、阮忻怖交幷。至暮，令各就一帳宿，女往就之，言聲清婉，令人忘憂……〔註69〕

由於這個故事中亦出現桃樹與河流等意象，因此在後世的文學意涵中，也具有桃源的象徵意涵。事實上這個故事匯合了兩個桃子重要的象徵所形成，一個是桃子的神話傳說，另一個則是桃子的女性意涵。故事中入山採藥遇仙的內容，大體上還是承襲漢以來的神仙故事與仙桃傳說，由於桃子原本就具有相當濃厚的仙境象徵，因此劉晨、阮肇

〔註68〕柯慶明：《文學美綜論》（臺北：長安出版社，1986 年 10 月），頁395。

〔註69〕（劉宋）劉義慶：《幽明錄》，收於《琳瑯秘室叢書》第三函（臺北：藝文印書館，1965 年），頁 15 下～16 下。

食桃後「飢止體充」，與《山海經》中「食之不勞」的說法可謂一脈相傳，而最後返家後已隔七世，也表現出桃子所具有的長生意涵。另外桃自古以來就有明確的女性象徵，且《詩經》：「投我以木桃，報之以瓊瑤」亦具有傳情的象徵，加上這個故事產生的南朝，桃花也開始具有青樓歌妓的意涵，因此當故事中一群女子持桃而來，後面就緊接著「女往就之」的豔情描寫，其中的象徵不言而喻。而這個豔情的情節也成為晚唐以後，文人喜歡使用的桃花情愛意涵。

總之這個故事形塑出一個與陶淵明迥然不同的桃花源世界，不過這個桃源雖然是仙境，但情節中竟有遇女仙這種人間男女的情慾描寫，且所食的物品中尚有山羊脯、牛肉之類的口腹俗物，足見這種仙境與凡情混雜的奇異組合，背後充斥的只是一種心匱乏所投射出來的慾望想像，這與陶淵明烏托邦式的桃花源有著明顯的差異。如果說陶淵明的桃花源所投射的是一個人類最美好生存情境的想像世界，那麼劉晨、阮肇桃源所投射的就是人類最原始生物性中所渴望的長生與美色的心理補償。

就桃源意象在詩詞的發展而言，由於中晚唐的國家動亂，文人對於外在世界的價值實現已不若盛唐熱情，於是這股熱情被轉而導向自身本身的感官情慾作追求，社會彌漫著消極哀感的生命情調，詩風也轉而輕豔。因此投射著人類原始情慾的劉阮桃源，讓無緣實現自我的文人，有一個美好的溫柔鄉可以作為心靈遁脫的想像世界。晚唐遊仙詩人曹唐是較早將桃源情愛化的文人，〈仙子洞中有懷阮郎〉：「不將清瑟理霓裳，塵夢哪知鶴夢長。洞裡有天春寂寂，人間無路月茫茫。玉沙瑤草連溪碧，流水桃花滿澗香。曉露風燈零落盡，此生無處訪劉郎。」〔註70〕春日桃花流水的仙境，讓人仙的愛戀更加繾綣難捨。取材於劉晨、阮肇的故事，讓桃源意象仙化，但情愛化的結果卻反而使桃源變得更加世俗化。此轉變恰好符合文人脫離現實的遊仙想

〔註70〕《全唐詩》，卷640，頁7338。

像與生活中狎妓的浪漫幻想。又如湘妃廟〈與崔渥冥會雜詩〉:「桃花流水兩堪傷,洞山煙波月漸長。莫道仙家無別恨,至今垂淚憶劉郎。」〔註71〕這裡的「桃花流水」已經不是最初春天或春汛的意涵,亦非陶淵明桃源的隱逸象徵,而是具有情愛象徵的意涵。

第三節　桃花與女子意涵

一、《詩經》中的桃花

　　人類最早會關注到的事物,通常是與生存攸關的生活物資,而對於外在世界的體認也多以實用的功能來看待,因此先民對於事物通常不會以美感的角度來看待。而桃花是少數成爲早期人們從美感角度吟詠的花卉,足見它在先民心中產生多麼強烈的視覺感受。由於豔麗的桃花與青春美麗的女子,在視覺與心理的感受上,能夠產生直接的聯想,因此桃花自古以來就是女子重要的象徵。而《詩經》是最早以桃花取喻女子的詩歌,在詩經中六首有關桃的內容中,〈周頌·桃悉〉寫到的是桃蟲,而〈衛風·木瓜〉、〈魏風·園有桃〉、〈大雅·抑〉三首則與桃子果實有關,至於與桃花花色直接相關的是〈召南·何彼穠矣〉及〈周南·桃夭〉。這是兩首詩歌與婚嫁有關的詩歌,可知桃花與當時的婚嫁風俗有密切關係。由於桃花盛放於萬物生機勃發,正當雌雄交合的春季,因此周代的禮俗也配合這樣的生物特性,婚嫁亦選擇在春季舉行,東漢班固《白虎通義》提到:「嫁娶必以春者,春,天地交通,萬物始生,陰陽交接之時也。」〔註72〕甚至於仲春時節的男歡女愛亦多放任不加約束,《周禮》提到:「中春之月,令會男女,於是時也,奔者不禁。」〔註73〕也由於桃花盛放季節正是男女婚嫁的

〔註71〕　《全唐詩》,卷864,頁9774。
〔註72〕　（漢）班固:《白虎通德論》（上海:上海古籍出版社,1990年版）,卷九,頁71。
〔註73〕　（漢）鄭玄注、（唐）孔穎達正義:《周禮注疏》（臺北:藝文印書館,1977年）,頁217下。

時節，所以用當令的桃花來興發婚嫁的祝福亦是再恰當不過了。〈召南・何彼穠矣〉：「何彼穠矣！唐棣之華，曷不肅雝？王姬之車。何彼穠矣！華如桃李。平王之孫，齊侯之子。其釣維何？維絲伊緡。齊侯之子，平王之孫。」〔註74〕這是一首祝頌新婚的詩歌，詩中分別以唐棣花、桃、李等花卉，以興發華豔如桃李的王姬，但詩中有關桃花就只有一句並與其他花卉並舉，未能看出桃花與婚嫁女子間的密切關係，而能將桃花的花、果、葉作爲女子婚嫁象徵的完整意涵充分表現出來的則是〈周南・桃夭〉，其詩云：「桃之夭夭，灼灼其華。之子于歸，宜其室家。桃之夭夭，有蕡其實。之子于歸，宜其家室。桃之夭夭，其葉蓁蓁。之子于歸，宜其家人。」〔註75〕這是一首祝福新娘的詩歌，用豔麗的桃花象徵美麗的新娘，並祝福能夠如桃一般花繁葉茂結實累累以昌盛家族。清方玉潤說：「以如花勝玉之子而宜室宜家，可謂德色雙美，豔稱一時。」〔註76〕詩經中桃花所象徵的女性特質不僅是宜室宜家，並且是德色雙美的女子，因此在先民的眼中桃花是具有完美女性意涵的象徵。當然更重要的是桃樹多子的生育力，更是符合古人對於女子多產的期待，宋陸佃《埤雅》：「桃有華之盛者，其性早華，又華于仲春，故〈周南〉以興女之年時俱富。諺曰：白頭種桃，又曰：桃三李四梅子十二，言桃生三歲便放花果，早于梅、李，故首雖已白，其華子之利可待也。」〔註77〕桃花從種子種下後，三年即能開花進入盛果期，比起梅李其他果樹不僅繁衍容易，結實又快又多，既使白髮蒼蒼亦得見花果繁茂，正符合中國人多子多孫的生殖崇拜，以及女子興旺家族的期待。把《詩經》中曾出現的荷、梅、芍藥等花卉的描寫拿來比較，無論是用「碩大且儼」的荷花來比喻美人，還是

〔註74〕（漢）毛公傳、鄭玄箋、（唐）孔穎達疏：《毛詩正義》（臺北：藝文印書館，1977年），頁67。
〔註75〕《毛詩正義》，頁37。
〔註76〕（清）方玉潤：《詩經原始》（臺北：藝文印書館，1981年），頁186。
〔註77〕（宋）陸佃：《埤雅》（臺北：世界書局，1988年《百部叢書集成》），卷十三，頁1。

以梅子的成熟來比擬女子青春的短暫，這些描寫都遠遠不及「桃之夭夭，灼灼其華」，這種對於桃花形色描寫的鮮活生動以及對於女子婚嫁祝福的深刻寓意，從中亦足見桃花在先民的眼中是特別具有美好女性意涵的花朵，因此清姚際恒《詩經通論》云：「桃花色最豔，故以取喻女子，開千古辭賦之祖。」〔註78〕

二、人面桃花

自從《詩經》開啓了以桃花喻女性之後，桃花就具有濃厚的女性意涵。而到了南朝詠物及宮體詩興起之際，桃花的花色更與女人的面容交疊在一起，不論是詠桃花，還是形容女人的面容，總是彼此互為形容，例如簡文帝〈初桃〉詩中「若映窗前柳，懸疑紅粉妝」〔註79〕的描寫，是以女人的紅妝來形容桃花的姿色，而周南〈晚粧〉：「青樓誰家女，當窗啓明月。拂黛双蛾飛，調脂艷桃發。」〔註80〕則以桃花來形容女子的化妝後的紅顏。由於桃花紅粉鮮嫩的花色，像極了上了脂粉白裡透紅的臉頰，因此到了隋朝也出現以桃花為取象的「桃花面」及「桃花妝」。所謂桃花面根據《事物紀原》說：「周文王時，女人始傅鉛粉；秦始皇宮中，悉紅妝翠眉，此妝之始也。宋武宮女效壽陽落梅之異，作梅花妝。隋文宮中紅妝，謂之桃花面。」〔註81〕不僅化妝想要仿傚桃的花色，甚至還出現了以桃花作為美容的各式秘方，例如《本草綱目》引文提到：「服三樹桃花盡，則面色紅潤悅澤如桃花也。」〔註82〕這帖藥方顯然是從桃花花色的聯想所產生的美麗妙方。足見在古人眼中，桃花花色與女人容顏是多麼的密切關聯在一

〔註78〕（清）姚際恒：《詩經通論》（臺北：廣文書局，1988 年 10 月三版），卷 1，頁 25。
〔註79〕《先秦漢魏晉南北朝詩》，《梁詩》卷 22，頁 1959。
〔註80〕《先秦漢魏晉南北朝詩》，《梁詩》卷 2，頁 2225。
〔註81〕（宋）高承：《事物紀原》（北京：中華書局，1989 年），卷 3，頁 143。
〔註82〕（明）李時珍：《本草綱目》（北京：人民衛生出版社，1993 年），卷 29，頁 1746。

起。也因為如此，詩詞中以桃花來形容女人面貌的句子也就特別的多，例如「桃花落臉紅」、「依舊桃花面」、「雙臉桃花落盡紅」、「女頰如桃花」、「桃臉曼長橫綠水」、「燕脂桃頰梨花粉」、「杏臉桃腮不傅粉」、「輕勻桃臉」、「朱唇淺破桃花萼」、「桃花臉上生」、「羞損桃花面」等。而在眾多有關桃花臉的辭句中，讓人印象最深的無疑的就是「人面桃花」這個典故。這個典故根源於崔護〈題都城南莊〉，其詩云：「去年今日此門中，人面桃花相映紅。人面不知何處在，桃花依舊笑春風。」〔註83〕不過讓它產生廣大的影響，卻是因孟棨的〈本事詩〉而產生。他將崔護詩中未曾言盡的空白，予以進一步的想像使得「人面桃花」這句原本慣常用來形容女性面容的簡單意象，突然鮮活了起來成為一個美麗的愛情故事，因而進一步讓桃花寄寓了美麗愛情的象徵。可以說桃花意象完整的把春、美女以及愛情等象徵意涵串聯在一起，充分的把桃花意象中的浪漫春情顯現出來，因此這一個故事成為宋代以後各式民間戲曲相當流行的題材。不過由於孟棨〈本事詩〉中的故事完全將崔護原詩中的想像性予以落實，原本迷離的情境反而顯得平板而無餘韻。相對的，崔護原詩中所蘊蓄的情感主要是尋春的豔遇與重尋不遇的悵惘，其中讓人最有感受的正是那再次尋人而不遇的悵然，因此詩人普遍還是喜愛崔護原詩中那種未竟的遺憾，故多用以表達對於過往美好戀情的追懷，例如：宋柳永〈滿朝歡〉：「因念秦樓彩鳳，楚館朝雲，往昔曾迷歌笑。別來歲久，偶憶歡盟重到，人面桃花，未知何處？但掩朱門悄悄，盡日佇立無言，贏得淒涼懷抱。」〔註84〕過往與美人的無限的歡愉，如今只空留己傷。又如蔡伸〈極相思〉：「相思情味堪傷。誰與話衷腸。明朝見也，桃花人面，碧蘚回廊。別後相逢唯有夢，夢回時、輾轉思量。不如早睡，今宵魂夢，先到伊行。」〔註85〕最深刻的相思，莫過於消失於現實中的美好，桃

〔註83〕《全唐詩》，卷368，頁4148。
〔註84〕《全宋詞》，冊1，頁17。
〔註85〕《全宋詞》，冊2，頁1022。

花人面唯有夢中尋。對於美麗無盡的追憶，或許也正是這個典故能夠如此雋永的烙印於詩人心中的主要原因吧！

三、桃花女性意涵的轉變與泛化

桃花是中國花卉中最具有女性象徵的一種花，自古以來就是文人用來譬喻美人的重要意象。皮日休更是在〈桃花賦〉中盛讚桃花「豔中之豔，花中之花。」〔註86〕並將桃花比擬於歷史上的著名的美女，其賦曰：

> 輕紅拖裳，動則裊香；宛若鄭袖，初見吳王。夜景皎潔，闃然秀發，又若嫦娥欲奔明月。蝶散蜂寂，當閨脉脉；又若妲己，未聞裂帛。或開故楚，艷艷春曙；又若息嬀，含情不語。或臨金塘，或交綺井；又若西子，浣紗見影。玉露厭浥，妖紅墜濕；又若驪姬，將譖而泣。或在水濱，或臨江浦；又若神女，見鄭交甫。或臨廣筵，或當高會；又若韓娥，將歌斂態。微動輕風，婆娑暖紅；又若飛燕，舞於掌中。半霑斜吹，或動或止；又若文姬，將賦而思。半茸旖旎，互交遞倚；又若麗華，侍宴初醉。狂風猛雨，一陣紅去；又若褒姒，初隨戎虜。滿地春色，階前砌側；又若戚姬，死於鞠域〔註87〕

賦中用古代美人各種美麗的風姿來形容桃花飄零的風韻，可以說桃花匯聚了人們對於女人情狀與媚態的種種想像。甚至於連女人也都不免對桃花產生了妒嫉之情，《妒記》中記載「武歷陽女嫁阮宣，武絕忌家有一桃樹，華葉灼燿，宣歎美之；即便大怒，使婢取刀斫樹，摧折其華。」〔註88〕丈夫對桃花的讚美竟能引起妻子的妒嫉，懷恨而砍了

〔註86〕（清）董誥：《全唐文》（上海：上海古籍出版社，1990 年 12 月初），第 4 冊，頁 3699。

〔註87〕（清）董誥：《全唐文》（上海：上海古籍出版社，1990 年 12 月初），第 4 冊，頁 3699。

〔註88〕（宋）李昉：《太平御覽》（上海：上海書店，1985 年《四部叢刊》），卷 967，頁 4。

桃花。故事雖然可笑，但亦足以顯現桃花在人們心中所凝固下來的女性特質是多麼的深刻。而皮日休〈桃花賦〉中用了妲己、褒姒、鄭袖、飛燕等迷惑君王的女人以比喻桃花，亦足見桃花所展現的女性特質，早已從《詩經》中德色雙美的賢淑女性轉而完全聚焦在女人的「色」上。也因為如此，桃花也從佳人、妻等賢淑的象徵，逐步往侍女、歌妓、娼女等更具女性嬌媚特質的女性意涵發展。這種發展最明顯的轉變期，主要是發生於南朝。由於縱情聲色加上宮體詩的興盛，文人在描寫美麗的歌妓與娼女時，開始運用嬌艷的桃花來形容娼妓，例如劉孝綽「此日倡家女，競嬌桃李顏」〔註89〕，詩中已將桃李與娼女相比擬。蕭衍〈上聲歌〉：「花色過桃杏，名稱重金瓊。名歌非下里，含笑作上聲。」〔註90〕歌妓的容貌亦以桃花來形容，雖然以桃花形容美麗女子的象徵沒有什麼改變，但所形容的女子在社會中的角色卻已經有了非常大的改變。由於桃花逐漸地與娼妓沾上關係，因此桃花也成為與風月場所相關的景物或代稱，例如孤獨嗣宗〈紫騮馬〉：「倡樓望早春，寶馬度城闉。照耀桃花徑，蹀躞采桑律。」〔註91〕雖然不知道桃花徑是否真是倡樓的景觀，或者只是代稱的象徵？但桃花確實已經與娼妓連上緊密的關係。到了唐代桃花與娼妓的相關詩歌也變得更多了，例如盧照鄰：「俱邀俠客芙蓉劍，共宿娼家桃李蹊。」〔註92〕駱賓王：「娼家桃李自芳菲，京華遊俠盛輕肥。」〔註93〕王勃：「娼家少婦不須嚬，東園桃李片時春。」〔註94〕雖然娼妓的意涵在唐代詩歌中已逐步增多，但熱愛富麗盛豔的唐王朝，對於桃花普遍還是非常熱愛，像是「人面桃花」這樣的女性意涵，依舊保有美麗桃花讓人憧憬

〔註89〕（陳）徐陵：《玉臺新詠》（北京：中華書局，1985 年），卷 8，頁 187。
〔註90〕《先秦漢魏晉南北朝詩》，《梁詩》卷 1，頁 2604。
〔註91〕《先秦漢魏晉南北朝詩》，《陳詩》卷 9，頁 89。
〔註92〕《全唐詩》，卷 41，頁 518。
〔註93〕《全唐詩》，卷 77，頁 834。
〔註94〕《全唐詩》，卷 55，頁 672。

的佳人形象。因此眞正將桃花負面的女性意涵完全的確定下來，成爲桃花最重要的象徵意涵則是在宋朝，由於宋人追求雅緻的審美情趣，偏愛色淡馨香的花卉，使得宋人眼中的桃花盡是妖、豔、俗的負面評價，而有「夭客」之稱，如（南宋）張侃〈連日雨〉：「夭桃媚杏羞葅紅」〔註95〕。於是在提高梅花這類具有品格象徵意涵的花卉之後，具有濃厚的女性象徵意涵的桃花，終於與娼妓畫上等號，（宋）程棨於《三柳軒雜識》評花品時說：「余嘗評花，以爲梅有山林之風，杏有閨門之態，桃如倚門市娼，李如東郭貧女。」〔註96〕。

　　除此之外，桃花負面的女性意涵中不僅有娼妓的意涵，亦具豔情的色慾意涵。這種情色意涵主要是受到南朝劉義慶《幽明錄》中劉晨、阮肇故事的影響，內容中桃花女仙自薦枕席的情節，讓桃花的女性意涵之中，加入了豔情的情色意涵，例如：曹唐〈小遊仙詩九十八首〉：「偷來洞口訪劉君，緩步輕攞玉線裙。細擘桃花逐流水，更無言語倚彤雲。」〔註97〕詩中劉郎與桃花意象所寄寓的情色意涵不言而喻，甚至在宋詞中劉晨、阮肇還形成了詞牌名，足見它在文人心中所寓含的特殊情調。黃永武提到：「從詩經『桃之夭夭，灼灼其華』開始，就由桃花聯想到新娘的豔麗，以桃花暗比『女色』……再從『紅粉妝』、『人面桃花』、桃花江、桃花運……從這個思想的路線延伸下來，桃花從春色、女色，而淪落爲肉慾的象徵」〔註98〕

　　值得一提的是，由於女子與小人自古就常被一起拿來比擬負面的事物，因此也從女子的意涵中關聯上諂媚的小人，杜甫詩曰：「輕薄桃花逐水流」〔註99〕，輕薄與逐水流，隱隱地道出了趨炎附勢的小人

〔註95〕《全宋詩》，卷3110，頁37118。

〔註96〕（宋）程棨：《三柳軒雜識》，收於（明）陶宗儀等撰《說郛三種》（上海：上海古籍出版社，1988年），頁1173。

〔註97〕《全唐詩》，卷641，頁7347。

〔註98〕黃永武：《中國詩學——思想篇》（臺北：巨流圖書出版，民國65年），頁36。

〔註99〕《全唐詩》，卷227，頁2451。

特性。李白〈贈韋侍御黃裳二首〉:「桃李賣陽豔,路人行且迷。春光掃地盡,碧葉成黃泥。願君學長松,慎勿作桃李。受屈不改心,然後知君子。」〔註100〕詩中就是以春桃豔麗惑人的短暫風光,來隱喻小人的譁眾取寵的行徑。此外李商隱〈嘲桃〉更能說明這樣的關係,其詩云:「無賴夭桃面,平明露井東。春風為開日,卻擬笑春風。」〔註101〕據說無賴夭桃面是用來嘲諷令狐綯,而「無賴」與「夭桃面」正足以說明小人與女子並用在一起的關係。從中亦可以見到桃花由正面的意涵轉變到負面的過程中,桃花的女性意涵確實是影響它由正面轉到負面的重要因素。

雖然自古以來人們時常以花比喻女子,但卻沒有一種花卉的花、果、形、色能夠這麼具有女性化的象徵,因此桃花幾乎取得女性象徵的專屬權。但也因為如此,傳統對於女性鄙夷的觀念卻也同樣投射到桃花之中,使得桃花從原本宜室宜家、德色雙美的女性形象,逐漸淪落為青樓娼妓及色慾的象徵,甚至於也泛化成為具有小人象徵的負面意涵。

第四節　桃花與德性意涵

由於桃花的果實甜美、花朵豔麗,很早就受到先民的喜愛,因此被人們拿來象徵美好的事物,甚至是仙境的花果。但弔詭的是桃花極其討喜的特性,在文人以花比德的價值觀中,卻一直得不到文人的青睞。同樣出現在早期經籍中的蘭、梅、荷、菊、桂日後都被文人賦予了極高的德行意涵,但桃花卻日趨下流,而成為娼妓、鄙俗的代名詞。不過從桃花象徵意涵的演變歷程中,桃早期也曾被賦予過美好德性的意涵,《韓詩外傳》提到一則以桃李來代表樹德的典故:

> 魏文侯之時,子質仕而獲罪焉,去而北遊,謂簡主曰:「從今已後,吾不復樹德於人矣。」簡主曰:「何以也?」質曰:

〔註100〕《全唐詩》,卷168,頁1734。
〔註101〕《全唐詩》,卷541,頁6226。

「吾所樹堂上之士半，吾所樹朝廷之大夫半，吾所樹邊境
之人亦半。今堂上之士惡我於君，朝廷之大夫恐我以法，
邊境之人劫我以兵，是以不樹德於人也。」簡主曰：「噫！
子之言過矣。夫春樹桃李，夏得陰其下，秋得食其實。春
樹蒺藜，夏不可採其葉，秋得其刺焉。由此觀之，在所樹
也。今子所樹，非其人也。故君子先擇而後種也。」詩曰：
「無將大車，惟塵冥冥。〔註102〕

「桃李成蔭」的典故即出於此，而後世因此也用桃李來象徵門生後
輩。故事中桃李與蒺藜分別代表著利人與損人的象徵，人必須「先擇
而後種」方能有好的結果，因此栽種桃李這種利於人的果樹才是所謂
樹德於人。從中亦可知桃樹的實用價值，在早期人們心中的地位非常
高，這種有利於人們生活的特性，是桃會被人們賦予價值意涵的最重
要因素，因此桃花的德行意涵主要是從果實的食用價值所衍生。也由
於與桃果實有關的意涵都具正面意義，因此時常被人們拿來作為與德
相關的行為，《呂氏春秋・覽部・下賢》載子產的功：「故相鄭十八年，
刑三人，殺三人，桃李之垂於行者莫之援也，錐刀之遺於道者莫之舉
也。」〔註103〕桃李在早期人們生活飲食中佔有非常重要的地位，相
當容易引起人們的貪念，因此路邊垂桃無人摘取，代表人民謹守禮
義、社會道德良好，因而有德世的象徵。

　　不過真正將桃的德性意涵強化而用來實際形容一個人的人德，
則始於司馬遷，《史記・李將軍列傳》載：

余睹李將軍悛悛如鄙人，口不能道辭。及死之日，天下知
與不知，皆為盡哀。彼其忠實心誠信於士大夫也？諺曰：「桃
李不言，下自成蹊。」此言雖小，可以諭大也。〔註104〕

〔註102〕（漢）韓嬰：《韓詩外傳》（北京：中華書局，1985 年），卷 7，頁
　　　　95。
〔註103〕（戰國）呂不韋原著、陳奇猷校譯：《呂氏春秋》（臺北：華正書局，
　　　　1985 年 8 月），卷 15，頁 880。
〔註104〕（漢）司馬遷、（宋）裴駰集解、（唐）司馬貞索引、（唐）張守節
　　　　正義：《史記》（臺北：藝文印書館，民國 94 年），卷 190，頁 1175。

李廣雖然驍勇善戰卻因不諳官場文化，雖然誠懇質樸，可惜不善言辭
而終老難封，更可悲的是最後與衛青一同出戰時，卻因迷路延誤軍
機，終以自殺結束英勇的一生。司馬遷在〈李將軍列傳〉中藉孝文帝
感嘆李廣「子不遇時」，抒發了司馬遷在李廣身上寄託著生不逢時的
悲嘆，他引用「桃李不言，下自成蹊」來說明李廣雖口不能言辭，無
法獲得當權者的垂青，但他真誠待人，卻讓天下人為之感佩敬重，猶
如桃李雖不言語，但美好的花果自然能夠讓人自然想要親近，而走出
路徑，唐司馬貞《史記索隱》：「姚氏云：『桃李本不能言，但以華實
感物，故人不期而往，其下自成蹊徑也。以喻廣雖不能出辭，能有所
感，而忠心信物故也。』」〔註105〕司馬遷以桃李象徵人美好的內蘊，
並用來形容李廣以誠心感召人的德行，是故桃也因而具有賢德的意
涵，並因此形成一個重要的詩詞典故，例如：

> 佳樹下成蹊，東園桃與李。（阮籍〈詠懷詩〉）〔註106〕

> 獨有成蹊處，穠華發井旁。（李嶠〈桃〉）〔註107〕

> 數奇何以托，桃李自無言。（駱賓王〈早秋出塞寄東臺詳正
> 學士〉）〔註108〕

> 桃李竟何言？終成南山皓。（李白〈覽鏡書懷〉）〔註109〕

> 應候非爭艷。成蹊不在言。（李商隱〈賦得桃李無言〉）
> 〔註110〕

桃從《山海經》裡的嘉果，一直演變成為漢代的仙桃，以及魏晉的仙
域象徵，可以說魏晉以前人們對於桃表現出喜愛與正面的態度，因此
人們在這個時期賦予了桃正面的德行意涵。不過從南朝開始，由於宮

〔註105〕同上註。
〔註106〕丁仲祐編：《先秦漢魏南北朝詩》（臺北：藝文印書館，1975年），
《三國詩》卷五，頁300。
〔註107〕《全唐詩》，卷60，頁718。
〔註108〕《全唐詩》，卷79，頁826。
〔註109〕《全唐詩》，卷183，頁1867。
〔註110〕《全唐詩》，卷541，頁6228。

體詩的發展，強化了桃的女性意涵，因而使得桃花開始具有娼妓等負面形象，從此之後桃所具有的正向意涵受到這些負面意象的影響，甚至於最後還被完全的掩蓋過去。

　　不過在桃花日趨下流的趨勢中，還是有一些文人爲它抱不平。首先爲桃花申冤的是唐楊思本，他在〈桃花賦〉的序中提到：「自建安七子以來，凡草木之可詠者，辭人咸爲之賦，而桃花無聞焉。」〔註111〕楊思本雖然爲桃抱不平而爲桃寫賦，不過他所強調的還是桃花的女子意涵而非德行價值。而從這裡也可以發現，由於桃花過於盛豔而擁有濃厚的女子形象，因此很難讓人對它產生德行上的價值賦予。另外晚唐的皮日休也曾強烈的宣示出對於桃花的喜愛，他在〈桃花賦〉中提到：

> 花品之中，此花最異。以眾爲繁，以多見鄙，自是物情，非關春意。若氏族之斥素流，品秩之卑寒士。他目則目，他耳則耳。或以暗而稱珍，或以疏而見貴。或有實則華乖，或有華而實悴。其花可以暢君之心目，其實可以充君之口腹。匪乎茲花，他則碌碌，我將修花品，以此花第一。〔註112〕

他提到那些被人珍愛的花卉之所以珍貴，主要是由於稀少而不是它自身擁有的高貴特質。而桃樹花果並美，除了滿足人的口腹，又賞心悅目，花木之中很少能夠兩全其美。只不過桃花繁殖容易，自生自長隨處可見，因此使人覺得鄙賤，猶如寒士雖具才德，但仍得不到賞識。從中也不難看出，爲桃花抱不平的皮日休，何嘗不是寄寓著有才德卻無人賞識的寂寞呢？不過也因爲桃花這種卑鄙的處境，正好與有志不得伸的文人處境類似，因此文人也開始在桃花的意象之中，寄託著開花無主的自憐之情。杜甫〈江畔獨步尋花七絕句〉云：「黃

〔註111〕　（清）董誥奉敕，（清）陸心源補輯：《全唐文及拾遺》（臺北：大化書局，民國76年3月），卷51，頁4920。

〔註112〕　（清）董誥等編輯：《全唐文》：（上海：上海古籍出版社，1990年12月初），第4冊，頁3699。

師塔前江水東，春光懶困倚微風。桃花一簇開無主，可愛深紅愛淺
紅？」〔註113〕春光浪漫百花競開，桃花雖然可愛卻無人賞識，杜甫
以桃自喻，懷才不遇的意味相當濃厚。又如劉長卿〈晚桃〉：「四月
深澗底，桃花方欲然。寧知地勢下，遂使春風偏。此意頗堪惜，無言
誰爲傳。過時君未賞，空媚幽林前。」〔註114〕題目中的「晚桃」明
確的表達出懷才不遇的心境，這種孤芳自賞，雖有美豔卻只能自開
自落的慨嘆，隨著桃花日漸被人們輕賤，反而讓才高而位卑的文人
得到同病相憐的共鳴。文人將桃花的美麗比喻自己的才德，而將桃
花鄙賤的價值比附寒士的地位，形成了中晚唐詩人用「開花無主」、
「惜花」、「晚桃」、「澗底桃」等桃花輕賤的意象來寄託貧士懷才不遇
的悲嘆。若是將開花無主的悲嘆與「桃李不言，下自成蹊」比較，可
以發現桃花雖然都具有才德的意涵，但「桃李不言，下自成蹊」顯
現的是桃花具有強烈吸引人的價值肯定，而「開花無主」則充斥著鄙
賤無人賞識的自憐。從中亦可隱約看到桃的地位在漢代人們的心裡
與在唐代時已經有了很大的差異。這時桃花德行上的象徵幾乎快被
女性意涵所取代，因此到了理學發達的宋代，桃花的地位也被貶低
到最低。爲什麼原本人們非常喜愛的桃花，曾被賦予了諸多美好的意
涵，甚至被仙化、神奇化，但最後卻擁有如此低的評價呢？究其原
因：一者傳統中國人對於花卉的審美，不僅僅是從花卉給人的感官
覺受作爲評判，他們更看重的是花卉意象中所寄託的精神意涵。因
此對於花木的欣賞向來就著重在以花比德的價值取向，而所謂的德
就是君子所應具備的德行。在中國傳統意識中的君子，首先必須具
備堅貞的氣節，不因爲外在的形勢而改變初衷，因此在現實的世界中
通常也處於被壓抑、不得志的生命情境，是故一個君子內心面對這種
困頓的情境，所必須展現的就是「遁世無悶」的心志，《孔子家語》
曰：「芝蘭生於深林，不以無人而不芳。君子修道立德，不謂窮困而

〔註113〕《全唐詩》，卷 227，頁 2452。
〔註114〕《全唐詩》，卷 148，頁 1521。

改節。」〔註 115〕這種不能爲求聞達而媚俗，正是君子與小人之間最大的差異，因此自古就被賦予君子象徵的蘭花，並不具備惑人的形色，而是以幽香馨人，正所謂含德其中而光輝發越。相反的，桃花開在熱鬧繽紛的春天，且妖豔姿色人見人愛，反而類似媚俗的小人行徑，因此李白：「願君學長松，愼勿作桃李。受屈不改心，然後知君子。」〔註 116〕正顯示這種窮不改志的思維。而李商隱所謂「無賴夭桃面」亦顯示出桃花所寓涵的小人意涵也已經成形。

一般而言會被賦予德行意涵的花木，通常必須具有象徵貞德苦節的耐寒性質，不然也要避開百花爭豔的季節或在遠離人煙的深山幽谷中不與群芳邀寵，以象徵君子不趨炎附勢的高貴節操，但桃花不僅開在最熱鬧的時節，且漫山遍野到處可見，因此完全不符合這樣的價值取向。因此像「桃李不言，下自成蹊」的典故雖然具有德行的意涵，但美好花果對人強烈的吸引力，卻是君子意涵中最被厭棄的媚俗行爲，是故「桃李不言，下自成蹊」的花德並不能充分相應於傳統寄託君子之德的核心旨意，因此桃花的德行意涵也始終得不到後世文人在價值上的肯定。二者，由於桃花向來具有濃厚的女性象徵意涵，因此在鄙視女性的傳統價值中，桃花的地位才會被不斷被貶低，而有娼妓的意涵。若相較於其他具有君子、隱士等男性價值意涵的花卉時，就可以發現這些花卉的意涵通常能夠長期的保持不變，更不會往負面的意涵轉變。

雖然桃的地位在宋代達到了最低，被文人賦予了娼妓、俗物、妖客等輕賤的看法，但宋代興盛對於花木德行評價的花德，卻以「成蹊亦無言」作爲桃花的花德，甚至在章甇〈逸心亭記〉還進一步提到桃李與君子的關係，其文曰「蹊分桃李，愛其若君子芳馨。」〔註 117〕

〔註 115〕（三國）王肅：《孔子家語》，收於《四部備要》第 287 冊（臺北：中華書局，民國 54 年），卷 5，頁 6。
〔註 116〕《全唐詩》，卷 168，頁 1734。
〔註 117〕曾棗莊、劉琳主編：《全宋文》（上海：上海辭書出版社，2006 年），卷 408，頁 414。

這種矛盾現象說明出，一方面宋人的比德價值刻意要打壓桃花的女性意涵，可是另一方面又希望在桃花之中賦予正面的價值意涵，因而形成這種花品低下，卻又高尚其德的奇怪現象。此外若再進一步分析又可以發現，其實桃花的德行意涵主要是從果實利人的實用價值來看，故花德「成蹊亦無言」因而能具有正面的評價。而桃花花品會低下的主要原因，則導因於妖媚的花朵所衍生出來的女性意涵，因此被人貶抑的主要是桃花的花色部分。我們可以從王睿〈牡丹〉這首詩看出這種現象，其詩曰：「牡丹妖豔亂人心，一國如狂不惜金。曷若東園桃與李，果成無語自成陰。」〔註118〕桃花原本就是具有妖豔形象的花卉，但他卻取用桃「無語自成陰」美好的果實意涵，來批判唐人瘋狂迷戀妖豔的牡丹而揮金如土，足見文人對於桃樹的花與果的評價是完全分開來看待。此中亦得看出，古人在花的審美價值上，是以德為主要的價值標準，而對於果則只從實用利人的一般性角度作出評價。

第五節　歷代文學中桃花意涵演變

一、唐以前的桃花審美與文學題材

　　桃花雖然在《詩經》就已經出現在詩歌之中，但並不是直接作為吟詠的對象，僅是作為詩歌中主題的比興之用，「桃之夭夭，灼灼其華」雖然形容生動，但尚未形成獨立審美的對象。此後到了兩漢之際神仙思想彌漫，桃雖然受到人們的關注，但焦點都集中在桃木與果實的神話與巫術靈異傳說，而顯少觸及與花朵相關的情態描寫。直到了文學自覺的魏晉南北朝，窮形盡相的追求體物審美，這時桃花才逐漸成為文人寫作的對象。西晉傅玄〈桃花賦〉是最早以桃花為專題歌詠的文學作品，其賦云：

〔註118〕《全唐詩》，卷550，頁5743。

有東園之珍果兮，承陰陽之靈和結柔根以列樹兮，豔長畝
而駢羅。華落實結，與時剛柔。既甘且脆，入口消流。夏
日先熟，初進廟堂。辛氏踐秋，厥味益長。亦有冬桃，冷
侔冰霜。和神適意，恣口所嘗。華升御于內庭兮，飾佳人
之令顏。實充需而療飢兮，信功烈之難原。嘉放牛於斯林
兮，悅萬國之乂安。望海島而慷慨兮，懷度索之靈山。何
茲樹之獨茂兮，條枝紛而麗閒。根龍虬而雲結兮，彌萬里
而屈盤。禦百鬼之妖慝兮，列神茶以司奸。辟凶邪而濟正
兮，豈唯榮美之足言。〔註119〕

〈桃花賦〉中分別描寫到桃的果、根、花、木等部位，並描述桃各部
分的感官覺受、神話傳說以及生活功用等特色，以凸出桃實的珍貴美
味、桃花裝飾佳人的美麗以及桃木辟邪的神異特性。〈桃花賦〉開啓
了以桃爲主體的文學題材，因此在桃花題材的開展上有著重要的價
值，但它仍舊無法擺脫兩漢以來受神仙思想影響下的崇桃觀念。是故
對於桃花的花朵本身進行單獨性的審美欣賞，則要到南朝才成爲文人
創作的焦點，因此六朝的詠桃詩也在這段時期才有較多的作品出現。
同時文人此刻也才進一步擺脫果實、桃木等神話靈異傳說，而成爲吟
詠創作的審美對象。例如（南朝）張正見〈衰桃賦〉：

嚴嚴秀峰，吐桂榮松。獨天桃之灼灼，輕擢采于寒蹤。爾
乃萬株成錦，千林似翼，苔畫波文，花然樹色。發秦源而
逸氣，飄漢綬而流芳。譬蘭缸之夜炷，似明鏡之朝妝。成
蹊列逕，光崖艷汜。間眞定之蒼梨，雜房陵之縹李。芬芳
難歇，照耀無儔。舒若霞光欲起，散似電采將收。既而風
落新枝，霜飛故葉。歡垂釣之妖童，怨傾城之麗妾。〔註120〕

從〈衰桃賦〉中可能明顯看出桃的神異傳說已經不見，並從向來所強
調的實用價值中，轉而向桃花的形容姿色作審美的改變過程。賦中描

〔註119〕　（清）嚴可均：《全上古三代秦漢三國六朝文》（臺北：世界書局，
　　　　　1961 年 3 月），《全晉文》，卷45，頁9。
〔註120〕　（清）嚴可均：《全上古三代秦漢三國六朝文》（臺北：世界書局，
　　　　　1961 年 3 月），《全陳文》卷16，頁3490。

寫的焦點完全集中在桃花如霞光、錦、朝妝等形色美豔的形容，而更
重要的是他在文章的最後藉由風霜摧折桃枝而有了一些作者個人情
感的寄寓。亦即在桃花的審美上，不僅是專注於表面花色的形容，而
作者在物象上的移情也逐漸讓桃花的意象具有深刻的寄託意涵。

在詩歌方面南朝鮑照的詩歌中，更是將個人的情思深刻的寄託在
桃花的意象中，其詩云：

中庭五株桃，一株先作花。陽春沃若二三月，從風簸蕩落
西家。西家思婦見悲惋，零落沾衣撫心嘆。初我送君出戶
時，何言淹留節迴換。床席生塵明鏡垢，纖腰細削髮蓬亂。
人生不得恆稱意，惆悵徙倚至夜半。〔註121〕

詩人從眼前桃花盛放之景，進而興發豔桃由盛豔而零落的悲淒之情，
寄託著人生難得稱意的不遂之感，充分表露出文人在現實世界之中無
法實現的積鬱。此時桃花已不再是純粹的視覺景觀，藉由桃花的盛美
與凋零，深刻的將詩人內心的情感呈露出來，因此在桃花題材的寫作
上，抒情性的描寫已經逐漸的形成。在詩風重視形色描摹的南朝詩人
中，鮑照這首詩確實發揮了桃花意象前所未有的情感寄託，同時也開
啟了後世以桃花寄託情志內涵的先河。

雖然在南朝時桃花題材的文學性與審美上有了較大的進展，但由
於詠物詩的興盛，大致上還是停留在桃花自然物象的形貌表現為主，
通常只著重於物象細膩的描寫，不然就只是用來表達女子情態的比
擬，因此整體而言還是顯得單調而無深刻的美感與情思內涵。例如梁
簡文帝〈初桃〉：「初桃麗新采，照地吐其芳。枝間留紫燕，葉裏發輕
香。飛花入露井，交幹拂華堂。若映窗前柳，懸疑紅粉妝。」〔註122〕
詩中對於桃花的描寫可謂精雕細琢，無論桃花的形色、姿態、氣味甚
至周邊的景物，無不窮形盡相的描繪，讓人彷彿置身在這一幅春桃豔
景之中。而詩末用了擬人化的「紅粉妝」，更是形象化了桃花的女性

〔註121〕《先秦漢魏晉南北朝詩》，《宋詩》卷7，頁52。
〔註122〕《先秦漢魏晉南北朝詩》，《梁詩》卷22，頁1959。

嬌媚，也將《詩經》中桃的女性意涵作了進一步的繼承與發揮，因此也彌漫著一股南朝宮體特有的脂粉氣息。

　　雖然詠桃詩在南朝得到了很大的發展，但在詩歌整體的數量上所佔的比重其實並不高。從《詩經》及《先秦漢魏南北朝詩》中共 10800 多首詩中，詩中含有「桃」的作品，僅有 83 首。〔註123〕足見在唐以前桃花題材的詩歌，無論在題材還是數量上，都還處於開始階段的狀態，並未獲得文人廣泛的注意，因此真正詠桃的熱潮，是從唐朝才開始。

二、唐詩中的桃花審美與文學題材

　　入唐之後詩風大盛，這時桃花也逐漸成為文人喜歡吟詠的花卉題材，據統計《全唐詩》中的詠桃詩是所有花卉之首〔註124〕，遠勝過於最富於大唐氣象的牡丹花魁，亦足見桃花在唐代受到文人關愛的程度。桃花在唐代能夠受到特別的關愛原因歸納如下：一者，隨著唐代社會富庶與安定，人們開始追求雅致的生活情趣，因此唐代的園林及園藝技術也發達起來。文人許多酬唱的詩文即在這些名園之中即性創作，例如：李白著名〈春夜宴從弟桃李園序〉、〈攜妓登梁王棲霞山孟氏桃園中〉，杜牧〈酬王秀才桃花園見寄〉，李商隱〈小桃園〉等。另外從這些詩文題目中亦不難窺知，唐人對於栽種桃花的熱衷，且詩人在這些以桃聞名的園林裡遊，自然沒有不歌詠桃花的理由。加上桃花栽種容易，於屋隅牆角隨處種之很快就能開花結果，因此許多詩人都曾親自栽種過桃花，例如李白〈寄東魯二稚子〉：「樓東一株桃，枝葉拂青煙。此樹我所種，別來向三年。桃今與樓齊，我行尚未旋。」〔註125〕杜甫〈蕭八明府實處覓桃栽〉：「奉乞桃栽一百根，春前為送

〔註123〕渠紅岩：《中國古代文學桃花題材與意象研究》（北京：中國社會科學出版社，2009 年 12 月），頁 29。
〔註124〕渠紅岩：《中國古代文學桃花題材與意象研究》（北京：中國社會科學出版社，2009 年 12 月），頁 29。
〔註125〕《全唐詩》，卷 172，頁 1772。

浣花村。河陽縣裏雖無數,濯錦江邊未滿園。」〔註126〕白居易〈種桃歌〉:「食桃種其核,一年核生芽。二年長枝葉,三年桃有花。」〔註127〕唐人雖然喜愛牡丹花,但培植牡丹不僅需要高超的園藝,更需要龐大資金,王睿〈牡丹〉提到:「牡丹妖豔亂人心,一國如狂不惜金。曷若東園桃與李,果成無語自成陰。」〔註128〕桃與牡丹相較之下就顯得相當平易近人,因此能夠充分的融入詩人的日常生活之中,成為文人吟詠的生活物象。二者,唐代崇尚道教,而桃花長期以來就與道教神仙思想密切相關,因此特別具有濃厚的道教色彩,故在眾多的道觀或仙隱的聖地都普遍栽植桃花。加上受到桃花源的隱逸象徵的影響,因此偏愛求仙、隱逸情趣的唐代文人,自然會特別喜歡桃花了。三者,唐人偏愛穠豔富麗的審美特色,因此妖豔的桃花正符合這樣的審美觀,而獲得人們的喜愛。

唐代的詠桃詩較之前代所表現出來的特色有二:一者,數量上明顯增多,桃花已成為文人熱愛的詩歌題材與意象。二者,桃花意象多元,表現出詩人豐富的審美情趣與藝術技巧。

不過唐代詩人在詠桃題材上,隨著時代環境與詩風,也還是會展現出不同的風貌與特色。初唐時期的詩人大抵是宮廷文人,詠桃詩的內容大都是宴遊時的奉和、應制的吟詠,在藝術特色上亦承襲六朝金粉的餘風,由於詩歌中的較少寄託個人的生命情感與深刻的寓意,因此在內容與藝術性上就顯得較為貧乏。例如李嶠等人在桃花園中奉制的〈桃花行〉:「綺萼成蹊禦芳,紅英撲地滿筵香。莫將秋宴傳王母,來比春華壽聖皇。」〔註129〕詩中的內容主要是著重在物象的表面描寫與典故的運用,缺乏深刻情思而無藝術特色。又如孔紹安〈詠夭桃〉:「結葉還臨影,飛香欲偏空。不意餘花落,翻沉露井中。」

〔註126〕《全唐詩》,卷226,頁2448。
〔註127〕《全唐詩》,卷453,頁5131。
〔註128〕《全唐詩》,卷550,頁5743。
〔註129〕《全唐詩》,卷28,頁414。

〔註 130〕同樣也是著眼在外在物象的描寫，內容平板而無興味。由於初唐詠桃詩僅十餘首，且在審美與藝術性上並不出色，仍舊承續著南朝以來詠物詩的描寫特色。

　　盛唐的詠桃詩數量雖然也不多，但王維、李白、杜甫等重要盛唐詩人都曾寫過相關詩作，因此也為桃花意象注入了新生命，在詩歌的藝術性與審美上都呈現出了高度的發展，並逐步成為重要的詩歌題材。王維在〈桃源行〉中將陶淵明的桃源意象進一步的仙道化，並在形色的描繪上展現高超的藝術技巧。狂放不羈的李白，追求清高自愛的人格之美，因此期許自己「願君學長松」，千萬不要作「桃李賣豔俗」這種媚俗的小人，但另一方面桃花也可以是脫俗的桃源世界，所謂「桃花流水窅然去，別有天地非人間。」〔註 131〕此外桃花意象不僅可以渲染離情與深刻情誼的「桃花潭水深千尺」〔註 132〕，亦也可以是思念兒女的「双行桃樹下，撫背復誰憐」〔註 133〕。可以說桃花意象在李白手上，不僅意涵豐富且靈活多樣，更展現出一己獨特的生命情感。而盛唐詩人中最愛桃花的詩人則要算是杜甫了，對於生活困窘的杜甫而言，桃花除了可食用更可欣賞，充分照料貧士的身心需求，他在〈題桃樹〉曰：「高秋總餽貧人食，來歲還舒滿眼花。」〔註 134〕因此熱愛桃花的杜甫是盛唐詩人中詠桃數量最多的詩人，除了六首詠桃詩之外，他的詩中出現與「桃」相關的意象也有四十多處。而從藝術審美的角度來看，杜甫也非常善於把握桃花美麗的風情，例如：「點注桃花舒小紅」、「栽桃浪漫紅」、「短短桃花臨水岸」、「江上人家桃樹枝，春寒細雨出疏籬」。當然杜甫並不是全然著眼於物象的細膩刻畫，桃花在他的詩中更是蘊藉著自身境遇的寄寓，杜甫在〈絕句漫興九首〉其二云：「手種桃李非無主，野老牆低還似

〔註 130〕《全唐詩》，卷 38，頁 490。
〔註 131〕《全唐詩》，卷 178，頁 1813。
〔註 132〕《全唐詩》，卷 171，頁 1765。
〔註 133〕《全唐詩》，卷 172，頁 1772。
〔註 134〕《全唐詩》，卷 226，頁 2448。

家。恰似春風相欺得，夜來吹折數枝花。」〔註135〕對於園中低牆無
法庇護的桃花，無情的被春風摧折，正是在動盪之後身心無寄所投射
的悲嘆之情，而其中亦蘊藉著安史之亂後百姓沒有家國庇護的哀
憐。此外杜甫詩題中也常出現「移桃」、「栽桃」等種桃的生活經驗，
足見杜甫所詠的桃，已不再是從神話、傳說、典故中取材，更多的是
自己生活中的真情實感，因此在內容上趨於生活化，而情感上也更具
蘊藉寄託，展現出個人獨特的審美特色。因此杜甫在詠桃詩的發展歷
程中，提高並拓展了齊梁以來缺乏個人情思與比興寄託的貧乏。可以
說萌芽於南朝的詠桃詩，長期以來都侷限於宮廷文人宴遊玩賞的詠物
題材中，直到了盛唐在士人所主導的審美觀照之中，桃花題材的創作
才進一步成為文人生活中託物興寄的重要題材，繼而開展出中晚唐的
盛況。

　　唐代專題詠桃的詩歌中，約有五分之四集中在中、晚唐時期，在
延續盛唐詩人的基礎，及詠物詩風興起的影響，不僅造成詠桃詩歌大
量出現的盛況，且在桃花題材及意涵上也都有所拓展。在題材上的拓
展上，產生了品詠特殊桃花品種的詩歌。由於詠物詩風的興起，加上
園藝技術發達成功的培育出許多觀花為主的美麗新品種，因此詩人審
美的興趣也投向各式新品桃花的吟詠，詩題中開始出現「百葉桃花」、
「千葉桃花」、「碧桃」等前期詩人未曾出現的桃花題材，例如楊憑〈千
葉桃花〉：「千葉桃花勝百花，孤榮春晚駐年華。若教避俗秦人見，知
向河源舊侶誇。」〔註136〕詩中吟詠的主要內容，已不再是一般桃花
的形貌，詩人的焦點在於顯現新品桃花的殊勝之美，這種吟詠新品的
詩歌也成為日後文人喜歡寫作的題材。而在桃花意涵的拓展上，桃花
意象在這段時期的詩歌中，已經形成具有懷才不遇的明確意涵。由於
安史之亂後，文人再也沒有盛唐時期往外建功立業的旺盛豪情。自從
杜甫開始在桃花寄寓花開無主的不遇之嘆後，中、晚唐文人繼而以晚

〔註135〕《全唐詩》，卷227，頁2451。
〔註136〕《全唐詩》，卷289，頁3295。

桃、澗底桃等意象，藉以寄託懷才不遇的生命情感，例如劉長卿〈入百丈澗見桃花晚開〉：「百丈深澗裡，過時花欲妍。應緣地勢下，遂使春風偏。」〔註 137〕位於深淵澗底遲而未開的桃花，完全無法蒙受春風的眷戀，正是劉長卿現實上不得志的寫照。又如白居易〈晚桃花〉：「一樹紅桃亞拂池，竹遮松陰晚開時。非因斜日無由見，不是閒人豈得知。寒地生材遭棄易，貧家養女嫁常遲。春深欲落誰憐惜，白侍郎來折一枝。」〔註 138〕被松竹遮蔭而晚開的桃花，自開自落而無人憐惜，唯有閒人白居易知道憐惜，在同情晚桃的遭遇中，何嘗不是寄託自身的境遇。大體而言，處於唐王朝由盛而衰的中唐時期，文人在面對政治及個人的前途時，心理出現極大的失落與惆悵之情，因而投射在桃花的情感上，也就不再是春風得意的盛豔桃花，而是晚發或花落無人憐愛的嘆息。另外功名不遂的挫敗，還表現在與桃源意象相關的詩作，從中唐開始有逐漸增多的**趨勢**。只是功名不遂之嘆，雖然興發了文人桃源隱逸的嚮往，但卻也同時興起了對於盛唐以來仙化桃源的懷疑，例如韓愈〈桃源圖〉：「神仙有無何渺茫，桃源之說誠荒唐。」〔註 139〕不過隨著政治社會的愈加衰敗，士大夫遁世的念頭也越發強烈，因此桃源題材在晚唐達到了高峰。

　　總之與桃花相關意涵的詩歌，無論是在審美、藝術性及內涵上，在唐代都獲得了前所未有的發展與開創，而文人對於桃花的熱愛在唐代也達到了顛峰。

三、宋代審美與桃花意涵的改變

　　由於宋代理學興起，宋代文人在看待事物上，總會從道德評判的角度來審視它們存在的價值，因此宋代在花卉的意象上也特別強化了它們在道德人格上的價值意涵，以致於富於女性意涵的桃花淪為青樓

〔註 137〕《全唐詩》，卷 147，頁 1481。
〔註 138〕《全唐詩》，卷 451，頁 5091。
〔註 139〕《全唐詩》，卷 338，頁 3789。

歌女的象徵，因而特別被文人鄙視。而在審美上，宋代文人特別追求「雅」的韻致，所謂的「雅」，在某種程度上就是避俗，力求淡雅與素樸的文人情趣，因此在這樣的審美標準中，宋人特別喜愛素白的花色及帶有幽雅清香的花卉，故梅花成為宋人最喜愛的代表花卉，梅堯臣〈依韻和正仲重台梅花〉：「丹杏塵多染，夭桃俗所稱。」〔註140〕相對而言，桃花妖豔且無明顯香味，加上人見人愛而到處種植，就不免讓宋代文士覺得俗豔難耐，蘇軾曰：「嫣然一笑竹籬間，桃李漫山總粗俗。」〔註141〕蘇軾前一句讚賞的是少見而嬌貴的海棠，後一句則是批評隨處可見的桃花，足見文人在審美上刻意避開一般民眾浮濫喜好的心理。基於上述這樣的審美意識，桃花的身價自此一落千丈。不過深入去了解桃花意象的演變，就會發現與桃花相關的負面意涵，其實早在宋代以前多已產生，但是到了宋代則刻意去凸顯這些負面意涵，而形成一種鄙賤的特定形象。而在這些負面的意涵中，出現在詩中的意涵多半是粗俗這個意涵，尤其是和宋人推崇的梅花擺在一起時，桃花不僅鄙俗、妖媚，並且只堪作奴婢、臣僕、輿台，藉以凸出梅花的脫俗與高雅，例如：蘇軾：「天教桃李作輿台，故遣桃李第一開」〔註142〕陳與義：「從教變白能為黑，桃李依然是奴僕」〔註143〕、尤袤「桃李真肥婢，松筠共老蒼」〔註144〕、陸游：「俗人愛桃李，苦道太疏瘦。」〔註145〕張道洽：「蘭荃皆弱植，桃李總凡姿」〔註146〕

〔註140〕　《全宋詩》，卷254，頁3097。

〔註141〕　（宋）蘇軾：《蘇東坡全集》（臺北：河洛圖書出版社，1975年9月），頁169。

〔註142〕　（清）王文誥，馮應榴輯注：《蘇軾詩集》（臺北：學海書局，民國74年），卷33，頁1746。

〔註143〕　（宋）胡稚：《增廣箋注簡齋詩集》（上海：上海書店，1985年《四部叢刊》），卷二，頁2。

〔註144〕　《全宋詩》，卷2336，頁26856。

〔註145〕　（宋）陸游：《陸游全集》（臺北：世界書局，民國79年11月），《劍南詩稿》卷二，頁32。

〔註146〕　《全宋詩》，卷3293，頁39248。

朱熹：「羞同桃李媚春色，敢與葵藿稱朝？」〔註147〕葛天民：「桃李
粗疎合負荊，歲寒標格許誰并。」〔註148〕李洪：「東風桃李皆奴僕，
我輩論文未厭煩。」〔註149〕蔡沈：「若論風韵別，桃李亦爲奴。」
〔註150〕加上南宋偏安後，處身家國劇變的文人，開始對於梅花的節
操特別稱頌，因此桃花在這樣的形勢之下，被南宋詩人貶抑到最低。
不過詩人在拋開道德評判之外，偶爾還是會回歸到純粹欣賞的角度來
看桃花，例如早年對桃花最爲貶抑的陸游，在歷經風霜之後的晚年也
寫下〈梅仙塢花涇觀桃李〉：「妖妍天遣占年華，嘆息人間有許花。十
里織成無罅錦，半天留得未殘霞。欲提直恐無才稱，不見何由信客夸？
醉後又驚春事晚，湖堤烟柳已藏鴉。」〔註151〕桃花最被文人詬病的
妖豔，在年邁的詩人眼中卻是最讓人讚嘆的人間美景，甚至於讓陸游
爲之筆折。亦足見宋人不是不喜歡桃花的美，但在這種特殊時空之中
的價值意識裡，宋人投射於花卉所形塑出來的人格價值，幾乎籠罩住
對於桃花自然的欣悅之情，因此也唯有偶爾在摒除這樣的意識觀點
後，詩人才能還原最眞實的個人情感，對桃花表現出純粹的審美。

　　桃花意象雖然在宋詩言志的理性價值裡充滿貶意，不過一旦置
換到庭院深深、飛紅落英的宋詞裡，妖媚的桃花反而符合詞的豔科
本色。因此宋詞中的桃花意象，由於脫去了宋詩中那種僵化的人格意
涵之後，桃花原本豐富的意涵也才能透顯出來。於是在詞中，不論是
常見的春天意涵還是柔媚的女性形象，抑或是劉阮的桃源愛情意涵，
桃花意象才再度在文人的情思之中鮮活了起來，例如歐陽修〈阮郎
歸〉云：「桃花無語伴相思，陰陰月上時。」〔註152〕嬌柔的桃花充分

〔註147〕《廣群芳譜》，卷22，頁1355。
〔註148〕《全宋詩》，卷2725，頁32071。
〔註149〕《全宋詩》，卷2368，頁27191。
〔註150〕《全宋詩》，卷2824，頁33650。
〔註151〕（宋）陸游：《陸游全集》（臺北：世界書局，民國79年11月），《劍
　　　　南詩稿》卷二，頁32。
〔註152〕《全宋詞》，冊1，頁125。

的將文人內在豐富善感的情思給呈露出來。甚至豪放派詞人辛棄疾在〈武陵春〉：「桃李風前多嫵媚，楊柳更溫柔。喚取笙歌爛熳遊，且莫管閒愁。好趁春晴連夜賞，雨便一春休。草草杯盤不要收，才曉更扶頭。」〔註153〕宋代文人一旦放下嚴肅的理性價值後，春風桃李的嫵媚就不再是倚門市娼，而是春光明媚的嬌柔風情。當然詞中偶爾還是會有像詩那樣贊賞梅花而貶抑桃花的觀點，例如晁補之〈鹽角兒〉：「開時似雪，謝時似雪，花中奇絕。香非在蕊，香非在萼，骨中香徹。占溪風，留溪月，堪羞損山桃如血。直饒更、疏疏淡淡，終有一般情別。」〔註154〕詞中提到似雪的潔白、香徹透骨以及疏淡的韻致，宋人的審美完全透顯在梅花上，因此即使在宋詞中的桃花意象比較不含這樣的審美觀點，但宋人對於桃花的喜愛終究還是比不上唐人。

四、明清時期桃花地位的復興

桃花在宋朝之後就不太受文人重視，直到明代中期以後才又受到文士的喜愛。由於明朝中期以後商業的興起，新興的市民階層迅速崛起，傳統禮教的價值開始受到挑戰。李贄首先提出童心說，認為人應該絕假存真，摒棄假人、假言、假文，是故「童心者，真心。若以童心為不可，是以真心為不可。夫童心者，絕假純真，最初一念之本心也。……然則《六經》、《語》、《孟》，乃道學之口實，假人之淵藪也。」〔註155〕強調個人生命情性的真實感受，才是唯一真實的道。於是以「情」為核心的價值，逐漸成為明期文人追求性靈解放的最高價值。因此不必是大人君子高超的義理才值得稱頌，在以人心情感為義理的思維中，傳統儒學為文人所形塑出來的理想道德人格，反而被視為沒有體驗過的假言。於是在這樣的思潮底下，原本被傳統文人貶抑的桃花，反而因為充滿強烈的感官覺受與豐富的情愛意涵，正

〔註153〕《全宋詞》，冊3，頁1922。

〔註154〕《全宋詞》，冊1，頁559。

〔註155〕（明）李贄：《李贄文集》（北京：社會科學文獻出版社，2000年5月），頁92～93。

符合這時期文人側重悅耳炫目的官能滿足，以及追求世俗化與情欲化的審美心態，桃花因而重新成為文人喜愛的審美對象。也由於炫麗惑人的桃花能夠讓人直接產生欣悅的感受，這遠比需要透過特殊文化審美，能感受孤寂清韻之美的梅花來得容易讓人喜愛。因此袁宏道在〈晚游六橋待月記〉中竟然捨棄欣賞向來最被文士讚賞的梅花，而說出「余時為桃花所戀，竟不忍去。」〔註 156〕這種迷戀物色的話語。又如明代唐寅在歸隱之後，恣意張狂寫下著名的〈桃花庵歌〉，詩云：

> 桃花塢裏桃花庵，桃花庵裏桃花仙。桃花仙人種桃樹，又摘桃花換酒錢。酒醒只來花前坐，酒醉還來花下眠。半醉半醒日復日，花落花開年復年。但願老死花酒間，不願鞠躬車馬前。車塵馬足貴者趣，酒盞花枝貧者緣。若將富貴比貧賤，一在平地一在天。若將花酒比車馬，他得馳驅我得閒。別人笑我太風騷，我笑他人看不穿。不見五陵豪傑墓，無花無酒鋤做田。〔註 157〕

詩中他並沒有投射出傳統隱者寄託於秋菊閑淡的情趣與冬梅凌雪的孤高，他在桃花之中明白的宣示，即使退出熱鬧的廟堂仕途之路，也要獨抒性靈，盡情的揮灑有如桃花絢爛開落的花酒人生。

不過同樣是對於桃花的熱愛，唐人與明清文士對於桃花所投射的心理模式顯然是不同的。唐人對於桃花的熱愛，主要是在於桃花盛豔外放的張顯特質，正如唐人豪邁積極進取的熱情，因此中晚唐文人以桃自況，內心所投射的正是如桃燦爛的事功展現；而明清文人則是在個體意識自覺的過程中，由於桃花富於感官情欲與世俗的審美趣味，正好符合世俗化與情欲化的文化風潮。是故在摒棄比德的價值審美後，明清文人才得以盡情的擁抱對於桃花物色的欣悅之情，並開展

〔註 156〕 （明）袁宏道：《袁中郎全集》（臺北：世界書局，民國 79 年 11 月），〈遊記〉，頁 12。

〔註 157〕 （明）唐寅：《唐伯虎先生全集》（臺北：學生書局，民國 68 年 4 月再版），頁 106。

出對於自身心靈情感的情欲追求。

結　論

　　1987 年由上海文化出版社、上海園林學會等單位聯合主辦的「中國傳統十大名花評選」，重新選出了當今人們心目中的傳統十大名花，排名分別是：梅花、牡丹、菊花、蘭花、月季、杜鵑、荷花、茶花、桂花、水仙。從這個名單中可以發現傳統文化中相當重要的桃花，在現代中國人的心目中，桃花似乎已經不再具有強烈吸引人的特色。事實上在所有中國傳統的花卉中，桃花算得上是第一種讓華夏先民感到美麗驚豔的花卉，而在今日的民俗中，與桃花意涵相關的事物、語言、習俗依然存在於生活當中，如壽桃、桃花運、春聯（桃符演變而來）。其實這個調查似乎也反映著自古以來中國人對於桃花的一種極其矛盾的複雜情感。從桃花發展的歷程來看，桃花最初具有辟除不祥的象徵，而後來又變成不祥的預兆；桃花既用來祝福宜室宜家的新嫁娘，而後又變成形容娼妓；桃花從原本的美麗象徵，而變成粗俗輕薄；仙桃既寓意著長壽的象徵，但桃樹卻壽不過十年，而有短命樹之稱；原本是桃花源的烏托邦，而後變成了桃花豔窟。凡此種種都說明，中國人內心對於桃花有一種矛盾而複雜的情緒。在感官上被它深深吸引，但卻又在理性上極力去批評它。事實上桃花猶如中國人對待情慾的態度，總是以一種相當扭捏的心態在面對它，因而也就形成這種糾結、反覆的奇怪情感。

第五章　梅花意涵的演變

　　在中國傳統的花卉中，德行意涵最強烈的莫過於梅花。它不但獲得傳統知識份子的高度推崇，甚至在民國肇建之後也被選爲國花。梅花之所以被人們看重，正在於它被賦予了堅忍不拔的精神象徵。梅花「越冷越開花」的形象更是深植於國人的心中。不過若從梅花整個審美發展的歷程來看，今日我們所熟知的梅花形象，事實上是晚到南宋才正式形成。當它在南朝時期第一次以花朵之姿進入詩歌時，它不僅不是個堅毅的大丈夫，還是個屛弱可憐的幽怨女子。而在六朝之前的人們，甚至只注意到它的果實食用價值，而被當作一般的果樹，壓根兒沒有人想要欣賞它的花朵，甚至於連梅花特有的芳香，也未曾讓喜歡香草的屈原垂青過。因此若拿它來與人們喜愛的桃花相比，就可以發現梅花在早期人們眼中可謂備受冷落。不過到了宋朝之後，梅花地位驟升而桃花地位陡降，二者的地位突然相互變換，之所以會有這樣的轉變，正在於時代審美觀的改變。因此從梅花審美歷程的演變，我們可以發現各個時代的審美特色，更重要的是梅花的審美體現出一種高度人文的美學精神，已經不是一般花木的欣賞可以比擬。是故梅花受到重視的時間雖然比起桃、荷、菊、桂、蘭來得晚了許多，但後世卻沒有一種花卉的文化厚度能夠與之相較。因此本章擬從歷代的梅花審美特色，以掘發梅花豐富的文化內涵，並進一步呈現出中國人在梅花身上所投射的生命意涵。

第一節　先秦、兩漢時期的梅果實用觀

一、先秦時期

　　梅原產於中國，是一種與先民生活密切相關的果樹。在安陽殷墟的商朝銅鼎中發現梅核，說明早在 3200 年前，梅就已經用於食用，至少在春秋時期，已經將野梅馴化成爲家梅──果梅〔註1〕。另外從典籍中也可以知道梅子在商周時期是人們重要的調味品之一，《尚書‧商書‧說命下》提到：「……爾惟訓于朕志。若作酒醴，爾惟麴糵；若作和羹，爾惟鹽梅。爾交脩予，罔予棄，予惟克邁乃訓。」〔註2〕這段話記載殷商高宗任命傳說做宰相時的訓諭，提及宰相的功能就像是釀酒所需的麴，或是作羹時所需的鹽與梅一樣重要，乃王者治理國家不可或缺的重要輔佐。另外《左傳‧昭公二十》也用了類似的比喻：

> 公曰：「和與同異乎？」對曰：「異。和如羹焉，水、火、醯、醢、鹽、梅，以烹魚肉，燀之以薪，宰夫和之，齊之以味，濟其不及，以洩其過。君子食之，以平其心。君臣亦然。君所謂可而有否焉，臣獻其否以成其可；君所謂否而有可焉，臣獻其可以去其否，是以政平而不干，民無爭心。故《詩》曰：『亦有和羹，既戒既平。鬷嘏無言，時靡有爭。』先王之濟五味、和五聲也，以平其心，成其政也。」〔註3〕

《左傳》這段話主要是士人諷諭諸侯，藉由「和羹」之事來說明君臣之間的關係，雖然較《尚書》談到調味品──鹽、梅之外，又多了烹飪的其他各方面因素，但顯然仍受到《尚書》「鹽梅和羹」典故的影

〔註1〕陳俊愉、程緒珂主編：《中國花經》（上海：上海文化出版社，2003年6月），頁111。

〔註2〕（漢）孔安國傳、（唐）孔穎達正義：《尚書正義》（臺北：藝文印書館，1977年），頁142。

〔註3〕（春秋）左丘明撰、（晉）杜預注、（唐）孔穎達正義：《春秋左傳正義》（臺北：藝文印書館，1977年），頁858。

響。可以說「鹽梅和羹」是梅在中華民族文獻中產生的第一個重要的文化意涵，並成爲後世文人表達出仕爲國效力的重要典故，如孟浩然〈和張丞相春朝對雪〉：「撒鹽如可擬，願糝和羹梅。」〔註4〕方干〈獻浙東王大夫〉：「已見玉璜曾上釣，何愁金鼎不和羹。」〔註5〕從中可知梅在先秦之前雖然不像桃、李這類水果可以當作糧食食用，但卻是相當重要的調味品，是提升烹調口味不可少的重要生活物資，因此得以成爲比喻宰相佐輔之功的重要角色。是故梅在先秦人們眼中，首先是著重在實用的價值，並由此而衍生出材用的事功價值。

另外梅在先秦時期還具有祭祀品的重要功用，《周禮‧天官‧籩人》提到：「饋食之籩，其實：棗、栗、桃、乾橑〔註6〕、榛實。」〔註7〕文中提到的祭祀供品中有梅子製成的乾梅，祭祀對於古人而言是相當愼重的事情，從中可知它在先秦人們心中的地位很高，因而得以和那些重要糧食水果並列，成爲祭祀的供品。

《春秋‧僖公三十三年》：「乙巳，公薨于小寢。隕霜不殺草，李梅實。」〔註8〕氣候異常而造成李梅不當令的結果實，被視爲重要的災異徵兆，因此才會在簡要的《春秋》中特別被記上一筆，足見當時人們對於梅果成熟的時令有著密切的關注，亦可以推之當時梅樹應是相當普遍的植物，與今日梅樹主要分布於長江以南的情況有所不同。

在詩歌方面，《詩經》中有五首有關梅的詩歌，〈墓門〉：「墓門有梅，有鴞萃止」〔註9〕、〈鳲鳩〉：「鳲鳩在桑，其子在梅」〔註10〕、〈國

〔註4〕　《全唐詩》，卷160，頁1632。

〔註5〕　《全唐詩》，卷652，頁7489。

〔註6〕　電腦字型缺，橑上有「艹」頭，據漢人注解，即「乾梅」。

〔註7〕　（漢）鄭玄注、（唐）孔穎達正義：《周禮注疏》（臺北：藝文印書館，1977年），卷五，頁83。

〔註8〕　（春秋）孔子：《春秋》，收於楊家駱主編：《春秋三傳十六卷》（臺北：世界書局，民國77年），頁211。

〔註9〕　（漢）毛公傳、鄭玄箋、（唐）孔穎達疏：《毛詩正義》（臺北：藝文印書館，1977年），頁254。

〔註10〕　《毛詩正義》，頁271。

風〉「終南何有？有條有梅」〔註11〕不過這三首詩中的「梅」，指的都不是今日的梅花。而〈四月〉：「山有佳卉，侯栗侯梅」〔註12〕栗與梅同為果實，都屬祭祀供品，用以興發遠戍不歸，無法祭祀之怨。〈國風・召南・摽有梅〉：「摽有梅，其實七兮。求我庶士，迨其吉兮。摽有梅，其實三兮。求我庶士，迨其今兮。摽有梅，頃筐塈之。求我庶士，迨其謂之。」〔註13〕由於梅實成熟十分迅速，需要及時採摘，懷春思嫁的少女，用樹上成熟的梅子生動的表達出渴求愛人的熱切想望。日後人們常用花朵飄零意象，來興發青春容貌的消逝，而這首詩卻用果實來形容，可見這時人們的生活焦點大都集中在果實的採集，而非花朵的欣賞。《詩經》中這兩首有關梅的詩，都與梅子有關而無關於花朵。相較而言，桃花、荷花、芍藥等豔麗的花卉，它們的花朵都已經成為人們關注的焦點，並用以和美人相比擬，足見梅花色白、花小的形態，並無法得到先秦人們特殊的關注，人們所看重的是它可食的果實。另外梅花花色雖然平淡無奇，但香味卻較之桃、李為香，不過依舊還是得不到人們的重視，而比不上蘭、菊這些具有馨香花卉。甚至於喜愛寫奇花香草的《楚辭》竟也缺乏馨香的梅花，這讓文人也不由得發出：「至恨《離騷》集眾香草而不應遺梅。」〔註14〕的慨嘆。足見在整個先秦的人們眼中，梅的價值主要在於食用而不是欣賞，故方回在《瀛奎律髓》做出了這樣的結論：「梅見於《書》、《詩》、《周禮》、《禮記》、《大戴禮》、《左氏傳》、《管子》、《淮南子》、《山海經》、《爾雅》、《本草》，取其實而已。」〔註15〕雖然先秦的人們關注梅花的焦點是在果實，不過似乎已經隱約的與日後梅花的審美產生某

〔註11〕《毛詩正義》，頁242。
〔註12〕《毛詩正義》，頁442。
〔註13〕《毛詩正義》，頁63。
〔註14〕（宋）羅大經：《鶴林玉露》，收於《百部叢書集成》稗海第四函（臺北：藝文印書館，民國54年）卷四，頁2。
〔註15〕（元）方回撰：《瀛奎律髓》，《景印文淵閣四庫全書》第1366冊（臺北：台灣商務印書館，1986年7月），卷20，頁222。

種關聯。程杰提到先秦兩個梅果的重要比喻，「鹽梅和羹」所闡述的是功用，而〈摽有梅〉憂慮的時間，正與日後梅花審美中才色之喻與時序之憂這兩個意涵密切關聯。〔註16〕

二、漢代

　　由於大一統的氣象，漢代展現出人對於物質世界與自然對象的征服主題，這是漢代藝術的主要特徵〔註17〕。因此表現在文學的漢賦，喜愛誇揚、鋪陳天上、人間的各類事物，呈現出琳瑯滿目卻沒有個人情思的外在世界。是故梅雖見於文人的描寫，但通常只是品種的羅列，只是廣大眾多事物之一，並沒有投以太多的關注。劉歆《西京雜記》提到：「初修上林苑，群臣遠方各獻名果異樹，亦有制為美名以標奇麗。……梅七：朱梅、紫葉梅、紫華梅、同心梅、麗枝梅、燕梅、猴梅。」〔註18〕文中提到的應是漢武帝上林苑中各式梅樹品種，其中「紫葉梅」與「紫華梅」，雖然已經注意到梅葉與梅花的外表特徵，但也只是搜奇列異的品種名稱，尚未形成審美的欣賞對象。故在漢賦中的梅花，通常只是皇家園林與富庶都城的花木點綴，如揚雄〈蜀都賦〉：「被以櫻梅，樹以木蘭」〔註19〕、張衡〈南都賦〉：「若其園圃……乃有櫻梅山柿，侯桃梨栗。」〔註20〕眾多植物景觀都只是用以堆疊以呈現繁華富庶的都城，可以說梅在兩漢的人們眼中，梅僅是一種果樹類別，稱不上特別的偏好。由於梅花缺乏神話與神奇療效的傳說，故在漢人眼中僅僅只是作為一種平常的生活物資來看待，故與長期在神

〔註16〕程杰著：《中國梅花審美文化研究》（四川：巴蜀書社，2008 年 8 月），頁 16。

〔註17〕李澤厚著：《美的歷程》（臺北：三民書局，2007 年 9 月），頁 88。

〔註18〕（漢）劉歆：《西京雜記》（上海：上海古籍出版社，1991 年 12 月），頁 10354。

〔註19〕（清）嚴可均：《全上古三代秦漢三國六朝文》（北京：中華書局，1987 年 3 月），《全漢文》，卷 51，頁 402。

〔註20〕（梁）昭明太子：《文選》（臺北：藝文印書館，民國 92 年 3 月），卷 4，頁 72。

話與傳說中而被神化的桃相比,梅在漢代就顯得格外被冷落。不過相同的是,漢人對於花木的焦點主要還是集中在果實,眾多的仙桃傳說可以說明這樣的現象,因此梅花在漢代不僅是花朵本身還未成為審美對象,甚至連向來較被看重的果實,似乎也得不到文人的關注,故在文學中也沒有多少的著墨。不過劉向《說苑・奉使》卷十二提到:「越使諸發執一枝梅遺梁王,梁王之臣曰韓子,顧謂左右曰:『惡有以一枝梅,以遺列國之君者乎?請為二三子慚之。』」〔註21〕文中「一枝梅」若是指梅花,則這段文字就是最早提到有關梅花花朵的文字記載〔註22〕,故事雖然不見得是真實的歷史事件,但說明南方的越國很早就已經是著名的梅子產地,東漢崔駰〈七依〉亦提到「醷以大夏之鹽,酢以越裳之梅」〔註23〕,足見這種特別富於南方特色的梅花,可能很早就被人們所重視,並成為尊貴而能作為外交禮儀中的重要禮物,故事中韓子對於「一枝梅」的輕鄙,亦說明了當時中原人對於梅花的態度,因此南方越國對於梅花的重視與欣賞可能早於中原許久。總之,梅在歌頌功德的漢賦,乃至神仙方術的神奇傳說中,都無法讓漢人產生多少關注,更別談梅花的欣賞,因此漢代仍延續先秦的果實實用觀,並未產生新的象徵或審美關注。

整體而言,先秦兩漢時期的人們完全只注意梅實的實用功能,對於花朵幾乎是視若無睹,這對於後世的人們而言,可說是一件難以相信的事情。相較於梅花在後世的文學,乃至文化象徵都具有崇高的地位,為何先秦兩漢的人們只看重果實呢?南宋羅大經在《鶴林玉露》提出了疑惑:

> 余觀《三百五篇》,如桃李芍藥棠棣蘭之類,無不歌詠,如
> 梅之清香玉色,迥出桃李之上,豈獨取其材與實而遺其花

〔註21〕 (漢)劉向:《說苑》,《四部備要・史部》(臺北:中華書局,民國54年),卷12,頁6。

〔註22〕 摘取下來的梅花不耐儲放,因此也有認為是梅果。

〔註23〕 (唐)歐陽詢:《藝文類聚》(上海:上海古籍出版社,1982年9月),卷57,頁1024。

　　哉！或者古之梅花，其色香之奇，未必如後世，亦未可知
　　也。〔註24〕

由於梅花欣賞到了南宋時達到了最高峰，范成大〈梅譜〉甚至說：「梅，
天下尤物，無問智賢愚不肖，莫敢有異議。」〔註25〕因此南宋羅大經
完全無法理解梅花在先秦時爲何會被人們完全的忽視，於是也只能推
測是那時的梅花長得不如後世吧！另外南宋的楊萬里也針對這個奇
怪的現象提出解釋，他在〈和梅詩序〉提到：

　　梅，肇於炎帝之經，著於說命之書、〈召南〉之詩，然以滋
　　不以象，以寔不以華也，豈古之人皆質而不尚其華歟，然
　　華如桃李，顏如舜華，不尚華哉，而獨遺梅之華，何也？
　　至楚之騷人，飲芳而食菲，佩芳馨而食菹藻，盡掇天下之
　　香草、嘉木，以苾芬其四體，而金玉其言語文章，盡遠取
　　江蘺、杜若，而近捨梅，豈偶遺之歟，抑梅之未遭歟，南
　　北諸子如陰鏗、何遜、蘇子卿，詩人之風流至此極矣，梅
　　於是時始以花聞天下。〔註26〕

楊萬里用桃李來說明先秦人們也懂得欣賞花卉之美，然而爲何獨獨遺
漏了梅花？愛香草植物的楚人難道不懂得領略梅花的香氣？因此他
歸結出知遇的問題。

　　其實，無論是羅大經還是楊萬里，他們都沒有意識到梅花的審美
完全不同於豔桃穠李這些以形色取勝的花卉。他們認爲梅花形色在桃
李之上，這種評價其實是出自於高度文人化的藝術審美，根本就不是
一種訴諸感官的直接感受。對於早期的人們而言，色白、花小的梅花，
本來就不比桃花來得吸引人，且桃所寄託的禮俗、神話都是桃花會被
人們歌詠的重要因素。而喜歡香草植物的楚辭，爲何缺乏梅花這種南

〔註24〕　（宋）羅大經：《鶴林玉露》，《百部叢書集成》稗海第四函（臺北：
　　　　　藝文印書館，民國 54 年），卷 4，頁 2。
〔註25〕　（宋）范成大：《梅譜》，收於周光培編《宋代筆記小說》（石家莊：
　　　　　河北教育出版社，1995 年），第 9 冊，頁 49。
〔註26〕　（宋）楊萬里：《誠齋集》，《景印摛藻堂四庫全書》集部第 45 冊（臺
　　　　　北：世界書局，民國 77 年），卷 79，頁 392～233。

方特盛的花木呢？廖美玉提到：

> 惟若進一步檢視屈原所記憶的香草，可以發現是以「辛香」
> 料為主，氣味分別來自根、莖、葉、花，氣味的取得包括
> 嗅覺與味覺，其中來自花香所佔比率並不特別高，與後世
> 詩人記憶香味時，大幅集中在蘭、梅、桂等花香的嗅覺並
> 不一致。〔註27〕

可以說梅花無論在色、香，還是神話、禮俗等因素，都無法與桃相比，
且梅子滋味不若桃，加上並非主食，因此得到「和羹」這個輔佐的象
徵，其實是非常符合梅在先秦人們生活中的角色。也因為先秦兩漢務
實的態度，因此與人們實際生活無關的花卉，哪怕是牡丹、海棠這類
非常美麗的花卉也都不曾被記載過。如果說梅花是楊萬里所說的「未
遭歟」？那麼它應該不是所謂的未得到名士的提拔而隱沒，而是說梅
花的特質，在六朝以前基本上還得不到足夠豐厚的文化土壤來萌發，
以致於長期隱沒在人們的視界之中。

第二節　六朝梅花審美的開啓

一、魏晉

　　魏晉時期是中國文學自覺與審美意識開展的重要時期，加上道家
玄學的興起，文人在高標「越名教，任自然」的時代意識中，對於內
在情感乃至外在自然景觀的態度都產生了根本的變化。是故在魏晉文
人眼中的自然景觀已不再是漢賦中那種展現功業的場域，而是人們身
心得以遊賞棲息的對象。也因為如此，自然景觀也逐步的進入到文人
的審美當中，並能自覺的對於自然景觀乃至四時風景進行較深刻的描
寫。因此這時期關於梅的描寫，也從漢賦那種名稱羅列的呆板形式
中，多了許多的描寫，例如左思〈蜀都賦〉：「其園則有林檎、枇杷、

〔註27〕廖美玉：《中古詩人的生命印記》（臺北：里仁書局，2007 年 7 月），
　　　　頁 7。

橙、柿、楟、檸。櫨桃函列，梅李羅生。百果甲宅，異色同榮。朱櫻春熟，素柰夏成。」〔註28〕雖然在描寫上尚未脫離漢賦那種羅列展示的特色，但在景觀的描寫上已經較漢賦來得深刻許多。又如潘岳〈閑居賦〉：「三桃表櫻胡之別，二柰曜丹白之色，石榴蒲陶之珍，磊落蔓衍乎其側。梅杏郁棣之屬，繁榮麗藻之飾，華實照爛，言所不能極也。」〔註29〕內容不再是皇家苑囿與富麗都城，而是表達厭倦官場的隱逸情懷，並描寫蔬果繁盛的園林景致與生活閑情。文中雖然提到了梅，但並沒有針對梅花特別描寫，而僅是作爲整體景觀的物象之一，並沒有特別的寄託與意涵。雖然梅花在日後具有隱逸的象徵意涵，但在此時梅花與其他花木之間並沒有特別的差異。而到了古今隱逸詩人之宗的陶淵明，由於他個人鮮明的隱逸形象，因而也讓菊花、桃花具有隱逸的象徵意涵。雖然陶淵明在〈蠟日〉這首詩中提到：「梅柳夾門植，一條有佳花。」〔註30〕但人們記得的通常還是宅邊的五柳，對於梅花倒是沒有什麼特殊的印象，梅花因此也錯失了與陶淵明相連結的機會，故只能等到宋代隱士林逋，梅花才被賦予隱逸的象徵。但值得注意的是，梅在這時已不再作爲果樹了，因爲陶詩中的審美焦點已經明確的轉移至花朵，並有「佳花」的美譽，可以說陶淵明是梅花審美的先聲。此外梅與柳的意象組合，也成爲日後詩詞中常見的春景，例如南朝江總：「楊柳條輕樓上輕，梅花色白雪之明。」〔註31〕只是這時梅花也只是與楊柳一樣作爲春天的物色之一來看待，而未針對梅花作單獨的審美，因此要到南朝之後人們才眞正對於梅花產生審美的關注。

〔註28〕（梁）昭明太子：《文選》（臺北：藝文印書館，民國92年3月），卷4，頁1024。

〔註29〕同上註，卷16，頁231。

〔註30〕方祖燊：《陶潛詩箋註校證評論》（臺北：台灣書店出版，民國77年10月），頁46。

〔註31〕《先秦漢魏晉南北朝詩》，《陳詩》卷7，頁2574。

二、南朝

　　由於南朝偏安江南，適合南方風土的梅花被廣植於這些皇家苑囿之中，因此南朝的宮廷文人與梅花有更廣泛接觸的機會，這時梅花才從風景描寫中的一隅，提升為單獨審美吟詠的花卉。在梅花審美的歷程中，何遜算是最早展現出對於梅花熱愛的文人之一，宋人在杜甫詩注云：「何遜為揚州法曹，廨舍有梅樹一株，時吟詠其下。後居洛，思梅，請再往，從之。抵揚，花方盛開，對花徬徨終日。」〔註32〕不過何遜欣賞梅花並不是這個時代的偶然，梅花在這個時期已經逐漸成為文人欣賞審美的重要花卉。梅雖然很早就與先民的生活有關，但對於花朵的欣賞卻比桃、荷、芍藥、菊、蘭這些花卉晚了許多。一直要到南朝才真正進入梅花審美的開端，從此梅花在人們心中的印象才真正超越果實的食用價值，而當作純粹審美的花卉。

　　南朝詩人在梅花的題材內容的描寫上主要有五個角度：一者，從梅花色、香進行描寫：凡花卉之欣賞不外色、香兩種最重要的感官知覺。梅花色白而花小，在視覺感受上並不強烈，但由於梅花綻放於多雪未消的早春，花與雪相映的景致反倒形成了一種獨特的視覺感受，因此在梅花花色的欣賞上，總離不開與雪相關的描寫或譬喻，例如：陰鏗〈雪裡梅花〉：「春近寒雖薄，梅舒雪尚飄。」〔註33〕王筠〈和孔中丞雪裡梅花詩〉：「翻光同雪舞，落素混冰池。」〔註34〕梅花無論從顏色和飄零的樣貌都與雪花有著形似而難分的視覺感受，因此詩人也總喜歡描寫這樣的相似性，以及彼此在環境中的共存關係。雖然梅花的花色比不上其他春花的妍麗，但花香卻是相當突出，宋陸佃《埤雅》提到：「梅花優于香，桃花優于色。」〔註35〕正表達出梅花所擅在香不在色，因此詩人在梅花花色的描寫之後，也會運用花香來突出梅花

〔註32〕《廣群芳譜》（臺北：新文豐出版社，民國69年），卷22，頁1301。
〔註33〕《先秦漢魏晉南北朝詩》，頁2459。
〔註34〕《先秦漢魏晉南北朝詩》，頁2019。
〔註35〕（宋）陸佃：《埤雅》，嚴一萍選輯《百部叢書集成》五雅全書（臺北：世界書局，1988年），卷十三，頁4。

的特點，例如：蘇子卿〈梅花落〉：「中庭一樹梅，寒多葉未開。只言花是雪，不悟有香來。」〔註36〕花與雪未能分，雖然著意於美感的描寫，但也說明了梅花的花色在環境中的視覺辨識度上，其實遠不如花香來得強烈。不過無論如何，南朝文人在梅花的審美上已經初步掌握著梅花外在的感官特色。

　　二者，著眼於梅花早開的時序特色與春天象徵：梅花能於萬物消歇的冰雪之中，開出春天最早的花朵，所以特別能夠讓人們感受到時序變化的重要徵象，因此梅花早開的時序特色很早就成為人們對於梅花的主要印象，例如：蕭綱〈梅花賦〉：「梅花特早，偏能識春」〔註37〕、何遜〈詠早梅〉：「兔園標物序，驚時最是梅。」〔註38〕王筠〈和孔中丞雪裡梅花詩〉：「水泉猶未動，庭樹已先知。」〔註39〕

　　三者，著眼於梅花零落的意象描寫：南朝的梅花詩中，有許多是以梅花零落為描寫重點。梅花最早出現在民歌中的意象，主要是花落的傷逝之情，例如晉清商曲辭〈春歌〉：「杜鵑竹裡鳴，梅花落滿道。燕女游春月，羅裳曳芳草。」、「梅花落已盡，柳花隨風散。嘆我當年春，無人相要喚。」〔註40〕梅花是春天重要象徵，故梅花落盡亦同時宣告春天的消逝以及年華老去。爾後梅花零落的形象，更是出現在許多以〈梅花落〉為題的文人詩歌之中。《梅花落》原是魏晉樂府曲調，但古辭已經不存，推測原本可能是抒發征夫思婦的愁怨之情，今存六朝〈梅花落〉多為南朝文人擬作，因此多為閨怨之作，在內涵上已經與原本征夫思婦之苦有所不同，例如，吳均〈梅花落〉「終冬十二月，寒風西北吹。獨有梅花落，飄蕩不依枝。」

〔註36〕《先秦漢魏晉南北朝詩》，頁 2601。
〔註37〕（清）嚴可均：《全上古三代秦漢三國六朝文》（北京：中華書局，1987 年 3 月），《全梁文》卷 8，頁 2997。
〔註38〕《先秦漢魏晉南北朝詩》，頁 1699。
〔註39〕丁福保輯：《全漢三國晉南北朝詩》（北京：中華書局，1959 年），《梁詩》卷 10，頁 1188。
〔註40〕周振甫注：《文心雕龍注釋》（臺北：里仁書局，民國 73 年 5 月），頁 845。

〔註41〕徐陵〈梅花落〉「對戶一株梅，新花落故栽。燕拾還連井，風吹上鏡台。」〔註42〕梅花開時寒風尤烈，因此花瓣很容易隨風飄散，而這種梅花飄落的情態帶給南朝詩人的感受，遠比凌雪堅毅的精神來得深刻許多。六朝文人對於時空流轉與物色變化的感受特別容易觸發內心強烈哀感，這正是《文心雕龍‧物色》所說：「春秋代序，陰陽慘舒，物色之動，心亦搖焉。」〔註43〕梅花作爲冬盡春來的重要指標，加上花開花落盛衰無常之情，特別容易勾動人們對於時光流逝、生命易衰的焦慮，例如蕭繹〈詠梅詩〉：「梅含今年樹，還臨先日池。人懷前歲憶，花發故年枝。」〔註44〕在善感的六朝文人眼中，梅花早開易逝所觸動的是一種可憐的悲涼之情，如張正見〈梅花落〉：「芳樹映雪野，發早覺寒侵。」〔註45〕鮑泉〈梅花〉：「可憐階下梅，飄蕩逐風回」〔註46〕美好卻也難耐風雪侵襲而零落，甚至形成了被欺凌的輕賤形象，例如吳均〈梅花詩〉：「梅性本輕蕩，世人相陵賤。」〔註47〕總之，南朝文人對於梅花落所觸發的情感，原比梅花開時的春日美好來得強烈許多。

四者，梅花的女性意涵：由於南朝流行宮體，特別喜歡描寫女子相關的生活情態，因此栽種於深宮苑圃的梅花，自然也染有深厚的閨閣氣息，而成爲具有女子生活與情態的象徵物，《金陵志》提到：「宋武帝女壽陽公主，人日臥於含章殿簷下，梅花落於額上，成五出花，拂之不去，號梅花妝，宮人皆效之。」〔註48〕從中亦可以看出這個時

〔註41〕《先秦漢魏晉南北朝詩》，頁1721。

〔註42〕丁福保輯《全漢三國晉南北朝詩》（北京：中華書局，1959年），《梁詩》卷2，頁1368。

〔註43〕周振甫注：《文心雕龍注釋》（臺北：里仁書局，民國73年5月），頁1393。

〔註44〕《先秦漢魏晉南北朝詩》，頁2057。

〔註45〕《先秦漢魏晉南北朝詩》，頁2479。

〔註46〕《先秦漢魏晉南北朝詩》，頁2027。

〔註47〕《先秦漢魏晉南北朝詩》，頁2019。

〔註48〕《廣群芳譜》，卷22，頁1301。

期的梅花意象是具有濃厚的女性意味，與南宋時期強調堅毅這種男性
特質差別很大。是故在南朝宮廷文人綺靡的文風中，特別喜愛與女子
相關情態的描寫，因此在梅花的描寫上自然也會與美麗、柔弱、傷情
等女性特質相互關聯在一起。也正因爲偏愛女性心理與情態的描寫及
摹擬，當然也就不會抒寫梅花陽剛的凌雪鬥志，而著眼於梅花零落的
幽怨、傷逝之情。

　　五者，梅花耐寒特質與品格意涵的形成：由於梅花凌雪耐寒的特
質，並不符合南朝女性化抒寫的偏好，因此未成爲南朝多數詩人移情
的梅花特性。不過梅花這種特殊的開花特性，已經引起了才秀人微鮑
照的內心共鳴，他在〈梅花落〉這首詩中，已經將後世文人最推舉的
凌寒特性與象徵意涵明確表達出來，可以說在梅花人格象徵化的過程
中，鮑照〈梅花落〉是最早闡發出梅花品格精神的作品，其詩云：「中
庭雜樹多，偏爲梅咨嗟。問君何獨然，念其霜中能作花，露中能作實。
搖蕩春風媚春日，念爾零落逐寒風，徒有霜華無霜質。」〔註49〕詩中
不從梅花的物色上進行描寫，而是特別著眼於梅花「霜中能作花，露
中能作實」的獨特品格，並突出它與那些在春風裡弄媚，卻不堪寒風
摧折雜樹的不同格調，可以說梅花已經具有某種品格價值的象徵意
涵。但鮑照所賦予梅花的價值意涵，在南朝作品中只是少見的孤例，
甚至連鮑照自己在〈中興歌十首〉中還寫出了梅花的負面意涵，其詩
云：「梅花一時豔，竹葉千年色。願君松柏心，采照無窮極。」在這
首詩中的梅花意象一下子又淪爲與松竹對比的負面形象。因此鮑照在
〈梅花落〉中所賦予的品格意涵，只是詩人一時興發的感受，尚不是
這個時代集體所共同賦予的意涵。

　　上述前四項特點，在蕭綱〈梅花賦〉集中表現出來，算是一篇總
結南朝梅花審美的重要篇章：其賦曰：

　　　層城之宮，靈苑之中，奇木萬品，庶草千叢。光分影雜，
　　　條繁于通。寒圭變節，冬灰徒簡。並皆枯悴，色落摧風。

〔註49〕《先秦漢魏晉南北朝詩》，頁1278。

年歸氣新，搖雲動塵，梅花特早，偏能識春。

或承陽而發金，乍雜雪而被銀。葉艷四照之林，舒榮五衢
之路，既玉綴而珠離，且冰懸而霤布。葉嫩出而未成，枝
抽心而插故。摽半落而飛空，香隨風而遠度。桂靡靡之游
絲，雜霏霏之晨霧。爭樓上之落紛，奪機中之織素，乍開
花而傍㿝，或含影而臨池。向玉階而結彩，拂網戶而低枝。
七言表柏梁之詠，三軍傳魏武之奇。

于是重閨佳麗，貌婉心嫻，憐早花之驚節，訝春光之遣寒。
袷衣始薄，羅袖初單，折此芳花，舉茲輕袖，或插鬢而問
人，或殘枝而相授，恨鬢前之大空，嫌金鈿之轉舊。顧影
丹墀，弄此嬌姿，洞開春牖，四卷羅帷。春風吹梅長落盡，
賤妾為此斂蛾眉，花色持相比，恒愁恐失時。〔註50〕

文中先贊賞梅花「偏能識春」之花期特徵，再逐次的描寫梅花開花之
形狀、芳香、枝葉與神韻，最後再以深閨佳麗早春折梅，目睹花落失
時，女子傷春自憐而終。賦中從梅花的花期、花色、枝、葉、香味、
神態以及到最後以美人相比擬，可以說南朝文人從梅花外在表徵的欣
賞到內心情感的寄託，已經初步完成了梅花基本的審美意涵。宋楊萬
里在〈洮湖和梅詩序〉提到「梅之名肇于炎帝之經，著于《說命》之
書、〈召南〉之詩，然以滋不以象，以實不以華也。……南北諸子如
陰鏗、庾信、徐陵、何遜、蘇子卿，詩人之風流至此極矣，梅于是時
始一日以花聞天下。」〔註51〕正說明梅花在南朝時期的詩人手中，才
真正從果樹的身分轉變成為一種重要的欣賞花木。而由人們對於梅
關注重點的改變，亦可以得知梅與人們生活之中的關係也在改變。也
就是說魏晉之前人們與梅的生活關係主要是建立在食用的關係上，
因此在象徵上也著重在「鹽梅和羹」的生活譬喻；而到了南朝時

〔註50〕（清）嚴可均：《全上古三代秦漢三國六朝文》（北京：中華書局，
　　　　1987 年 3 月），全梁文卷 8，頁 2997。
〔註51〕（宋）楊萬里：《誠齋集》，《景印摛藻堂四庫全書》集部第四五冊
　　　　（臺北：世界書局，民國 77 年），卷 79，頁 392～233。

期，梅與貴族的生活是建立在園林的遊賞上，因此關注的焦點自然也就轉移到花朵上。另外從「宮梅」、「官梅」等用詞可知，這時用於欣賞的梅花主要是栽種於貴族園林之中，而「庭梅」、「窗梅」、「階下梅」等場景則說明這時文人所欣賞的是庭台樓閣之中的梅花，一如拘限於宮闈樓閣的柔弱佳麗一般，展現的是一種宮廷文人閨閣幽怨的綺靡情趣。因此這一時期的梅花意象，也就與女性相關的形象、情感密切相關，所以在格調與意境上的成就也就不高。不過也有像鮑照〈梅花落〉這種精確掌握梅花品格上的特點，而能託物言志抒寫境遇的優秀作品。但整體而言，南朝作品在梅花審美的歷程中，還只是一個開端。

第三節　唐代梅花人格精神的萌發

受到南朝詩風的影響，初唐的詠梅詩仍不免帶著閨怨傷春的氣息。因此早春獨放的梅花，還常常是一副被欺凌的弱質形象，例如張九齡〈庭梅詠〉：「芳意何能早，孤榮亦自危。更憐花蒂弱，不受歲寒移。朝雪那相妒，陰風已屢吹。馨香雖尚爾，飄蕩復誰知。」〔註52〕雖然弱質的梅花形象仍承襲南朝以來的形象，不過詩中也開始寄託著文人對於自身處境的投射，不再是純粹的詠物詩，因此在意涵上明顯深刻許多。初盛唐的詠梅詩雖然不多，但仍表現出與前代不同的特色。最大的差異在於南朝閨閣、苑囿裡的梅花，到了初盛唐詩人手中，無論是描寫的時空情境，或是內在寄託的情感，都比狹隘的南朝詠物詩開拓許多。

隨著大一統帝國的建立，初盛唐文人展現著恢宏的視野與積極的功業熱情，文人不再如同梁、陳宮廷文人沉醉於綺靡的閨閣抒寫，對於豪情萬丈的文人而言，邊疆荒漠才是詩人嚮往的功業場域，因此這時期的文人並不著眼於開落在苑囿裡的小花小草，隨著開闊積極

〔註52〕《全唐詩》，卷48，頁592。

的熱情，梅花被置入更廣大的山河景致之中。唐代雖然仍延續南朝《梅花落》的擬作熱潮，但已明顯從閨閣氣息轉變成為征戍離別的男兒情調，例如盧照鄰〈梅花落〉：「梅嶺花初發，天山雪未開。雪處疑花滿，花邊似雪回。因風入舞袖。雜粉向妝臺。匈奴幾萬里，春至不知來。」〔註53〕沈佺期〈梅花落〉：「鐵騎幾時回，金閨怨早梅。雪寒花已落，風暖葉應開。夕逐新春管，香迎小歲杯。盛時何足貴，書裏報輪台。」〔註54〕詩中梅花仍是傷春的重要媒介，但場景已從亭台樓閣轉變成邊塞荒漠，展現的是一種男兒建功的豪邁氣魄。除了借梅抒發邊塞之情外，文人偶爾也會描寫梅花真實的野外風情，例如王適〈江濱梅〉：「忽見寒梅樹，開花漢水濱。不知春色早，疑是弄珠人。」〔註55〕水濱的梅花風情向來是宋人喜愛描寫的梅花姿態，不過這首詩所展現的是梅花景致，與日後宋詩中充滿畫意的構畫迥然不同，它所展現的正是梅花在尚未形成寫作熱潮之前的隨性之筆，既脫離南朝范圍的春怨，亦尚未形成宋以後特殊的梅花審美觀點，因此顯得格外自然清新。而在張說〈幽州新城作〉：「去歲荊南梅似雪，今年薊北雪如梅。共知人事何常定，且喜年華去復來。」〔註56〕透過梅與雪的類似性，觸動空間與時間遷異所產生的情感變化，不僅描寫了不同地域的梅雪風情，亦表現了梅花在時序流轉的徵象，不過作者卻沒有六朝人那種傷逝流離的哀感，反而呈現出一種任運變化的自在之情。而王維〈雜詩〉三首之二：「君自故鄉來，應知故鄉事。來日綺窗前，寒梅著花未。」〔註57〕由於梅花特別具有時序變化的物象表徵，故梅花也成為思鄉遊子惦記故鄉的物象代表。當遊子離鄉面對空間隔離的苦楚時，自然也會對於時間的流逝感到焦慮，因此當遊子看見梅花盛開時，不由得就會興發起思鄉之情。

〔註53〕《全唐詩》，卷18，頁196。
〔註54〕《全唐詩》，卷96，頁1034。
〔註55〕《全唐詩》，卷94，頁1016。
〔註56〕《全唐詩》，卷87，頁962。
〔註57〕《全唐詩》，卷128，頁1304。

　　初盛唐文人中，杜甫算是詠梅最多的文人。杜詩中提到最多的花卉是梅花和菊花〔註58〕，從杜甫的詩中可知梅花在他的生活當中佔有重要的地位，例如：「繡衣屢許攜家醞，皂蓋能忘折野梅？」〔註59〕「何當看花蕊，欲發照江梅。」〔註60〕「市橋官柳細，江路野梅香。」〔註61〕「安得健步移遠梅，亂插繁花向晴昊？」〔註62〕「草堂少花今欲栽，不問綠李與黃梅。」〔註63〕無論是欣賞野梅、江梅，還是折梅、栽梅，杜甫多帶著極高的興致在從事，洋溢著梅花予人欣悅的春意感受，因此宋代方回在《瀛奎律髓》卷二十提到：「老杜詩凡有梅字者皆可喜，"巡簷索共梅花笑，冷蕊疏枝半不禁"。"索笑"二字遂爲千古詩人張本。」〔註64〕杜甫多數與梅花相關的作品主要是在流寓巴蜀等地期間所寫，在困頓流離的生活中能夠興發賞梅遊春的欣悅之情，亦足見杜甫對於梅花的喜好。不過若從杜甫另外兩首有名的詠梅詩來看，梅花驚時傷逝的情感則大過於梅花春意的欣喜之情，〈和裴迪登蜀州東亭送客逢早梅相憶見寄〉云：「東閣官梅動詩興，還如何遜在揚州。此時對雪遙相憶，送客逢春可自由。幸不折來傷歲暮，若爲看去亂鄉愁。江邊一樹垂垂發，朝夕催人自白頭。」〔註65〕這首詩以早梅傷愁立意，雖寫梅花卻以抒發憶友及白頭傷時之悲，文中借用了何遜愛梅的歷史佳話來讚美裴迪的詠梅詩，並以梅花乃傷時之物，回應裴迪因不能折梅相寄的遺憾。另外〈江梅〉：「梅蕊臘前破，梅花年後多。絕知春意好，最奈客愁何。雪樹元同色，江風亦自波。故國

〔註58〕程杰：《中國梅花審美文化研究》（四川：巴蜀書社，2008年8月），頁43。
〔註59〕《全唐詩》，卷226，頁2446。
〔註60〕《全唐詩》，卷226，頁2445。
〔註61〕《全唐詩》，卷226，頁2433。
〔註62〕《全唐詩》，卷217，頁2270。
〔註63〕《全唐詩》，卷226，頁2448。
〔註64〕（元）方回：《瀛奎律髓》，《景印文淵閣四庫全書》第1366冊（臺北：台灣商務印書館，1986年7月），卷20，頁235。
〔註65〕《全唐詩》，卷226，頁2437。

不可見，巫岫鬱嵯峨。」〔註66〕歲末梅綻，勾動傷時與故國家園之思，雖詠江梅實是抒發故國之思。從這兩首詠梅詩中可以發現杜甫透過梅花所呈現的情感，主要是時間上白髮的傷時之感，以及在空間上流寓所產生的故國與友人之思，因此杜甫的詠梅詩已經跳脫南朝宮怨傷春的狹小情感，並能進一步開拓了梅花抒情的內涵與範圍，直接影響中晚唐詠梅題材的寫作。

梅花在初盛唐時期尚得不到文人普遍性的關注，除了不符合唐人穠豔的審美風尚外，其生物性的限制也是影響的重要因素。梅花雖能在春雪未消之際開花，但卻無法耐受極端的酷寒，最多只能抵抗零下15至20度的低溫〔註67〕，故在分布上主要以南方為主，晚唐詩人羅鄴〈梅花〉云：「繁如瑞雪壓枝開，越嶺吳溪免用栽。卻是五侯家未識，春風不放過江來。」〔註68〕正說明梅花在地域上的分布界限，因此以長安為政經、文化中心的唐代，文士在京都與梅花接觸的機會自然不能與適合北方生長的牡丹、桃李相比。安史之亂後士人避亂、貶謫、宦遊南方者日眾，因此對於梅花的描寫也有增多的趨勢。杜甫首先對於梅花賦予了「東閣官梅」的浪漫情懷，何遜也因為杜甫的這首詩而在詠梅的歷程中被凸顯出來。只是何遜〈詠早梅詩〉所詠梅花原是皇家苑囿裡的花木，但唐人卻將之理解為官圃的梅花，並把何遜詠梅理解成文人仕宦生活中的風流佳話，用以投射文士對於南方的浪漫想像，例如白居易到杭州後所作〈官舍〉云：「高樹換新葉，陰陰覆地隅。何言太守宅，有似幽人居。太守臥其下，閒慵兩有餘。起嘗一甌茗，行讀一卷書。早梅結青實，殘櫻落紅珠。」〔註69〕將官邸視為幽人所居的閒逸之地，於院中品茗觀花開花落，正是「東閣官梅」雅致情懷的顯現。

〔註66〕《全唐詩》，卷232，頁2555。

〔註67〕陳俊愉、程緒珂主編：《中國花經》（上海：上海文化出版社，2003年6月），頁113。

〔註68〕《全唐詩》，卷654，頁7522。

〔註69〕《全唐詩》，卷431，頁4760。

　　不過唐代將嶺南作為重罪貶謫的流放之地，由於梅花富於南方色彩，且在等待北歸的漫長等待中，梅花又是最能標誌時序流轉的重要徵象，因此特別容易觸發貶謫文人在空間與時間的強烈感受，故在中唐以後，梅花逐漸的與貶謫南方的概念關連在一起，例如劉長卿〈卻歸睦州至七里灘下作〉：「南歸猶謫宦，獨上子陵灘。江樹臨洲晚，沙禽對水寒。山開斜照在，石淺亂流難。惆悵梅花發，年年此地看。」〔註70〕〈送李祕書卻赴南中〉：「卻到番禺日，應傷昔所依。炎洲百口住，故國幾人歸。路識梅花在，家存棣萼稀。獨逢迴雁去，猶作舊行飛。」〔註71〕白居易〈與諸客攜酒尋去年梅花有感〉：「馬上同攜今日杯，湖邊共覓去春梅。年年只是人空老，處處何曾花不開。」〔註72〕年年異鄉觀梅呈現出的是空間上的「客感」，以及時間不斷流逝的傷時之情，因此梅花在貶謫文學中特別具有明顯的象徵意涵。

　　另外一個與梅花相關的重要貶謫意象則是庾嶺梅花，由於庾嶺是一個具有南北空間標誌的重要關卡，故流貶官員在經過此地時，特別會產生強烈的地域隔絕之感，故在回望北方京畿之際，望見這裡的梅花，不由得對於具有南方風物及時間象徵的梅花產生了深切的感受，例如：宋之問〈題大庾嶺北驛〉：「陽月南飛雁，傳聞至此回。我行殊未已，何日復歸來。江靜潮初落，林昏瘴不開。明朝望鄉處，應見隴頭梅。」〔註73〕

　　中唐以後的文人對於梅花有越來越重視的趨勢，探究其原因主要是中唐文人的人生追求已經不同於追求外在功業的盛唐文人，由於他們對外在現實的退縮，因此也逐漸轉向日常生活以及內在心境的呈露，李澤厚在《美的歷程》中提到：「中唐開始大批湧現的世俗地主

〔註70〕《全唐詩》，卷147，頁1483。
〔註71〕《全唐詩》，卷147，頁1489。
〔註72〕《全唐詩》，卷443，頁4963。
〔註73〕《全唐詩》，卷52，頁641。

知識分子們（以進士集團為代表）很善於『生活』。他們雖然標榜儒家教義，實際卻沉浸在自己的各種生活愛好之中：或享樂或消閒。」〔註74〕也因而這種著眼於日常生活的關注，中晚唐文人在詩歌中也常出現賞花、折花、種花等閒逸的生活片段，呈現出追求欣悅美好的閒情逸緻，例如白居易〈東坡種花二首〉其一：「持錢買花樹，城東坡上栽。但購有花者，不限桃杏梅。百果參雜種，千枝次第開。天時有早晚，地力無高低。紅者霞豔豔，白者雪皚皚。遊蜂逐不去，好鳥亦來棲。前有長流水，下有小平臺。時拂臺上石，一舉風前杯。花枝蔭我頭，花蕊落我懷。獨酌復獨詠，不覺月平西。巴俗不愛花，竟春無人來。唯此醉太守，盡日不能迴。」〔註75〕詩中充分表現對植花藝草以及經營園林的閒情逸致，中唐文人的生命特質展現了從前文人少有的生活關注與享受。可以說中唐以後這批透過科舉而興起的社會新貴，逐步取代六朝以來門戶士族的政經勢力，由士大夫主導的雅文化逐漸影響整個文化的風尚，因此可以很明確的發現盛唐喜愛穠麗富貴的盛世氣魄，轉而喜愛素雅平實的生活逸趣，是故在中唐詩歌中開始大量出現白牡丹、白蓮、白菊、梔子花等各式白花的欣賞，正可以說明這種有別於傳統士大夫之審美情趣的轉變，因此白色的梅花也才在這種新審美觀中開始被文人欣賞。更重要的是梅花凌寒的特性亦正好符合士大夫某種內在精神需求的投射。這群新興的社會新貴，他們的內在也亟需要建立一套屬於自我價值的精神架構，中唐的古文運動正是在這樣的精神需求中展開。於是內在的道德逐漸取代外在的事功，儒家精神道統再次被重視，言必有物的倫理意涵亦開始強調，因此花木比德的意涵也隨之萌發。故在這樣的時代風潮中，梅花也慢慢的成為士大夫建立自我獨特價值的重要象徵物，因此梅花也從三春芳菲逐步成為具有德性價值的象徵意涵。梅花在中唐以前，僅被看作與桃、李相類的春花，尚不具備精神的象徵性，甚至還是作為與松、竹

〔註74〕李澤厚：《美的歷程》（臺北：三民書局，2007年9月），頁171。
〔註75〕《全唐詩》，卷443，頁4802。

對比的負面物象。從初、盛唐的文學作品就可以發現這樣的現象，例如宋璟的〈梅花賦〉，原作雖然亡佚，但據顏真卿〈廣平文貞宋公神道碑銘〉提到：「作〈長松篇〉以自興，〈梅花賦〉以激時」、「〈賦〉嗤梅豔，〈篇〉美長松」〔註76〕，這段話說明〈梅花賦〉是以梅花作為一時盛豔的負面表徵，並用以凸出松樹之象徵品格節操的價值，這與南朝鮑照〈中興歌十首〉所說：「梅花一時豔，竹葉千年色。願君松柏心，采照無窮極。」〔註77〕可謂一脈相傳。故中唐以前的梅花意涵，主要還是延續著南朝以來春花時豔的意象。不過到了中唐詩人朱慶餘的〈早梅〉：「天然根性異，萬物盡難陪。自古承春早，嚴冬鬥雪開。豔寒宜雨露，香冷隔塵埃。堪把依松竹，良塗一處栽。」〔註78〕詩中所強調的已經不是梅花「承春早」的春花特性，而是梅花「嚴冬鬥雪開」的精神特性，並將之提升到與松竹相同的地位，雖然歲寒三友之說到了南宋代才正式被提出〔註79〕，但是這首詩其實已經明確掌握了歲寒三友的精神意涵，可謂梅花從一般性審美轉向精神象徵的前奏。而在方干〈胡中丞早梅〉：「芬郁合將蘭並茂，凝明應與雪相宜。」〔註80〕蘭花自古就有君子象徵，而其香味更有王者之香的稱譽，這首詩將梅香與之相提，除了是感官嗅覺的比附外，在價值的意涵上也有所相應，可以說在這個時期梅花正處於脫胎換骨的階段，因此也逐漸與傳統具德性象徵的花木關聯在一起。甚至這種凌寒的品格後來也被擬人化成為可與人為伴的益友，陸希聲〈陽羨雜詠十九首〉其二：「凍蕊凝香色豔新，小山深塢伴幽人。知君有意凌寒色，羞共千花一樣春。」〔註81〕梅花「有意」的凌寒鬥志，正是詩人認為梅花可以伴幽

〔註76〕（清）董誥：《全唐文》（上海：上海古籍出版社，1990年12月初），卷343，頁1538。

〔註77〕《先秦漢魏晉南北朝詩》，卷七，頁1272。

〔註78〕《全唐詩》，卷515，頁5889。

〔註79〕程杰：《梅文化論叢》（北京：中華書局，2007年5月），頁39。

〔註80〕《全唐詩》，卷650，頁7466。

〔註81〕《全唐詩》，卷689，頁7912。

人的最重要特質，這種違背美好春光的特性，正是比德價值中的君子品格，也是梅花不同於其他三春芳菲的地方。又如韓偓〈梅花〉所說：「梅花不肯傍春光，自向深冬著豔陽。龍笛遠吹胡地月，燕釵初試漢宮妝。風雖強暴翻添思，雪欲侵凌更助香。應笑暫時桃李樹，盜天和氣作年芳。」〔註82〕詩人同樣強調梅花不傍春光的凌雪抗暴精神，於是當梅花越具有精神的象徵意涵時，也就逐漸與其他春天的花卉產生區隔，故梅花在文人尋求自我價值的需求中，其凌雪的特性也得到了文人精神價值的賦予。正因為在這種價值取向上的轉變，梅與桃李的評價也開始產生不同的變化。有的人從梅花早花的特性來與桃李作比較，例如：「風光先占得，桃李莫相輕。」〔註83〕梅花早花不再是南朝被霜雪欺凌的弱質形象，「占」顯現出積極主動的強勢作為，而能取得勝於桃李的先機；有的人從花的色香來作比較，例如：鄭谷〈梅〉：「素豔照尊桃莫比，孤香黏袖李須饒。」〔註84〕宋陸佃《埤雅》提到「梅花優于香，桃花優于色。」〔註85〕在外形上桃花明顯比梅花豔麗，但詩人用「素豔」這種不同於一般的審美觀點來欣賞梅花的美，亦足見這時期文人在審美上有所轉變。於是梅花開始具有德性價值的意涵，而桃花卻反而變成小人的象徵這種現象，例如：韓偓〈湖南梅花一冬再發偶題於花援〉：「夭桃莫倚東風勢，調鼎何曾用不材。」〔註86〕在梅花與桃花的消長之中，可以明顯看到比德的象徵意涵已經逐漸在影響花卉審美的標準。

到了晚唐，由於綺靡繁豔的詩風興起，因此詠梅詩也呈現出精工細膩的語言描寫與幽約意境的營造。在語言上多用美麗的辭藻來取代一般性的語彙，讓詩作呈現出更為細緻華豔的語言感受，例如

〔註82〕《全唐詩》，卷680，頁7792。

〔註83〕《全唐詩》，卷196，頁2020。

〔註84〕《全唐詩》，卷677，頁7760。

〔註85〕（宋）陸佃：《埤雅》，嚴一萍選輯《百部叢書集成》五雅全書（臺北：世界書局，1988年），卷十三，頁4。

〔註86〕《全唐詩》，卷680，頁7793。

「素豔」、「凝明」、「寒豔」、「粉豔」、「粉蕊」、「凍白」、「寒香」、「奇香」、「幽香」等語彙來替代、形容與梅花相關的意涵，讓梅花從現實可見的一般花木，蛻化為值得不斷賞玩的精緻藝品，呈現出華美綺麗的語言風格，例如羅隱〈梅花〉：「愁憐粉豔飄歌席，靜愛寒香撲酒罇。」〔註87〕齊己〈早梅〉：「風遞幽香去，禽窺素豔來。」〔註88〕朱慶餘〈早梅〉：「豔寒宜雨露，香冷隔塵埃。」〔註89〕詩人頗費心思在梅花的色、香的形容上，詩人用素、寒、粉等冷調的詞來刻劃梅花這種獨特幽豔的氣質。而在梅花的香味上，同樣也使用了寒香、幽香等冷色調的形容詞彙，因此在文人精工細緻的描寫之下，梅花呈現出一種幽冷靜謐的特殊美感。而在意境的營造上，傳統上常用與梅在開花環境上有密切關係的雪、霜來作映襯，晚唐詩人則運用與梅花不是直接環境關係的月亮來作映照，由於潔白的花色與皎潔的月色都具有冷寒潔清的調性，故詩人透過主觀心靈的連類，將兩者連屬在一幅唯美的心靈圖像之中，例如羅鄴〈早梅〉：「凍香飄處宜春早，素豔開時混月明。」〔註90〕溫庭皓〈梅〉：「曉覺霜添白，寒迷月借開。餘香低惹袖，墮蕊逐流杯。」〔註91〕唐彥謙〈梅〉：「玉人下瑤臺，香風動輕素。畫角弄江城，鳴瑚月中墮。」〔註92〕李群玉〈人日梅花病中作〉：「玉鱗寂寂飛斜月，素豔亭亭對夕陽。」〔註93〕梅花花色偏於冷色調，以及開花時無葉且花瓣單薄，故在整體的感受中原本顯得孤清寂寒，因此若再映襯同屬冷色調的月亮，則能夠呈現出一種幽冷寂清的寧謐意境。此外晚唐文人已不復盛唐詩人的豪情，因此不再書寫大山大水的邊塞梅花，他們細細賞玩著梅花，連花蕊細微樣貌都仔

〔註87〕《全唐詩》，卷657，頁7550。
〔註88〕《全唐詩》，卷843，頁9528。
〔註89〕《全唐詩》，卷515，頁5889。
〔註90〕《全唐詩》，卷654，頁7513。
〔註91〕《全唐詩》，卷597，頁6916。
〔註92〕《全唐詩》，卷671，頁7665。
〔註93〕《全唐詩》，卷569，頁6604。

細的描寫，例如：和凝〈宮詞〉：「風蕊奇香粉蕊輕」〔註94〕陸希聲「凍蕊凝香色豔新」〔註95〕足見這時期文人的心思主要是留連在身邊物象與內心幽微情感的抒發，因此對於梅花的寫作也呈現較為細膩的描寫。

總之，梅花在唐代文學中的重要發展，是從杜甫之後才開始大幅進展。初、盛唐主要還是延續六朝著眼於梅花開落的心理情感，以及三春芳菲的物象與時序象徵。中唐以後，文人與梅花的生活情感增多，舉凡宴遊、旅途、栽種各種生活情境的描寫增多，且各種不同環境形態的梅花也成為文人勾勒描寫的對象，水邊之梅、村野之梅、道途之梅、官舍園林之梅無不在文人筆下得到生動的描繪。更重要的是中唐文人在描寫梅花的「情」與「景」之外，更進一步從梅花早花特性，提升至鬥雪的節操，而視之為獨特的稟賦，並逐漸與傳統具有德性象徵的松、竹並列。可以說梅花精神象徵意涵在中唐以後已經逐步強化，到了宋代由理學進一步催化之後，終而使梅花脫胎換骨成為最具德性象徵的花卉。而晚唐受綺靡繁豔詩風的影響，梅花在詩歌中也呈現出精工細緻的語言特色與幽寒冷豔的形象。可以說梅花審美到了晚唐時已經逐漸發展出一種有別於傳統的審美方式與象徵意涵，這是一種從士大夫審美情趣中慢慢發展而形成的雅文化，並逐漸在影響花卉審美的內涵。

唐代的詠梅詩無論在質與量都有大幅度的進展，但若與其他花卉比較就可以發現梅花仍然不是文人最喜愛的花卉，最大的原因可能還是肇因於唐代喜好富麗穠豔的審美風尚有關，而梅花在這樣的審美標準下，確實比不上唐人喜愛的桃花、牡丹這類富豔的花卉，故《四庫全書總目》云：「偶然寄意，視之亦與諸花等。」〔註96〕因此梅花真

〔註94〕《全唐詩》，卷735，頁8397。
〔註95〕《全唐詩》，卷689，頁7912。
〔註96〕（清）紀昀：《四庫全書總目》（臺北：台灣商務印書館，民國72年），卷167，集部20，頁1438。

正被當成為一種與眾不同的特殊花卉，且形成一種審美風尚，則要到宋代才真正形成。

第四節　北宋梅花審美──清韻與梅格

　　承續了中唐以來的審美發展，梅花審美到了宋代有了大幅度的開展，這時的梅花審美逐漸超越表象的形色欣賞，進而掘發梅花形象之外的韻與格，可以說梅花審美到了宋代才達到了高峰。梅花能夠在宋代異軍突起成為人們極致推崇的花卉，除了受到理學影響外，也受當時政經等社會因素的影響。由於宋代重視士大夫，知識份子獲得了前所未有的優越地位，許多士子能夠從科舉找到晉升的機會，因此產生了許多白衣卿相。這群士大夫取代六朝以來貴族、門閥對於社會資源的掌控，他們構築園林、宴飲遊賞，並主導文學與藝術的發展，形成以士大夫審美情趣為主的雅文化，這種雅文化是士大夫用以標舉自身品味與格調的重要標誌，所以首先必須展現出與一般人不同的高雅品味，這時避俗就成為文人審美上必須注意的首要條件。是故宋人在審美上一反傳統喜愛穠豔富麗的審美風尚，轉而追求一種素淡、雋永、有韻致的素樸品味。這種新的審美風尚導致傳統人們喜愛的桃花，受到了士大夫嚴重的貶抑，而向來不被重視的梅花正好能夠發揮這種文人獨特的高雅品味。梅花無論是外在的形色，還是凌寒的特性，都能符合這個新興階層對於脫俗雅致的需求，以及精神價值的寄託，因此梅花也逐漸成為雅文化的花卉象徵。

　　當然梅花能夠成為宋代最具有代表性的花卉，除了上述政、經等外在因素外，更重要的是一些重要人物對於梅花審美所產生的影響，其中影響最深遠的是宋真宗時的隱士林逋。林逋僅存的八首詠梅詩被譽為「孤山八梅」，雖然數量很少，但對於後世梅花審美卻產生非常深遠的影響，其中以「疏影橫斜水清淺，暗香浮動月黃昏」〔註97〕對

〔註97〕《全宋詞》，冊2，頁1217。

於梅花審美的意境產生非常大的影響。林逋對梅花審美的影響主要有四個主要面向：

首先是審美焦點從花轉移至梅枝：花朵原本就是最引人注目的部位，因此傳統的詠梅詩通常也集中在花朵的色、香描寫，但林逋捨棄傳統從大環境來寫梅花形貌的手法，也放棄晚唐詩人聚焦在蕊瓣的微觀情態，而是運用所謂框景構圖的方式，將焦點集中在一枝別具韻致的花枝上，（南宋）林希逸：〈題梅花帖〉：云「梅經和靖詩堪畫」〔註98〕說的正是詩中富於視覺形象的特色。不過描寫梅枝的詩人，林逋並不是第一人，南朝何遜〈詠早梅〉：「含霜當路發，映雪擬寒開。枝橫卻月觀，花繞凌風臺。」〔註99〕詩中就已經從枝描寫到花，並提及「枝橫」，而杜甫〈舍弟觀赴藍田取妻子到江陵喜寄〉：「巡簷索共梅花笑，冷蕊疏枝半不禁。」〔註100〕詩中也已經提到「疏枝」。在林逋之前描寫枝幹橫、疏之美的詩句早已經出現，只是他們寫作的焦點主要還是在花，枝幹通常只是陪襯之物，或偶然提及，不若林逋有意識的將焦點從花轉移到枝幹上〔註101〕。林逋八首詠梅詩中最常被提及的主要有「疏影橫斜水清淺，暗香浮動月黃昏。」〔註102〕、「雪後園林才半樹，水邊籬落忽橫枝。」〔註103〕、「湖水倒窺疏影動，屋簷斜入一枝低。」〔註104〕這三聯詩的描寫焦點主要都集中在枝，雖然枝上也有花，但林逋卻強調在枝幹的形貌姿態，亦即橫、疏等審美重點，因而形成一種峭勁疏爽的詩意美感。重視韻正是文人審美的特性，而韻的產生更不在梅花的形色，反而是從枝幹的疏瘦橫斜所產生，此種審美不僅影響詩詞及繪畫，甚至產生盆栽雕塑與欣賞古梅的

〔註98〕《全宋詩》，卷3122，頁37304。
〔註99〕丁福保輯：《全漢三國晉南北朝詩》（北京：中華書局，1959年），《梁詩》卷九，頁1155。
〔註100〕《全唐詩》，卷231，頁2541。
〔註101〕程杰：《梅文化論叢》（北京：中華書局，2007年5月），頁52。
〔註102〕《全宋詞》，冊2，頁1217。
〔註103〕《全宋詞》，冊2，頁1217。
〔註104〕《全宋詞》，冊2，頁1218。

風氣。

　　其二，林逋用水、月來作爲映襯梅花的景物，改變傳統與霜雪爲伴的描寫習慣〔註105〕。林逋在「疏影橫斜水清淺，暗香浮動月黃昏。」這聯詩中，點出「疏影」與「暗香」兩個梅花美感的焦點，辛棄疾〈和傅巖叟梅花二首〉其一：「暗香疎影無人處，唯有西湖處士知。」〔註106〕在林逋將梅花「疏影」與「暗香」掘發之後，就深刻的影響了後世詩歌中梅花的描寫。不過深入去看時，卻發現眞正能夠讓詩境呈現出寧謐幽靜的意境，則是水與月兩個意象的烘托。將水或月運用在梅花描寫的映襯上，林逋並不是第一人。早在唐代就已經有詩人注意到臨水梅花的特殊美感，詩題或詩文當中亦可見「江梅」、「溪梅」，張謂〈早梅〉提到：「一樹寒梅白玉條，迥臨林村傍谿橋。不知近水花先發，疑是經春雪未銷。」〔註107〕足見水濱之梅很早就是詩人喜歡描寫的梅花景致之一。不過，林逋高妙之處正在於唐詩中的臨水梅通常只是風景的描寫，但林逋卻意在透過水的清淺明澈來映照梅枝的姿態，以營造峭勁疏爽的風韻，而水的潔清與枝的疏落，亦蘊藉著孤芳自賞的清高之態。至於梅花與月亮的意象聯結則非自然景致，而是詩人構造意境之下的心靈連屬，在晚唐詩人的作品中已經開始運用，例如溫庭皓〈梅〉：「曉覺霜添白，寒迷月借開。」〔註108〕前人通常是從梅花幽冷花色與月亮清冷的色調相比擬，因而產生的一種幽豔清冷的視覺感受。而林逋則是改用嗅覺意象的暗香來與視覺意象的冷月作對應，並在「暗」與「黃昏」的縹緲氛圍中，渲染出一種幽渺難尋的唯美情韻。雖然前人早已分別使用過水或月來烘托梅花的情境，但林逋卻能夠別出新裁將水月這兩個意象同時運用在詩境之中，藉以映襯疏枝橫影的清寂之美。事實上水與月所形塑出來的美感，正是宋人

〔註105〕程杰：《梅文化論叢》（北京：中華書局，2007年5月），頁52。
〔註106〕《全宋詩》，卷2581，頁30001。
〔註107〕《全唐詩》，卷197，頁2022。
〔註108〕《全唐詩》，卷597，頁6916。

最重視的「清」，曾丰提到：「水色月華俱受清」〔註 109〕姚宋佐〈梅月吟〉：「梅花得月太清生」〔註 110〕釋居簡〈苔梅〉：「精神華月凜清標。」〔註 111〕由於水與月具備了「清」的美感特質，而能夠烘托出梅花清逸的脫俗之氣，是故後來的文人也就喜歡將這兩個意象運用到詩歌之中，例如梅堯臣〈依韻和正仲重台梅花〉：「月光臨更好，溪水照偏能。」〔註 112〕曹彥約〈再次仁季詠梅韻〉：「水邊得月共樓臺，此處風光可認梅。」〔註 113〕到了南宋後隨著梅花道德意涵的形成，水、月亦隨之而有精神的意涵，如王從叔〈浣溪沙·梅〉：「水月精神玉雪胎，乾坤清氣化生來。」〔註 114〕水、月意象原本就蘊含著豐富的文化積澱與美感蘊藉，因此當梅花進一步往精神象徵發展時，水、月亦可以與之輝映，成為襯托梅花最好的精神意象。而水、月意象在詠梅歷程中能夠產生這麼深遠的影響，林逋的發掘之功可謂功不可沒，是故王十朋在〈臘日與守約同舍賞梅西湖〉中贊美：「暗香和月入佳句，壓盡今古無詩才。」〔註 115〕

其三，梅花神韻的發掘。林逋在擇取梅花審美的情態、以及烘托的物象有其獨特的眼光，不過疏枝、暗香、水、月其實也不過是為了捕捉梅花更深層美感的一種憑藉，換句話說，韻才是林逋成功營造出梅花意境的關鍵，南宋趙蕃〈梅花六首〉其五提到：「畫論形似已為非，牝牡那窮神駿姿。莫向眼前尋尺度，要從物外極觀窺。山因雨霧青增黛，水為風紋綠起漪。以是于梅覓佳處，故就偏愛月明時。」〔註 116〕正說明外在形色的描摹都不足以掌握真正的美感精神，故必

〔註 109〕 《全宋詩》，卷 2607，頁 30311。

〔註 110〕 《全宋詩》，卷 2612，頁 30350。

〔註 111〕 《全宋詩》，卷 27977，頁 33225。

〔註 112〕 《全宋詩》，卷 2731，頁 32167。

〔註 113〕 《全宋詩》，卷 254，頁 3097。

〔註 114〕 《全宋詞》，冊 5，頁 3555。

〔註 115〕 （宋）王十朋：《梅溪先生文集》，收於四部叢刊 184 冊（上海：上海書店，1989 年），卷 8，頁 9。

〔註 116〕 （宋）趙蕃：《章泉稿》（北京：中華書局，1985 年），卷 3，頁 68。

需迂曲的巧用其他物象來烘托主體，因此透過月來觀梅正是爲了捕捉這種清空幽渺的神韻。晚唐北宋以來特別重視韻味，講究「象外之象」、「景外之景」，重視空靈、含蓄之美，林逋亦受其影響。因此爲了捕捉這種物象之外的靈韻，林逋在藝術手法上，並不直接描寫梅樹的實體，而是透過「影」來投射「枝」的樣貌，並從暗香來間接暗示花的存在。透過側面描寫與梅花有關的影、香，而讓這些虛靈的物象來影射出主體的迷濛樣貌，並巧妙利用水、月這種情韻特別豐富的傳統意象，構築出一幅清幽雅致的朦朧意境。因此林逋詠梅詩真正成功的關鍵，不僅僅只是獨特意象的使用，更重要的是他成功的營造出梅花深美幽深的情致韻味。

　　其四，林逋隱士身分強化了梅花的人格象徵性。林逋是宋真宗時期非常著名的隱士，隱居於西湖孤山，據說二十年未曾涉足城市，由於愛梅成癡，甚至還流傳著梅妻鶴子的傳說，以人格高潔及詠梅詩聞名於世。在花卉意象發展的歷程中，某些著名文人特別喜愛的花卉，往往會受他們鮮明人格的影響，因而具有該文人的人格象徵，譬如愛菊的陶淵明影響了菊花的意象，使其具有隱士的象徵意涵，辛棄疾〈浣溪沙・梅〉提到：「自有淵明方有菊，若無和靖即無梅。」〔註117〕正說明人格價值的意涵亦是影響花卉人格象徵的重要因素，是故前代雖然不乏愛梅的文人，但愛梅如何遜卻只被視爲文士的風流之情，原因就在於文人對隱士的人格價值向來就特別崇敬，這也是菊花之所以能夠與陶淵明的人格意涵畫上等號的主要原因。隱士對於傳統文人的意義主要在於那是一種作爲知識份子最根深柢固的高傲，意味著身心的絕對自主，擁有不累於萬物的灑脫之情。雖然許多文人不願正面承認這種避世的價值，但骨子裡卻少有不懷著一股隨順性情的隱士情懷。由於林逋強烈隱士特質以及充滿清韻意境的梅花詩，共同形塑出一種超然物外的脫俗之情，因此史彌寧才說：「不是逋僊有梅癖，梅花清

――――――――――

〔註117〕《全宋詞》，冊3，頁1901。

韻似逋僊。」〔註118〕隱士躲避喧囂的清高特質，與梅花犯寒獨開的孤潔具有類似的品性，因而能夠相互映照與欣賞，而林和靖之所以愛梅也正是看重這種類似隱士孤潔高清的品性，他在〈山園小梅〉之二：「澄鮮只供鄰僧惜，冷落猶嫌俗客看。」〔註119〕〈梅華〉五首之二：「人憐紅豔多應俗，天與清香似有私。」〔註120〕梅花對於林逋而言無疑是具有精神上的寄託，因此他也賦予了梅花高潔的隱逸品性，因此無論是受林逋隱士身分的影響，還是林逋在詩作中所賦予的意涵，在在都強化了梅花隱逸的象徵意涵。加上此時梅花正處於與其他花卉審美差異化的重要時期，因此具有高士意涵的梅花，正能夠強化品格上的內涵，這對日後梅花人格化與德性化的發展，也起了相當重要的影響。

　　總之，林逋對於梅花審美的影響相當深遠，其中最重要的是他成功營造出梅花峭勁疏爽的韻致，並賦予了梅花全然不同的審美觀點。因此林逋的意義就在於確立了梅花文人審美的特色，亦即對於韻的審美追求。至此梅花審美也逐漸從客觀實物的欣賞過度到追求主觀意境的心靈圖像，而梅花也才從追求豔麗的世俗美感中脫穎而出，成為最符合文人審美情趣的花木。同時也在這種追求主觀心靈美感的唯心傾向下，梅花抽象的精神品格開始成為文士探討的焦點。雖然林逋的詠梅詩在後世影響非常深遠，但在林逋生前這些詠梅詩卻未曾見聞於世，當時人們對於他的印象主要還是隱逸的事蹟及品格節操。由於在北宋初期，牡丹還是人們最喜愛的花卉，因此必須等到中期以後，隨著梅花的價值逐漸被文人看重，林逋的詠梅詩才真正發揮他的影響力。

　　緊接在林逋之後，蘇軾對於梅花審美提出「梅格」這個重要的評價標準。提出梅格這個觀點的背景是源於這時出現一種長得非常像

〔註118〕《全宋詩》，卷3026，頁36059。
〔註119〕《全宋詩》，卷106，頁1218。
〔註120〕《全宋詩》，卷106，頁1218。

桃、杏的紅梅，由於人們容易混淆，因此石延年在〈紅梅〉這首詩中提供出了簡易的分辨方法，其詩曰：「認桃無綠葉，辨杏有青枝。」〔註121〕詩人從植物的外在枝葉形態來區分梅、桃、杏，不過這種簡單又明確的分辨方法，卻讓蘇軾不以為然，甚至批評為沒見識的「村學堂中體也。」〔註122〕他在〈紅梅三首〉提到：「怕愁貪睡獨開盡，自恐冰容不入時。故作小紅桃杏色。尚餘孤瘦雪霜姿。寒心未肯隨春態，酒暈無端上玉肌。詩老不知梅格在，更看綠葉與青枝。」〔註123〕向來不以形色取勝的梅花竟也出現桃紅的嬌色，因此紅梅的出現直接衝擊到以重視孤瘦清韻為主的梅花審美，故蘇軾針對這種矛盾，而提出梅格這個梅花審美的最高標準。他認為即使紅梅與桃杏在花色上非常類似，但這只是表象的相似，真正能夠代表梅花特徵的乃是其孤瘦傲雪的精神品格，亦即所謂的梅格。蘇軾認為所謂的「寫物之功」，意謂著體物傳神，也就是必須要抓住不同事物的共同特點，才能傳達出它們的內在神韻，絕不能在表象的枝梢末節上打轉。也因為這種講求內在的精神品性，因此紅梅這種有如桃杏俗豔的花色，也只是為了應俗所展現出來的樣貌。是故只從枝葉去分別它們之間的差異，是掌握不到梅花真正的精神。因此當他聽到王晉卿說林逋這兩句詩「杏與桃李皆可用也」〔註124〕，不免要反駁這種沒有見識的論調，於是在〈評詩人寫物〉中說：「林逋〈梅花〉詩云：『疏影橫斜水清淺，暗香浮動月黃昏。』決非桃李詩。」〔註125〕桃李只有表面的形色，並不具備蘊美的標格，林逋「疏影」一聯是傳神之筆，焉能用於桃李凡姿？

〔註121〕《全宋詩》，卷176，頁2005。

〔註122〕（元）方回：《瀛奎律髓》，《景印文淵閣四庫全書》第1366冊（臺北：台灣商務印書館，1986年7月），卷20，頁242。

〔註123〕（清）王文誥、馮應榴輯注：《蘇軾詩集》（北京：中華書局，1982年），卷21，頁1106。

〔註124〕（元）方回：《瀛奎律髓》，《景印文淵閣四庫全書》第1366冊（臺北：台灣商務印書館，1986年7月），卷20，頁237。

〔註125〕（宋）蘇軾：《蘇東坡全集》（北京：北京燕山出版社，1998年10月），卷97，頁5486。

王庭珪〈和王宰早梅〉便是順著蘇軾這樣的思路而云:「疏影橫斜語
最奇,桃李凡姿無此格。」〔註126〕蘇軾梅格的觀念對於梅花審美產
生了很大的影響,從此文人論梅總離不開「格」這個觀念,而詩詞中
也出現「標格」、「高格」、「冰格、「清格」、「仙格」、「天上格」等與
「格」有關詞彙。〔註127〕陸游〈芳華樓賞梅〉云:「一春花信二十四,
縱有此香無此格。」〔註128〕葛天民〈梅花〉:「桃李粗疏合負荊,歲
寒標格許誰并。」「格」已然成爲梅花所獨有的特殊象徵,一般的花
卉並不具備「格」這種精神象徵。在蘇軾梅格觀念的影響下,梅花精
神品格的意涵也逐漸確立了下來。

　　梅花審美在北宋的發展主要有兩個方向,一者是林逋在美感上
所發掘的韻,意在營造一種超乎形象之外的心靈意境;二者則是蘇軾
在梅花精神意涵上所賦予的梅格,用以標立梅花在精神品格上的獨
特性。張道洽〈梅花七律〉提到:「高標勝韻點人寒」〔註129〕正點出
梅花審美中「韻」與「格」這兩個重要的特質。「韻」著眼於形象之
外的「意」,而「格」則探究它在人文價值上的「德」,這兩者都意在
突破花卉表象的知覺美感,而進入抽象心靈的人文審美,這種重視形
象之外的內蘊神理正是宋代花卉審美的主要特色。相較而言,北宋時
期仍比較強調前者,以林逋所掘發的清韻美感爲主流;而蘇軾梅格的
精神意涵,則在北宋中晚期逐漸形成影響,並在南宋理學與比德觀念
的催化下,確立了梅花精神品格的崇高地位。也因爲北宋在花卉審美
上,仍然延續著感性美感的特性,雖然梅花幽清素雅的美感已經逐漸
得到文人的認可,但仍不敵牡丹國色天香的強烈美感,因此牡丹被北
宋人們譽之爲花王,而梅花則只佔有花魁、御史等附屬地位,例如劉

〔註126〕　（宋）王庭珪:《盧溪文集》（臺北:臺灣商務書局,?）,卷七,
　　　　　頁71。
〔註127〕　廖雅婷:《宋代梅花詞研究》（國立中正大學中國文學研究所碩士論
　　　　　文,民國92年6月）,頁337。
〔註128〕　《全宋詩》,卷2162,頁24448。
〔註129〕　《全宋詩》,卷3293,頁39253。

一止〈道中雜興五首〉云：「姚黃花中君，芍藥乃近侍。我嘗品江梅，
眞是花御史。不見霜雪中，炯炯但孤峙。」〔註130〕姚黃爲牡丹名品，
因此多作爲牡丹別名。牡丹穩居花中至尊的地位，而具有品格的梅花
則只是與廉潔有關的御史地位。也許是受「和羹」典故的影響，原本
就喻有王佐之材的梅，讓它無法跳脫臣屬的階層象徵。另外在北宋
晚期出現所謂十二客的說法，宋龔明之《中吳紀聞》卷四〈花客詩〉
提到：「張敏叔嘗以牡丹爲貴客，梅爲清客，菊爲壽客，瑞香爲佳
客，丁香爲素客，蘭爲幽客，蓮爲淨客，酴醾爲雅客，桂爲仙客，薔
薇爲野客，茉莉爲遠客，芍藥爲近客，各賦一詩，吳中至今傳播。」
〔註131〕十二客首列牡丹，說明當時流俗仍推崇牡丹，其尊貴地位仍
是一般芳菲所無法相比。梅花列爲第二，且稱爲清客，說明了梅花在
林逋之後，其疏瘦橫斜的清韻以及獨立不群的隱者風標，成爲梅花予
人的主要印象，故譽之爲清客，乃隱者之花。另外從北宋文人的作品
當中，也可以發現梅花在北宋的地位與角色的變化過程，例如：晏殊
〈胡搗練〉：

> 小桃花與早梅花，盡是芳妍品格。未上東風先拆。分付春
> 消息。佳人釵上玉尊前，朵朵穠香堪惜。誰把彩毫描得。
> 免恁輕拋擲。〔註132〕

這種將桃花和梅花合詠的情形，可以說明梅花在北宋早期，花卉的比
德意涵還沒有像南宋那麼強烈，因此這兩種後來評價兩極的花卉，才
可以用純粹物色的形象，而被放在一起欣賞。北宋中期，雖然蘇軾開
始強調「梅格」，而貶抑桃花的粗俗，甚至到了北宋晚期，梅花的比
德價值已經得到了多數文人的認同，不過這時梅花的地位依舊還是沒
有凌駕過牡丹，北宋晚期的陸佃提到：「論功縱在姚黃下，果子花中

〔註130〕　《全宋詩》，卷1445，頁16670。
〔註131〕　（宋）龔明之：《中吳紀聞》，收於張智主編：《中國地方志叢刊》
　　　　　　（臺北：廣陵出版社，2003年4月），頁167。
〔註132〕　《全宋詞》，冊1，頁98。

合是王。」〔註 133〕雖然他認為梅花應該堪任果樹中的花王，但整體而言還是在牡丹之下。大體而言，北宋時期文人對於梅花的欣賞雖然在內涵和品味都得到了很大的提升，但在當時人們的心中，牡丹花王的地位還是無法被梅花所動搖，因此必須等到宋室南遷之後，這時南方風物的梅花，才逐漸取代北方的牡丹。

第五節　南宋梅花審美歷程的完成

　　承續著北宋梅花審美發展的成果，南宋梅花欣賞開始進入了成熟時期。宋羅大經在《鶴林玉露》提到：「至六朝時，乃略有詠之者，及唐而吟詠滋多，至本朝，則詩與歌詞，連篇累牘，推為群芳之首。」〔註 134〕梅花在北宋還屬於少數文人或山林僧隱所喜歡的花卉，但是到了南宋甚至達到了販夫走卒亦趨之若鶩的地步，人們對於梅花的喜愛甚至超越了牡丹，梅花因而得以一躍而成為群芳之首、花品至尊。陸游〈西郊尋梅〉提到：「餘花豈無好顏色，病在一俗無由砭。」〔註 135〕這時梅花已成為雅的代名詞，而傳統受到人們喜愛的花卉反成為俗鄙的喜好。如果說北宋是梅花審美的縱深發掘，那麼南宋就是將梅花的文化內涵橫向的擴充到生活的每一個面向，形成了一種集體的文化熱潮。梅花審美在南宋時期的發展的特色主要有四點，分述如下：

一、從雅文化到世俗生活的拓展

　　宋室南遷之後梅花的欣賞日益興盛，梅花之所以能夠從狹小的雅文化圈迅速拓展成為一般民眾最喜愛的花卉，其外在的因素主要是宋室南遷的影響所致。由於受到氣候的限制，適合北方生長的牡

〔註 133〕　《全宋詩》，卷 908，頁 10676。
〔註 134〕　（宋）羅大經：《鶴林玉露》，收於《百部叢書集成》稗海第四函（臺北：藝文印書館，民國 54 年），卷四，頁 2。
〔註 135〕　《全宋詩》，卷 2156，頁 24320。

丹，已經無復北宋的栽培盛況。反倒是原本就屬於南方風物的梅花則取得了絕對的地利。加上在南宋偏安格局底定之後，大量移民人口集中於杭、嘉等富饒之地，形成文化與經濟空前繁盛的局面，這時人們對於生活品味的追求與休閒的需求大增，因此梅花在這樣有利的時空環境中，迅速從文人狹小的雅文化圈擴散成雅俗共賞的花卉，而達到所謂「呆女癡兒總愛梅，道人衲子亦爭栽」〔註136〕的空前盛況。這時梅花已經成為一種雅致的象徵，具有超凡不俗的品味，因此也形成了一種流行的風尚，是文人用以標榜自我格調，俗人用來附庸風雅的裝飾，成為一種雅俗共賞的文化活動。在梅花的風潮影響之下，不僅文學、藝術受其影響，它更廣泛的影響整個時代的文化品味與現實生活。

在園藝方面，范成大的《梅譜》是中國第一本梅花品種及評賞的專著，他在《梅譜》的自序曰：

> 梅，天下尤物，無問智賢愚不肖，莫敢有異議。學圃之士必先種梅，且不厭多。他花有無，多少，皆不繫重輕。余於石湖、玉雪坡既有梅數百本。比年又於舍南買王氏僦舍七十楹，盡拆除之，治為範村，以其地三分之一與梅。吳下栽梅特盛，其品不一，今始盡得之。隨所得為之譜，以遺好事者。〔註137〕

范成大這段話說明梅花在這個時期的風靡程度，並用「天下尤物」這種共識，來形容這種原本並不符合世俗審美喜好的梅花，足見當時梅花欣賞已經形成一種文化熱潮，因此連一般民眾也深受影響。此外對於梅花的栽種、品種的收集以及品評都成為文人喜愛的生活樂趣，如許及之詠梅詩中就包括了各種梅，包括：

> 魂清萼綠華，絕望江南使。天寒倚竹時，風標略相似。

〔註136〕　（宋）楊萬里：《誠齋集》，《景印摛藻堂四庫全書》集部第45冊（臺北：世界書局，民國77年），卷21，頁391～250。
〔註137〕　（宋）范成大：《梅譜》，收於周光培編《宋代筆記小說》（石家莊：河北教育出版社，1995年），第9冊，頁49。

〈綠萼梅〉〔註138〕

梅格依然在，詩家莫認桃。縱煩金井水，終近楚人騷。

〈紅梅〉〔註139〕

多葉似太繁，淺裝還越樣。格韻細題評，遠出紅梅上。

〈黃香梅〉〔註140〕

司花工剪蠟，墨客巧抽脾。醞藉無梅操，生香認得知。

〈蠟梅〉〔註141〕

另外南宋文人也喜歡在作品中廣泛的描寫各種不同情狀姿態的梅花，例如王炎在〈次韻朱晦翁十梅〉分別詠江梅、嶺梅、野梅、早梅、小梅、疏梅、枯梅、枯梅、落梅、賦梅等各種梅花。其中尤以古梅是南宋文人最愛吟詠的梅花姿態，顯示出林逋疏瘦的梅花審美對於南宋時期的古梅、老梅欣賞產生了深刻的影響。可以說原本林逋詩歌中所構築出來的梅花意境，在南宋時已經落實爲梅花在實際欣賞時的美感標準，范成大在《梅譜》提到：

> 梅以韻勝，以格高，故以橫斜疏瘦與老枝怪奇者爲貴。其新接稚木，一歲抽嫩枝，直上或三四尺，如酴醾薔薇輩者，吳下謂之氣條，此直宜取實規利，無所謂韻兆格矣。又有一種糞壤力勝者，放條上著短橫枝，狀如棘針，花密綴之，亦非高品。〔註142〕

這段文字說明自然生長狀態的新栽梅，樹形呈現出叢生的雜密狀態，且梅枝呈現向天的直梢，花雖多且密卻只適合當作果樹來獲利，更別談具有什麼樣特殊的姿韻。由於稚齡的梅樹很難符合橫斜疏瘦的美感要求，故只有在生長力已經不暢旺的古梅身上，才能夠呈現出清臞枯

〔註138〕《全宋詩》，卷2456，頁28413。
〔註139〕《全宋詩》，卷2456，頁28413。
〔註140〕《全宋詩》，卷2456，頁28413。
〔註141〕《全宋詩》，卷2456，頁28418。
〔註142〕（宋）范成大：《梅譜》，收於周光培編《宋代筆記小說》（石家莊：河北教育出版社，1995年），第九冊，頁49。

瘦怪奇的姿態。而在詩歌上，南宋文人也出現以描寫古梅爲主的詩歌，例如蕭德藻〈古梅二首〉提到：「湘妃危立凍蛟脊，海月冷掛珊瑚枝。醜怪驚人能嫵媚，斷魂只有曉寒知。」〔註143〕這種以虯曲古怪爲美的品味，幾本上無關於花朵的欣賞，花朵反而只是點綴性的配角。范成大〈古梅二首〉：「孤標元不鬥芳菲，雨瘦風皺老更奇。壓倒嫩條千萬蕊，只消疏影兩三枝。」〔註144〕這種著眼於枝幹的美感，並以皺老屈曲爲奇，以少勝多的美感標準，也形成了梅花臞、瘦的形象，如葉茵〈次林和靖先生梅韻〉：「生來清質十分瘦」〔註145〕、陳造〈再次韻趙帥見寄三首〉：「小梅清瘦杏花肥」〔註146〕、王邁〈海棠〉：「梅太清臞桃太肥」〔註147〕。此外這種聚焦於梅花特殊姿態的審美，更直接的影響了梅花畫譜的形成。宋伯仁《梅花喜神譜》是中國第一部以描繪梅花各種不同姿態風情的畫譜。每一圖中只畫一枝一蕊，並在畫的左側題詩四句，內容主要是描述花的情態並標上具寓意性畫題。包括描寫蓓蕾、小蕊、大蕊、欲開、大開、爛漫、欲謝、就實等各種梅花的姿態。如〈蓓蕾四枝〉其一：「南枝發歧穎，崆峒占歲登。當思漢光武，一飯能中興。」〔註148〕可以說梅花的審美，到了南宋時期已經從原本的詩歌，擴大到實際的園藝栽培，乃至於書畫等各種藝術類別。

有趣的是，南宋文人在欣賞梅花時，更制定了各種符合賞梅的情境要求，舉凡與梅相關的氣候、景物、人事情境亦被視爲欣賞的一部分，張鎡《梅品》列了「花宜稱」、「花憎嫉」、「花榮寵」、「花屈辱」等四事，共五十八條，列舉了合宜與不合適的賞梅事宜，用以防止庸

〔註143〕陳衍等：《宋詩精華錄》（四川：巴蜀書社，1992年3月），頁472。
〔註144〕（宋）范成大：《范石湖集》（香港：中華書局，1974年12月），卷23，頁328。
〔註145〕《全宋詩》，卷23184，頁38199。
〔註146〕《全宋詩》，卷2440，頁28257。
〔註147〕《全宋詩》，卷3006，頁35793。
〔註148〕《全宋詩》，卷3182，頁38188。

俗的事情與不當的對待，意在維護梅花高雅不凡的清韻。從中亦可以發現「清」的美學精神充分體現在南宋文人的生活中，人之所以能夠躋身於「清」的格調，則根源於與「俗」相對立的不凡品味。張鎡在《梅品》所規範的賞梅事宜，實則在營構自己「清」的品味，從梅之清進而獲得人之清。可以說士大夫之所以看重梅花，原因在於梅花具有高超不凡的重要象徵，這是一種士大夫用以標榜自我相當重要的象徵物，因此凡事都想與梅沾個邊，以襲得一身的清味，故言：「梅花爲天下神奇，而詩人有所酷好。」〔註149〕。

　　南宋文士對於梅花的喜愛不僅僅表現在視覺與嗅覺的欣賞，甚至於將花入荣成爲餐點，不過這並不是爲了口腹之慾（筆者曾試作各式宋代梅花料理，梅花生食略有杏仁味，烹調後味淡），而是一種雅致的品味。（北宋）蘇軾〈浣溪沙〉已有「清香細細嚼梅須」〔註150〕的雅事，而南宋楊誠齋則以梅英煮粥、蜜漬、焚香，是故在餐芳嚼梅背後其實充溢著梅花豐富的人文意識與非凡的格調，楊萬里〈蜜漬梅花〉云：「甕澄雪水釀春寒，蜜點梅花帶露餐，句裏暑無煙火氣，更教獨上少陵壇。」〔註151〕認爲食梅能夠讓詩歌脫去人間煙火的俗氣。（南宋）方岳〈次韻梅花〉：「寒香嚼得成詩句」〔註152〕、〈尋詩〉：「纔見梅花詩便好」〔註153〕（南宋）方一夔〈梅花五絕〉：「不識梅花不識詩」〔註154〕足見文人嗜食梅花，所嗜在其深厚的文化底蘊，（元）韋居安在《梅磵詩話》提到：「杜小山未嘗問句法於趙紫芝，答之云：『但能飽吃梅花數斗，胸次玲瓏，自能作詩。』」〔註155〕梅

〔註149〕　（宋）張滋：《梅品》（臺北：藝文印書館，民國55年），頁3。
〔註150〕　《全宋詞》，冊1，頁314。
〔註151〕　（宋）楊萬里：《誠齋集》，《景印摛藻堂四庫全書》集部第四五冊（臺北：世界書局，民國77年），卷7，頁391～98。
〔註152〕　《全宋詩》，卷3202，頁38342。
〔註153〕　《全宋詩》，卷3197，頁38304。
〔註154〕　《全宋詩》，卷3538，頁42304。
〔註155〕　（元）韋居安：《梅磵詩話》，《百部叢書集成》之三九（臺北：藝文印書館，民國54年），卷中，頁17。

作為一種宋代精神文化的重要象徵，文士在餐芳的過程中亦在體驗一種精緻的雅文化。因此食梅花而能賦詩，旨在說明梅與詩這兩者在文士雅文化中的重要地位以及共同的文化內涵——清。明代胡應麟《詩藪》提到：

> 詩最可貴者「清」。……若格不清則凡，調不清則冗、思不清則俗。……清者，超凡絕俗之謂，非專於枯寂閒淡之謂也。〔註156〕

北宋在梅花審美上首先就是發掘出梅花的清韻，而這種品味及審美的內涵其實是源自於詩論。林逋最初所闡發的梅花清韻，原本就是詩歌中的意境，而後才成為梅花重要的特質。例如（南宋）葛天民〈梅花〉：「花中有道須稱最，天下無香可鬪清。」〔註157〕可以說這種超凡絕俗的格調是這個時代最重要的美學精神，因此無論是在詩歌的創作上，還是延伸到梅花的審美乃至相關的生活文化，都是在體現這種精神。是故餐梅與作詩相貫通的思維，實本之於背後相同的美學精神。

　　由於南宋文人對於梅花的強烈認同，因此許多文人也紛紛以梅為別號或房齋之名，所謂梅溪、梅坡、梅堂、梅谷、梅津、梅峰、梅心、古梅、賦梅等不勝枚舉。《四庫總目題要》中《梅花字字香》條云：「南宋遂以『詠梅』為詩家一大公案。江湖詩人，無論愛梅與否，無不借梅以自重。凡別號及齋館之名，多帶『梅』字，以求附於雅人。」〔註158〕梅花成為「雅」的代名詞，成為人人競相附庸、自我標榜的流行風尚，故王琮〈旅興〉一詩云：「覺道近來全俗了，略無一語及梅花。」〔註159〕正說明了梅花在南宋時期的文化中，所具有的崇高

〔註156〕　（明）胡應麟：《詩藪》，《續修四庫全書·集部·詩文評類》外篇卷四1696冊（上海：上海古籍出版社，2002年），頁156。
〔註157〕　《全宋詩》，卷2725，頁32071。
〔註158〕　《四庫總目提要》〈集部·卷199·集部五二·詞曲類二〉（詞集下、詞選、詞話、詞譜詞韻、南北曲），頁1823。
〔註159〕　《全宋詩》，卷3177，頁378134。

價值。

　　除了上述生活上所產生的影響外，梅花更是南宋文人最重要的花卉意象與詠物題材，李迪〈自提愛梅花〉：「梅花纔發便詩顛」〔註160〕足見南宋文人喜歡詠梅的瘋狂程度。在詠梅詩的形式上南宋文人喜歡創作以十或百為單位的梅花組詩，這種組詩雖源於北宋時期，如蘇軾《次韻楊公濟奉議梅花十首》、李縝的《梅花百詠》等。這種形式到了南宋後愈加興盛，有由眾多文人互相酬唱累計至百首者，如劉克莊等人的百詠。這種梅花百詠的酬唱形式，其參加者之眾與酬唱數量之多，都說明了當時詩人們對於梅花集體熱衷的程度。南宋文人在詠梅的題材上，除了具有的各式梅花風情之外，許多詩題更以「夢梅」、「問梅」、「梅債」、「梅癖」等表現作者愛梅的各種情感。

　　此外亦有個人專題詠梅成集者，如宋伯仁《清臞集》、陳宗陽《梅花全韻詩集》等，張道洽甚至曾自述寫過三百餘首詠梅詩。也由於南宋的詠梅風氣大盛，因此也產生了詠梅總集的編纂，黃大輿《梅苑》是一部收錄唐以來相關的詠梅題材。從中亦透露出，當人們開始有意識的在為梅花相關的內涵作有系統的收集與追溯時，亦標示著梅花早已經成為一個重要的文學題材。這種詠梅作品的收集進而也影響了梅花集句詩的創作，如李龏就寫作了許多融合前人不同梅詩句子的詩歌，如「無熱天中第一仙，幽姿高韻獨蕭然。畫圖省識春風面，莫遣孤芳老澗邊。」〔註161〕這首詩中分別用了義銛、田元邈、杜子美、蘇子瞻等四人的詩句而成為一首新詩。

　　方岳〈梅花十絕〉提到：「阿誰不愛梅花句」〔註162〕正說明了梅花在南宋文人的文學活動中所扮演的重要角色。可以說南宋時期的人們無論是個人還是集體，無不沉緬在詠梅的熱潮之中。

〔註160〕《全宋詩》，卷3295，頁39273。
〔註161〕《全宋詩》，卷3131，頁37441。
〔註162〕《全宋詩》，卷3199，頁38317。

二、由女性人格形象轉變為剛毅的男性象徵

在梅花人格意象上有一個有趣的發展，傳統上都是以梅花比喻女子，不過在南宋時期卻出現丈夫、高士等男性人格的形象。花因為美麗而柔弱易凋，因此很自然就會與女子產生聯想，因此梅花一開始也跳脫不出這樣的形象連結。不過隨著梅花審美的改變，用比喻的女子形象也會有所變化。南朝詩人喜歡以春閨女子傷春的幽怨，來描寫梅花零落的傷逝之情。而梅花具體成為一位素服仙女則始於柳宗元《龍城錄》記載著一位隋朝將軍趙師雄於羅浮山遇梅花仙子的故事，故事如下：

> 隋開皇中趙師雄遷羅浮。一日天寒日暮，在醉醒間，因憩僕車於松林間酒肆傍舍，見一女人，淡粧素服，出迓師雄。時已昏黑，殘雪對月色微明。師雄喜之，與之語，但覺芳香襲人，語言極清麗，因與之扣酒家門，得數盃，相與共飲。少頃，有一綠衣童來笑歌戲舞，亦自可觀。頃醉寢師雄亦懵然，但覺風寒相襲。久之，東方已白，師雄起視，乃在大梅花樹下，上有翠羽啾嘈，相須月落參橫，但惆悵而爾。〔註163〕

從文中的形容，可以發現「淡妝素服」、「芳香襲人」是梅花色、香的擬人化，「殘雪對月色微明」則是雪、月映梅的傳統用法，意在營造一種素潔、清麗的女仙形象。而失意英雄與梅花女仙一夜的邂逅，更是投射文士對於愛情的綺麗想像。

這個素潔的女子形象，與宋人賦予梅花清瘦、幽獨、素淨的形象非常吻合，因此也成為宋人愛用的典故與女性的形象，例如：蘇軾〈再用前韻〉：「羅浮山下梅花村，玉雪為骨冰為魂。」〔註164〕而蘇軾另一首有名的詠梅詩：「玉妃謫墮烟雨村，先生作詩與招魂。」

〔註163〕　（唐）柳宗元：《河東先生龍城錄》，《百部叢書集成》百川學海第二函（臺北：藝文印書館，民國54年），頁12。

〔註164〕　（宋）蘇軾：《蘇東坡全集》（北京：北京燕山出版社，1998年10月），卷38，頁2076。

〔註165〕無論是「羅浮仙子」還是「玉妃謫墮」，總不離冰清玉潔的女仙形象。此外由於梅花素白的花色，因此文人也喜歡用梅花來形容美人的容顏與肌膚，如晏幾道〈蝶戀花〉：「月臉冰肌香細膩，風流新稱東君意。」〔註166〕王安石〈次韻徐仲元詠梅二首〉：「肌冰綽約如姑射，膚雪參差是太眞。」〔註167〕北宋梅花的女性形象，在取象上以瑤池仙姝、姑射神女、嫦娥、幽谷佳人等具有潔清形象的神女仙姝爲主，這與北宋中期以前特別突出梅花「清」的特質有關，因此在表現梅花的特質上還是以女性形象爲主。不過隨著梅花品格意涵逐漸加強之後，這種纖柔的女性特質就不足以支撐這樣的精神象徵。因此進入南宋以後，文人明確意識到梅花應該要捨棄女性化的人格形象，因而改以高士及貞士這種具有男性特質的人格象徵。是故南宋熊禾〈湧翠亭梅花〉云：「此花不必相香色，凜凜大節何崢嶸。北海雪深臣皓首，霜寒中野兒悲吟。荷蓧老人留植杖，滄浪孺子來濯纓。神人妃子固有態，此花不是兒女情。」〔註168〕蘇泂〈和黃觀復梅句〉：「梅花骨相本通仙，何況苔枝綴玉鸞。如著官袍更瀟灑，不應將作女人。」〔註169〕蘇泂〈和越宮管看梅三首〉其一：「花中兒女紛紛是，唯有梅花是丈夫。」〔註170〕方岳〈即事〉：「世間所謂奇男子，除却梅花更有誰。」〔註171〕李曾伯〈又和梅韻〉：「以千林表丈人行，洗萬古凡兒女妝。」〔註172〕此外方回在《瀛奎律髓》亦說：「詠梅當以神仙、隱逸、古賢士君子比之，不然則以自況。若專以指婦人，過矣。」〔註173〕在梅

〔註165〕（宋）蘇軾：《蘇東坡全集》（北京：北京燕山出版社，1998 年 10月），卷38，頁2098。

〔註166〕《全宋詞》，冊1，頁224。

〔註167〕《全宋詩》，卷557，頁6628。

〔註168〕《全宋詩》，卷3674，頁44110。

〔註169〕《全宋詩》，卷2850，頁33978。

〔註170〕《全宋詩》，卷2850，頁33979。

〔註171〕《全宋詩》，卷3199，頁38318。

〔註172〕《全宋詩》，卷3249，頁38753。

〔註173〕（元）方回：《瀛奎律髓》，《景印文淵閣四庫全書》第1366冊（臺

花精神化的過程中，除了擺脫表象的色香外，連帶的也否定了這種以花喻女的傳統，因此我們看到特別強調梅花君子堅貞意涵的陸游，他在〈卜算子・詠梅〉中云：「驛外斷橋邊，寂寞開無主。已是黃昏燭自愁，更著風和雨。無意若爭春，一任群芳妒，零落成泥碾作塵，只有香如故。」〔註174〕整首詩將梅花完全擬人化，並賦予梅花傳統君子守節堅貞的精神格調。陸游〈雪後尋梅二首〉其二：「幽香淡淡影疏疏，雪虐風饕亦自如。正是花中巢許輩，人間富貴不關渠。」〔註175〕則用巢父、許由的高士形象，來凸出梅花超越世俗寵辱的清高之致。陸游〈宿龍華山中寂然無一人方丈前梅花盛開月下獨觀至中夜〉：「梅花如高人，枯槁道愈尊。君看在空谷，豈比倚市門。」〔註176〕梅花即使枯槁都被賦予了高人的姿態，足見南宋文人在欣賞梅花時，是用一種不同於流俗的眼光在看待梅花。大體而言，「清」與「貞」是宋代梅花審美最重要的兩個焦點，高士形象是相應於「清」的審美取向，而君子則是對應於「貞」的道德價值。陸游〈園中賞梅兩首〉其一：「閱盡千葩百卉春，此花風味獨清真。」〔註177〕陸游點出了梅花之所以能夠勝過一般花卉的主要關鍵，正在於梅花符合宋代文人「清真」的審美標準。從這裡可以看到，這樣的審美取向基本上是以男性人格為主的人格象徵。而無論是君子還是高士，基本上都在展現一種抵抗世俗侵害的超凡心志，具有十足的男性剛毅特質。由於女性通常具有被欺凌、纖弱等傳統特質，因此南朝文人將這種霜雪下的梅花，視作被欺凌的柔弱女子，是故若欲強調凌寒抗暴的精神意涵，就非得將梅花的女性特質轉換成男性的人格象徵。北宋文人一轉傳統幽怨的女性形象，而以脫塵的神女仙姝來提升梅花玉潔的格調，但仍不免殘存著表面形色的關聯，而未能契入形象之外的神理

　　　　　北：台灣商務印書館，1986 年 7 月），卷 20，頁 247。
〔註174〕《全宋詞》，冊 3，頁 1586。
〔註175〕《全宋詩》，卷 2164，頁 24504。
〔註176〕《全宋詩》，卷 2162，頁 24449。
〔註177〕《全宋詩》，卷 2165，頁 24505。

意趣，因此南宋文人刻意將梅花形象轉變，正顯示出梅花徹底與形色斷絕，而進入純粹的比德價值之中。

雖然梅花剛毅的男性人格象徵被強化，不過梅花的女性人格形象卻沒有因此被捨棄，甚至於在詩歌上還會出現美人與高士對偶的現象，形成男女並用的有趣現象，例如：張道洽〈梅花〉：「肌膚姑射白，風骨伯夷清。」〔註178〕方岳〈乞梅花〉：「乘雲而下唯姑射，得聖之清者伯夷。」〔註179〕這種仙妹與高士並列的情形，並不是一種矛盾，而是反映在不同的時代、不同的審美情趣，彼此所共同融會出來的全幅圖像。雖情致內涵各自不同，但又能統合無間的成為一幅清絕幽靜的梅花意境。黃永武提到：

> 梅兼備了林間隱君子與空谷俏佳人的韻致，男性中高雅的標格，女性中絕豔的顏色，梅達到了兩性絕頂的水準，並且兼而有之，所以梅最能反映詩人潛伏於內心的最高憧憬，包括自我的完美與異性的愛情。〔註180〕

從這段話可以知道，文人對於梅花不僅投射了對於女性愛情的想像，亦同時投射了剛性的男性理想。這種男女兼美的形象，正是在南宋花卉的審美歷程中所完成。

三、梅花對於牡丹花王的地位挑戰與素王稱號的形成

受到理學發展的影響，南宋的文化精神愈趨於內斂與自省，因此在審美上特別喜愛古淡高潔，而不喜富麗張揚。於是評比花卉的標準不能只是外在的色、香、姿、韻，更重要的是花卉意象所象徵的道德意涵。北宋林逋雖然能夠捕捉住梅花香影的神韻，但畢竟還是著相於外在的鏡花水月，而不能契合梅花的精神格調。因此到了南宋的花卉審美就特別重視花卉的比德價值，這時牡丹花王的地位開始受到梅花

〔註178〕《全宋詩》，卷3293，頁39247。
〔註179〕《全宋詩》，卷3208，頁38383。
〔註180〕黃永武：《中國詩學——思想篇》（臺北：巨流圖書出版，1976年），頁25。

的挑戰。原本國色天香的牡丹不但無法凸顯美麗的優勢，過於感官的俗豔反而成為缺點。相反的，梅花無論是素雅幽香的外在，還是凌寒獨放的德性象徵，在在都符合南宋文人的審美價值，陸遊在回答曾幾梅與牡丹孰勝時提到：「曾與詩翁定花品，一丘一壑過姚黃。」〔註 181〕劉克莊〈梅花十絕答石塘二林・二疊〉：「喚作花王應不忝，未應但做水仙兄。」〔註 182〕趙伯泌〈梅花〉：「綽約冰姿傍短牆，天香應不讓花王。」〔註 183〕由於梅花的特質受到南宋知識份子的青睞，群芳之首的地位也獲得認可，因此陳景沂在編次《全芳備祖》時，特意將梅花列於百花之首。此外梅花德色兼備，具有一切花木的優點，除了色、香可賞外，又能結果滿足口慾，而在人文的審美價值中，又具有蘭之幽、菊之傲、竹之節、松之勁，幾乎囊括了傳統花木的德性意涵，可謂眾美兼具。因此梅花審美到了南宋文人眼中，成了花卉之集大成者，具有全人的完美象徵，如袁燮〈病起見梅花有感〉四首之二：「霜月交輝，風標高節潔聖之清。諦視毫髮無遺恨，始信名花集大成。」〔註 184〕趙時韶〈感梅〉：「清清白白天然態，皎皎翹翹玉立身。雪虐霜饕千萬變，此花到底是全人。」〔註 185〕葉茵〈梅〉：「溪橋一樹玉精神，香色中間集大成。」〔註 186〕不過就整體而言，南宋文人雖然極端推崇梅花，並認為梅花的地位應高於牡丹，不過牡丹花王的說法，基本上還是沒有被完全推翻，（南宋）金朋說〈牡丹吟〉：「嬌姿豔質號花王」〔註 187〕足見南宋文人普遍上還是繼續保留牡丹花王的地位，而梅花則被稱為素王，薛季宣〈梅花〉：「花實望先進，

〔註 181〕錢仲聯校注：《劍南詩稿校注》（上海：上海古籍出版社，1985 年 9月），頁 847。
〔註 182〕（宋）劉克莊：《後村先生大全集》，收於《四部叢叢刊》集部 211冊（臺北：商務印書館，據民國 24 年重刊），卷 17，頁 2。
〔註 183〕《全宋詩》，卷 2466，頁 28608。
〔註 184〕《全宋詩》，卷 2647，頁 31014。
〔註 185〕《全宋詩》，卷 3014，頁 35898。
〔註 186〕《全宋詩》，卷 3187，頁 38253。
〔註 187〕《全宋詩》，卷 12734，頁 32201。

英華標素王。」〔註188〕魏了翁〈墨梅〉:「素王本自離緇涅,墨者胡為亂等差。」〔註189〕方蒙仲〈和劉後村梅花百詠〉:「花裏素王眞足貴」〔註190〕另外由於南宋時期的梅花地位已經足以與傳統具有價值意涵的花木並列,因此梅花與松竹成為歲寒三友的關係也在南宋正式形成〔註191〕,這時以歲寒三友為題材的詩歌也開始出現,如王炎〈歲寒三友〉:「玉色高人之潔,虬髯烈士之剛。可與此君鼎立,偃然傲睨冰霜。」〔註192〕在這些富於比德象徵的花卉中,文人也賦予梅花一個尊長的地位而稱之為「梅兄」,如劉植〈梅〉:「太潔難為友,群芳讓作兄。」〔註193〕眞德秀〈題全氏三桂堂〉:「勁節松可友,孤芳梅謂兄。」〔註194〕許及之〈題潘德久所藏楊補之竹梅〉:「竹弟梅兄已可人」〔註195〕由於南宋文人喜歡用男性來象徵堅毅的道德精神,因而也將梅花列於比德花卉之長,而尊之梅兄。總之,南宋時期有些文人認為梅花堪稱為花王,這樣的說法並沒有成為一種集體的共識,牡丹雖然仍保有花王的稱號,但梅花在南宋文人心中,實際上已經遠遠超越了牡丹。

四、理學對於梅花象徵意涵的影響

由於理學強調格物致知,強調在萬事萬物當尋個理,因此理學家也就熱衷於在一花一草當中體認天道。在眾多的花卉中,理學家特別重視梅花。原因在於梅花是早春的第一枝花,故在理學家眼中梅花乃是特別能夠體現天道變化的物象。早在北宋的二程,就已經將梅花早花的生物特性,賦予了天道變化的義理,《二程遺書》云:「早梅冬至

〔註188〕《全宋詩》,卷2467,頁28618。
〔註189〕《全宋詩》,卷2937,頁35012。
〔註190〕《全宋詩》,卷3351,頁40057。
〔註191〕程杰:《梅文化論叢》(北京:中華書局,2007年5月),頁39。
〔註192〕《全宋詩》,卷2564,頁29768。
〔註193〕《全宋詩》,卷2851,頁33992。
〔註194〕《全宋詩》,卷2921,頁34837。
〔註195〕《全宋詩》,卷2458,頁28432。

已前發，方一陽未生，然則發生者，何也，其榮其枯，此萬物一個陰陽升降大節也。然逐枝自有一個榮枯，分限不齊，此各有一乾坤也，各自有個消長，只是個消息，惟其消息，此所以不窮。」〔註196〕二程將易理「冬至一陽生」的易理與梅花冬至開花的現象作了巧妙的結合之後，從此梅花也開始寓有天理流行的顯化。經過二程闡揚之後，梅花與理、易經的關係從此就更加密切，南宋的理學家甚至有了「傍梅讀易」的說法，魏了翁〈肩吾摘傍梅讀易之句以名吾亭且爲詩以發之用韻答賦〉云：

> 中年易裏逢梅生，便向根心見華實。候蟲奮地桃李妍，野火燒原葭莢茁。方從陽壯爭門出，直待陰窮排闥入。隨時作計何大癡，爭似此君藏用密。人官天地命萬物，二實五殊根則一。圓形闞闠渾不知，却把眞誠作空寂。亭前擬繪九老圖，付與人間子雲識。〔註197〕

魏了翁將梅花與《易經》的變化之理，密切的結合在一起，並視之爲體會天道的契機。又如洪咨夔〈梅〉：「風霜搖落都盧盡，一點春回造化家。萬物成終又成始，須將艮體看梅花。」《說卦》提出氣之運行由震卦開始，終而回歸到艮卦〔註198〕。故詩人將梅花開於冬盡春始的生物性與易經的生化之理彼此相互印證，故提示必須由艮卦的象徵來看待梅花所寓含的易理。李濤〈題旴江王章甫梅境〉：「吾聞梅乃萬物母，桃爲奴婢李輿臺。一陽生子萬物始，梅花獨先群卉開。一陰生午萬物成，梅實獨先群花胎。華實先天天不違，梅之時義大矣哉。」〔註199〕詩人將梅的象徵與易經及陰陽變化關聯在一起，賦予了《易經》中「時」的重要觀念，而「（梅）之時義大矣哉！」〔註200〕更是

〔註196〕《廣群芳譜》，卷22，頁1304。
〔註197〕《全宋詩》，卷2928，頁34900。
〔註198〕《說卦》：「帝出乎震，齊乎巽，相見乎離，致役乎坤，說言乎兌，戰乎乾，勞乎坎，成言乎艮。」
〔註199〕《全宋詩》，卷3160，頁37908。
〔註200〕如《豫卦・彖》：「豫之時義大矣哉！」；《姤卦・彖》：「姤之時義大矣哉！」

直接套用《象辭》中的語句。凡此種種可以看出，南宋人在看待梅花的角度上幾乎已經完全是用《易經》的理論在印證。是故宋人在面對梅花不再只是感性層面的審美情趣，他們更希望能夠在即物窮理之中，獲得思想哲理上的啟悟。又如魏了翁〈汪漕使即梅圖作浮月亭追和古詩余亦補和〉：

> 一元播羣卉，其氣清以馥。詩人競稱許，胡然於梅獨。黃宮播雷霆，玉管動葭穀。惟梅命於陽，清豔照樸樕。正冬白堆牆，初夏黃遶屋。純乾稟自高，奚止香百斛。又從晏陰後，仍作來年復。番君爲築亭，揮弄月盈掬。可敬不可玩，醉語懼三瀆。〔註201〕

理學家賦予梅花的意涵，已經不再只是用花卉簡單可見的生物性來比附道德。理學家更將梅的種種特性，去附和各種抽象化的天道思想。有時甚至還會與傳統比德價值觀中的說法不同，例如在梅花精神化的發展中，人們刻意強化梅花凌寒的鬥志，甚至將原本的春花改視爲冬花。不過理學家眼中，並不將梅花當作寒冬中的鬥士，反而是視爲春天生機的顯露，乃所謂乾坤消息。聖賢默觀萬物只是尋個理，意在觀造物之妙，此流行於萬物之理與內在於人的仁心，皆一體之流行，是故梅花先春與仁心發萌都是同一個理，（宋）陳深〈梅山銘〉云：「得氣之先，斯仁之萌。自華而實，斯仁之成。」〔註202〕從開花到結實，梅花的生長過程都被理學家充分的發揮在天道宇宙的哲思之中。這種看待梅的態度，基本上是一種完全超越物色的感性知覺，而將之視爲體道的一種工夫，蕭立之〈寄題鄒氏觀梅亭二首〉其二提到：

> 詩人愛梅說道理，弄影團香未覺難。枝上乾坤參得透，不妨來此倚闌干。〔註203〕

〔註201〕《全宋詩》，卷2926，頁34891。

〔註202〕（宋）陳深：《寧極齋稿》，收於《叢書集成續編》第133冊（臺北：新文豐出版社，1989年），頁20。

〔註203〕《全宋詩》，卷3286，頁39164。

宋代詩人普遍受到這種窮理的思想影響，因此即使是一般文人也喜歡透過花來悟物理，表達出一種對於處身之道與盛衰之理的人生體悟，例如彭龜年〈題王仲顯梅谷〉：

樓前梅十圍，負背花千樹。種花識花性，培養隨好惡。花無十日好，不憚千日慮。那知花已嬌，疲德風能盡。爭如歲寒操，盤結不擇土。時當氣栗烈，天地閉其戶。蓬蓬起南海，呼吸萬竅怒。向來桃李輩，縮氣不敢吐。惟有冰玉姿，秀發略不沮。靜觀萬物理，參差乃如許。不見千金子，宴坐危堂廡。一朝遇變故，倉猝失所措。不見陋巷士，脫齒甘捽茹。僩然天地間，了不識憂懼。達人善觀物，在我乃不喻。需上最高樓，方能了真趣。〔註204〕

詩人透過梅花的生物特性，進而從「物理」而體悟人生哲理，這種以花觀理的欣賞態度，充分表現出宋代文人理性的思維特色。此外理學家的梅象徵，也影響了南宋文人在詩歌中的梅花書寫，如（南宋）度正〈制幹判院度載臨謹以梅起興賦三絕句為斯文壽一笑幸甚〉：「多謝天公孕佳實，中心渾是那仁仁。」〔註205〕詩人從梅實的果仁，關聯到本心中的「仁」。又如張至龍在描寫梅花的蓓蕾時提到：「香色俱渾然，花中之太極。」〔註206〕蓓蕾將開未開猶如太極本體混沌未分的狀況，因此將之視為太極。從中可以看到南宋人在書寫梅花的態度上與其他花卉明確不同，蕭立之〈再為梅賦〉更提到：「吟客漫能工水月，先儒曾此識乾坤。」〔註207〕正說明了南宋文人對待梅花的嚴肅態度。梅花在蘇軾提出梅格之後，已經確立了精神人格的象徵，而到了理學家則進一步把梅花早春的生物現象予以抽象化與哲理化，而成為天道義理的具體顯化。而一般文人同樣也喜歡透過梅花來寄託人生哲理。可以說很少花卉可以像梅花一樣受到宋代人們如此高的尊崇，

〔註204〕《全宋詩》，卷2593，頁30138。
〔註205〕《全宋詩》，卷2028，頁33684。
〔註206〕《全宋詩》，卷3281，頁39092。
〔註207〕《全宋詩》，卷3287，頁39181。

而能夠從純粹的美感欣賞而變成人們投射天道哲理與人生哲理的重要物象。

以上所論述的四點，主要是南宋梅花審美的特色。梅花欣賞發展到了南宋已大致趨於完善，並成為宋代人文價值的重要象徵。由於宋代花卉審美的特色，已經從純粹的感官欣賞而進入人文精神的價值評賞，因此士人所欣賞的梅花，實際上是一種人文精神價值的投射。梅花在後世知識份子心中能夠具有重要的地位，乃在於士大夫賦予了梅花最重要的兩個價值——清與貞〔註208〕。「清」者超逸之致，象徵著不羈於凡俗的自在心靈，由於富道家色彩，因此具有隱者、高士的人格象徵；「貞」者，象徵不可屈之志，承襲著傳統儒家的風骨精神，因此具有君子的人格象徵。可以說清、貞二端，實調和著儒、道二家思想，不同階層的士大夫都可以在梅花身上投射不同的自我價值。因此我們可以看到許多閑隱未能入仕的江湖詩人，會推崇「清」這個高逸的特質；而身處國家危難的士大夫則標榜「貞」這種凌寒抗暴的節操，這正是梅花為何能夠廣受文士青睞的根本原因。

有趣的是，南宋文人在花卉欣賞上雖然強調比德這種理性價值的評賞，因而特別推崇梅花，可是另一方面也不由得流露出對感性美感的喜好，例如陸游雖然喜歡梅花，但也非常喜歡嬌媚的海棠，這種看似矛盾的現象正透露出南宋文人雖然在表面上強調比德，但並未真正否定對感性知覺的美感喜好，例如楊萬里〈瓶中梅杏二花〉：「梅花耿耿水玉姿，杏花淡淡注臙脂。兩花相嬌不相下，各向春風同索價。折來雙插一銅瓶，旋汲井花澆使醒。紅紅白白看不足，更遣山童燒蠟燭。」〔註209〕詩人將梅花與杏花同插一瓶一起欣賞的作為，從中似乎亦可以看出南宋文人在實際的生活當中並不會否定純粹感官美感的欣悅之情。依此來看。中國人的花卉審美事實上是包含著感性與理

〔註208〕 程杰：《梅文化論叢》（北京：中華書局，2007年5月），頁58。

〔註209〕 （宋）楊萬里：《誠齋集》，收於《景印摛藻堂四庫全書》集部第四五冊（臺北：世界書局，民國77年），卷8，頁391～100。

性兩個層面，唐人愛牡丹、宋人愛梅花的現象，正顯現出這兩種不同面向的審美風尚。如果說唐代富麗的牡丹，是外顯而張揚的盛世氣象；那麼宋代素雅的梅花，就是人文內蘊豐沛的精神文明。牡丹與梅花雖然各自表徵出不同的審美價值與文化特質，但何嘗不是體現著人們不同面向的審美活動，正如朱翌所說的：「姚黃富貴江梅妙，俱是花中第一流。」〔註210〕。

第六節　元明清時期梅花審美發展的餘緒

　　元代處於南宋代梅文化高峰之後，宋遺民在追思故國的情感中，繼續延續了對於梅花的喜愛。就整體而言，元代文人最喜愛吟詠的花卉依舊是梅花。由於元代不重視文人，加上讀書人無法藉由科舉取得入仕機會，因此他們多半是處於一種隱逸的生活狀態，是故梅花的隱逸象徵及幽貞的意涵能夠得到廣大士人的認同。以南宋故都杭州為核心，延續了宋代梅花的審美發展，以馮子振、釋明本、王冕等人為主。至於北方則本不是梅花盛產之地，加上受到戰亂的影響缺乏經營，因此相較而言則較為蕭條。像生於北方的元好問，喜歡的則是北方常見的杏花，甚至於對於梅花也顯現出不甚苟同的想法，如〈杏花二首〉：「一般疏影黃昏月，獨愛寒梅恐未平。」〔註211〕不過元代北方的文人仍不乏愛梅者，耶律楚材就自號梅花主人。

　　元代在梅花審美上的重要發展，主要是在題畫詩上。在文人畫的發展歷程中，墨梅有了進一步的發展，梅花之老枝怪奇的美感在宋詩中已有很大的發展，但一直要到元代才開始轉變為繪畫的形象，老幹虬枝的老梅形象成為墨梅最基本的型態，此外「疏影橫斜」的疏花點

〔註210〕《全宋詩》，卷1866，頁20876。
〔註211〕（金）元好問、（清）施國祁注：《新校元遺山集箋注》（臺北：世界書局，民國71年），卷9，頁12。

綴也成爲繪畫的重要形象。〔註212〕這時詩與畫成爲文人藝術創作不可分割的友伴。如王冕很少直接賦梅，其與梅相關的賦詠通常都出現在題畫詩，如〈寄題梅〉：「山中昨夜雪三尺，窗前梅花參差開。臥看枝上月初滿，夢到江南春已回。可笑阿嬌貯金屋，卻憐姑射下瑤臺。故人知我有清興，攜去雙魚斗酒來。」〔註213〕據研究，王冕今存詩文直接詠梅者僅〈孤梅詠〉一首，而題畫詩文有近百篇之多，佔百分之十二。〔註214〕因此元代題畫多於詠花，這是元代詠梅的重要特色。愛梅的王冕曾提到「我與梅花頗同調，相見相忘時索笑。」〔註215〕王冕透過梅花表達出自己與梅花幽貞相同的精神價值，同時也反映出這時期文人的精神特質。由於王冕深愛梅花甚至仿陶淵明〈五柳先生傳〉的筆調，及太史公的評論，將梅花予以人格化而作傳，並把歷來與梅花相關的典故當作梅先生一生的行誼事蹟，文章以「先生名華，字魁，不知何許人也？」作開場，而文末則仿司馬遷的評論而有太史公曰：「梅先生，翩翩濁世之高士也。觀其清標雅韻，有古君子之風焉。彼華腴綺麗烏能辱之哉！以故天下人士景愛慕仰，豈虛也哉！」〔註216〕從中亦足見在異族統治下，文士透過傳統文人賦予的梅花價值中，可以重新獲得民族精神血脈的連繫，因此梅花對於在異族統治下的文人具有重要的精神支持。不過這種懷著民族意識所勾動的哀傷，也並非用堅貞的精神就可以抵消，是故元代的詠梅詩在情感上亦顯得消沉哀傷，而不復宋代激昂的精神風貌。因此後來文人的詠梅詩中，也呈現出較多自然情態的描寫。

　　此外，元代詠梅詩較值得注意的是長篇百詠的詠梅詩與集句詩，

〔註212〕程杰：《中國梅花審美文化研究》（四川：巴蜀書社，2008年8月），頁116。
〔註213〕《全明詩》，卷7，頁336。
〔註214〕程杰：《梅文化論叢》（北京：中華書局，2007年5月），頁398。
〔註215〕（元）王冕、壽勤澤點校：《王冕集》（浙江：浙江古籍出版社，1999年9月），頁216。
〔註216〕（元）王冕、壽勤澤點校：《王冕集》（浙江：浙江古籍出版社，1999年9月），頁239～240。

例如郭豫亨《梅花字字香》乃是收集前人詠梅詩句而寫成百首詠梅詩。這些詠梅詩都沒有詩名，且每一句都是用前人的句子，只是將不同作者的句子加以組合成為新的一首詩。如《梅花字字香・前集》（一枝春近故山長）：「憑仗幽人收艾納，不須長笛奏伊涼。」〔註 217〕前句引自蘇軾〈再和楊公濟梅花十絕〉：「憑仗幽人收艾納，國香和雨入青苔。」〔註 218〕與〈子玉家宴，用前韻見寄，復答之〉：「自酌金樽勸孟光，不須長笛奏伊涼。」〔註 219〕。雖然梅花集句詩在南宋時就已經出現，不過並不是當時文人主要的創作形式。事實上郭豫亨《梅花字字香》之類的集句詩成為元代梅花詩的重要創作方式，正透露出梅花的吟詠在南宋之後已經很難再有新意，因此文人只好在這些舊句的組合中尋找新的詩趣。又如馮子振、釋明本《梅花百詠》乃是由馮子振先作梅花百詠而釋明本唱和，例如馮子振〈全開梅〉：「玉臉盈盈總是春，都將笑色媚東君。道人放鶴歸來晚，月下看花似白雲。」釋明本和作：「瓊姬小隊遍深宮，滿面春生大笑中。畢竟花房羞半掩，一齊分付與東風。」〔註 220〕《梅花百詠》中的詠梅詩大多是描寫梅花的自然樣貌，已經沒有宋代常見的傲雪精神，其通常只就外在的表象及各種梅花形態作吟詠，如從品種、開花狀態、不同環境等。從中也可以看出詩人竭盡心思的從各種角度、特性、類別去吟詠梅花，真可謂窮形盡相。從中也可以看出這時期的文人在情感上已經趨於安然處之的平淡心態，所以在詠梅詩中通常也只就梅花自然的樣貌作描寫，而沒有深刻的情感寄託。比較值得注意的是，在釋明本的和作當中，原本儒家色彩濃厚的梅花，亦被賦予了佛教的色彩，如：

〔註 217〕　（元）郭豫亨：《梅花字字香》（北京：中華書局，1985 年），頁 8。
〔註 218〕　（清）王文誥輯註、孔凡禮點校：《蘇軾詩集》（北京：中華書局，1992 年），頁 1746。
〔註 219〕　（清）王文誥輯註、孔凡禮點校：《蘇軾詩集》（北京：中華書局，1992 年），頁 540。
〔註 220〕　（元）馮子振，釋明本：《梅花百詠》，《景印文淵閣四庫全書》第1366 冊（臺北：台灣商務印書館，1986 年 7 月），頁 565。

曾約菩提一樹神，涴花深處共參貞。雪深林下維摩室，月
落岩前面壁人。七返九還觀色相，三空四蒂悟根塵。頭頭
縱是華嚴界，野室孤雲自在深。〔註221〕

從中也可以發現梅花強烈的儒家價值與凌霜傲雪的精神，似乎在某
種程度上已經被刻意的淡化或忽視。因此梅花在元代文人的心態中，
反映出兩種極端的情感，一種是強調梅花幽貞的精神以寄託漢族的
民族意識；另一種則刻意忽略梅花特別強烈的精神意涵，而只就梅
花自然的情態來表達生活的相關情感。不過這並不是一種矛盾的現
象，而是文人在異族統治下，各自用不同的態度來面對現實無奈的處
境而已。

　　不過正因為梅花的審美意趣在宋代發展到極其輝煌成熟的地
步，甚至成為一種流行時髦的風尚，以致成了人們競相追逐的熱潮，
明代鍾惺在《夏梅記》即針對此一現象加以抨擊：

夫世固有處極冷之時之地，而名實之權在焉。巧者乘間赴
之有名實之得，而又無赴熱之譏。此趨梅於冬春冰雪者之
人也，乃真附熱者也。苟真為熱之所在，雖與地之極冷，
而有所必辯焉。〔註222〕

文中提到人們在寒冬中爭相賞梅，既能獲得華實之美，又沒有趨炎附
勢之譏。因此鍾惺批評這種表面冒寒實則趨炎，是一種巧取名實的偽
君子。這篇文章側面反應了後世梅花清高的地位，卻成了人們競相攀
附的負面現象。另外，針對梅花業已形成的一套制式審美標準，清人
龔自珍在《病梅館記》亦提出嚴厲的批判：

梅以曲為美，直則無姿；以欹為美，正則無景；以疏為美，
密則無態，固也。此文人畫士，心知其意，未可明詔大號，
以繩天下之梅也。又不可以使天下之民斫直、刪密、鋤正，

〔註221〕　（元）馮子振，釋明本：《梅花百詠》，《景印文淵閣四庫全書》第
　　　　　1366冊（臺北：台灣商務印書館，1986年7月），頁582。
〔註222〕　（明）鍾惺：《隱秀軒集》（上海：上海古籍出版社，1992年9月），
　　　　　卷36，頁585。

以殀梅病梅爲業以求錢也。梅之欹、之疏、之曲，又非蠢
蠢求錢之民，能以其智力爲也。有以文人畫士孤癖之隱，
明告鬻梅者，斫其正，養其旁條，刪其密，夭其稚枝，鋤
其直，遏其生氣，以求重價，而江浙之梅皆病。文人畫士
之禍之烈至此哉！」〔註223〕

文章雖是借梅爲喻，但可以看出作者對於這種追求梅花曲欹疏臞的美
感，深不以爲然，因而斥之爲病梅。他認爲以這種人爲制式的審美標
準來斧鑿梅花，根本不符合梅花原本直、正、密的生長本性。因此從
某種角度而言，龔自珍的《病梅館記》確實是反思了自南宋以來業已
僵化的梅花審美標準。綜上所述，文人的批判與反思，恰恰透顯了對
中國人而言這股對梅花的集體熱潮之根深柢固，以致隨著時代的遷
移，梅花仍具有不可移易的精神價值，從中亦足見梅花在傳統文化之
中所扎下的根基。

結 論

梅花審美的歷程主要可以分爲三個階段：第一階段是先秦、兩漢
的果實實用時期；第二階段是六朝至唐代的花朵審美時期；第三階段
是宋代人文精神的象徵時期。這三個階段分別顯示出梅花從食用到觀
賞，以及從觀賞演變成精神象徵的歷程。

李澤厚在《美學四講》提到：「一方面『美』是物質的感性存在，
與人的感性需要、享受、感官直接相關；另方面『美』又有社會的意
義和內容，與人的群體和理性相連。」〔註224〕從梅花的審美歷程中，
我們可以發現梅花在這兩個面向都有充分的發展。在梅花色香的感官
審美上，始於南朝而完成於林逋的抽象心靈意境；在梅花社會意涵的
審美上，則始於中唐文人所注意到的鬥雪精神，北宋蘇軾更進一步用

〔註223〕 （清）龔自珍：《龔定庵全集》（臺北：世界書局，1973 年 5 月），
卷 10，頁 269。
〔註224〕 李澤厚：《美學四講》（臺北：三民書局，民國 90 年 10 月），頁 39。

「梅格」來標示出梅花特殊的品格價值，終而在南宋形成不可移易的精神象徵與崇高的文化地位。明代田汝成《西湖遊覽志餘》提到馬浩瀾〈評梅詩〉：「林和靖，疎影橫斜水清淺，暗香浮動月黃昏，寫梅之風韻。高侍郎季迪，雪滿山中高士臥，月明林下美人來，狀梅之精神。楊鐵崖廉夫，萬花敢向雪中出，一樹獨先天下春，道梅之氣節。」〔註225〕這段話概括了詠梅最重要的三種內涵，亦即韻、清及貞，這正是宋代梅花審美的主要成果。而後世在梅花審美的內涵上，亦無法超越宋人的成就。

〔註225〕（明）田汝成輯：《西湖遊覽志餘》（臺北：世界書局，1982 年 12 月），卷24，頁430。